Nicole Fröhlich
Der Club der wütenden Fünf

NICOLE FRÖHLICH

DER CLUB DER WÜTENDEN FÜNF

Bei diesem Buch wurden die durch das verwendete Material und die Produktion entstandenen CO_2-Emissionen ausgeglichen, indem der cbj Verlag ein Projekt zur Aufforstung in Brasilien unterstützt. Weitere Informationen zu dem Projekt unter: www.ClimatePartner.com/14044-1912-1001

Penguin Random House Verlagsgruppe
FSC® N001967

Alle Personen und Gegebenheiten in diesem Buch sind ausgedacht. Ähnlichkeiten mit lebenden oder toten Personen sind rein zufällig.

Sollte diese Publikation Links auf Webseiten Dritter enthalten, so übernehmen wir für deren Inhalte keine Haftung, da wir uns diese nicht zu eigen machen, sondern lediglich auf deren Stand zum Zeitpunkt der Erstveröffentlichung verweisen.

1. Auflage 2022

Umschlaggestaltung: Guter Punkt GmbH & Co. KG
skn • Herstellung: UK
Satz: KCFG – Medienagentur, Neuss
Druck: GGP Media GmbH, Pößneck
ISBN 978-3-570-16637-6
Printed in Germany

www.cbj-verlag.de

Für alle Mädchen und Jungs*.*
Für alle, die ihr Zuhause suchen. Ihr seid stark.

In diesem Buch werden an einigen Stellen Themen wie Selbstverletzung, Mobbing und Depression aufgegriffen. Diese Inhalte können sehr nahegehen.

PROLOG

Es war ein wolkenloser Tag im Januar. Obwohl die Sonne schien, war die Luft eisig. Meine Nase tropfte. Die Kälte war überall. Sie kroch durch die Schuhsohlen meiner Sneakers und verteilte sich rücksichtslos in meinen Beinen. Meine nackten Hände hingen taub aus den Ärmeln meiner Jacke heraus. Die Sonne blendete und ich kniff die Augen zu. Immer wieder versuchte ich, gegen den Reflex anzukämpfen, der meine Augenlider nach unten presste. Am Ende gab ich nach. Von der Sonne blieb ein goldener Schimmer, der sich vor meinem inneren Auge zu einem Oval ausdehnte. Da war dieses dumpfe Geräusch: Der Sarg wurde in die Erde gelassen.

Es waren wenige Trauergäste gekommen. Sie gaben mir nacheinander die Hand. Alle zuckten vor meinen Eisfingern zurück. Jeder von ihnen fragte mich das Gleiche.

»Wie geht es dir?«

Was für eine beschissene Frage an so einem Tag.

Zu einer Frau sagte ich: »Gut.« Ihre Augen weiteten sich und ihre Augenbrauen zogen sich bis zum Haaransatz hoch. Sie starrte mich an, als hätte ich einen offenen Nasenbruch.

GRAUZEIT

Frau Schmidt und ich steigen aus.

Sie will die Tür des Wagens abschließen, da fällt ihr der Autoschlüssel aus der Hand. Schnell geht sie in die Hocke und hebt ihn auf. Dabei schaut sie über ihre Schulter, zu mir. Feine Fältchen umranden ihre trockenen Lippen. Sie kichert über ihre Ungeschicklichkeit. Ich lache nicht mit, sondern verdrehe die Augen.

Frau Schmidt bleibt freundlich. Sie deutet auf ein Gebäude und wir überqueren die Straße. Dann bleiben wir vor dem grauen Haus stehen. Es hat eine weiße Tür, ansonsten sieht es nichtssagend aus. Seit ihr der Schlüssel runtergefallen ist, ist Frau Schmidt ungewohnt stumm. Die ganze Autofahrt lang hatte sie nichts anderes getan als geredet.

»Dein gesetzlicher Vormund kommt erst nächste Woche aus dem Skiurlaub zurück«, erzählte sie.

Deswegen also begleitete Frau Schmidt mich in mein »neues Zuhause«.

Bei dem Wort »Zuhause« warf sie mir so einen Blick im Rückspiegel zu, mit dem man nichts anfangen kann. Dabei lächelte sie. Frau Schmidt hat neben Falten auch große

Zähne, die zeigt sie gern. Ich hätte auch vorne sitzen dürfen, aber ich wollte nicht.

Ich lasse meine Reisetasche auf den Boden fallen und schaue mich um. Heute ist vieles grau. Das Haus, der Himmel, der Beton unter uns. Selbst das Gesicht von Frau Schmidt. Sie sieht müde aus. Könnte bestimmt auch einen Urlaub vertragen. Frau Schmidt drückt auf die Klingel, auf der *Jugendheim* steht. Ein schriller Ton erklingt.

Wir hören Schritte, dann öffnet ein Mädchen die Tür. Oder eine junge Frau, kann man nicht so genau sagen. Sie hat grüne Haare und trägt eine übergroße Brille. Sie könnte sechzehn, aber auch fünfundzwanzig Jahre alt sein. Sie trägt Hausschuhe. Ihre Socken haben unterschiedliche Farben.

Das Mädchen (oder die Frau) steht noch immer in der Tür. Sie mustert uns kurz, dann leuchtet ihr Gesicht auf. Sie nickt Frau Schmidt zu und reicht mir die Hand. Sie hat eine hohe Stimme.

»Hallo! Ich bin Bianca. Ich bin eine der Betreuerinnen.«

Ich sage nichts, sondern schaue Frau Schmidt an. *Das* ist eine Betreuerin?

Bianca sagt: »Herzlich willkommen, Lara. Wir haben dich schon erwartet. Kommt doch erst mal rein.«

Sie tritt einen Schritt zurück und ich schultere meine Tasche. Sie läuft durch den Flur und Frau Schmidt und ich folgen ihr. Frau Schmidt lächelt mal wieder und tut das, was sie gut kann: reden. Sie trällert alle möglichen Informationen über mich an den Hinterkopf der Grünhaarigen. Auch dass ich bis zur Beerdigung ein paar Tage alleine gelebt habe. Als sie das erwähnt, senkt sie ihre Stimme, als wäre das nicht für meine Ohren bestimmt.

Bianca läuft zielstrebig durch das Erdgeschoss der Einrichtung und antwortet Frau Schmidt mit einem Nicken in Dauerschleife. Neben einer geöffneten Tür bleibt sie stehen. Sie zeigt uns ein großes Zimmer. Dort stehen eine rote Couch und ein klobiger, uralter Fernseher. Da ist auch noch ein großes Regal mit Büchern und Spielen. Ein Junge sitzt auf der Couch. Er hat alle Kissen um sich herum gestapelt und glotzt in die Röhre. Er sieht nicht mal her zu uns.

»Das hier ist der Gemeinschaftsraum. Hier könnt ihr lesen oder fernsehen. Dort im Regal gibt es auch Spiele.«

Bianca blickt mich an. Wahrscheinlich erwartet sie eine Reaktion. Ich kaue auf meiner Lippe herum. Keine Ahnung, was ich sonst tun soll. Dann wendet sie sich an Frau Schmidt. »Wir machen dann gleich die Unterlagen fertig. Ich brauche nur noch deine Unterschrift. Geh schon mal in mein Büro. Ich zeige Lara solange ihr Zimmer.«

Sie duzen sich also. Wer weiß, wie viele Kinder Frau Schmidt in ihrer Karriere schon in dieses graue Haus gesteckt hat.

Frau Schmidt reicht mir die Hand. »Bis bald, Lara. Und alles Gute.«

Erwachsenen gibt man die Hand. Das hat meine Oma immer gesagt. Also halte ich sie ihr hin. Frau Schmidts Händedruck ist für eine Erwachsene ziemlich lasch. Sie legt ihre Hand nur ganz vorsichtig in meine. Ich drücke zu. Sie zuckt zusammen und ich ziehe meine Hand zurück.

»Tschüss«, sage ich. Frau Schmidt sagt nichts mehr.

Ich folge Bianca. Wir gehen eine Treppe hoch und kommen in einen langen Flur.

»Wir sind jetzt auf dem Stockwerk für euch Mädchen«,

erklärt sie, »die Jungs schlafen im zweiten Obergeschoss. Ein Betreuer oder eine Betreuerin ist rund um die Uhr da, auch nachts. Wir haben ein Zimmer für den Nachtdienst im Erdgeschoss. Im Notfall kannst du immer runterkommen und klopfen.« Ich nicke.

Der Mädchenflur ist gelb gestrichen. Zum Glück nicht rosa, das wäre so was von affig. Ein paar Fotos hängen an der Wand, ich schaue sie mir gar nicht erst genauer an. Auf jeder Seite des Flurs befinden sich drei Türen. Die erste Tür steht offen. Als wir vorbeilaufen, springt ein Mädchen vom Bett auf und stellt sich in den Türrahmen. Sie ist dürr und hat riesige Augen, die ihr aus dem Kopf zu fallen drohen. Sie verschränkt die Arme, kneift die großen Augen zu Schlitzen zusammen und mustert mich von oben bis unten. Ihr langer, dünner Giraffenhals ragt aus einem übergroßen Pullover heraus.

»Das ist Marisa«, sagt Bianca.

Marisa sagt weder Hallo, noch regt sie sich.

Ich drehe mich weg und folge Bianca, die auf eine andere Tür zeigt. »Das hier ist der Aufenthaltsraum der Betreuer und Betreuerinnen. Daneben befindet sich das Mädchenbadezimmer. Es gibt einen Putzplan, der hängt unten in der Küche, bei den anderen Stundenplänen. Dort siehst du auch unser therapeutisches Kursangebot. Das zeige ich dir alles später.«

Sie dreht sich um. »Oder möchtest du das unserer neuen Bewohnerin gleich zeigen, Marisa?«

Marisa zuckt mit den Schultern.

»Das deute ich als ein Ja.« Bianca lacht. Sie versucht wohl, cool und locker zu wirken. Marisa verdreht die Augen und stöhnt ein »Okay«. Dann geht sie wieder in ihr Zimmer und schließt die Tür.

»Sie ist am Anfang immer etwas schroff. Sie braucht Zeit, um mit neuen Leuten warm zu werden. Komm, ich zeig dir dein Zimmer.«

Bianca schließt eine Tür auf. Das Zimmer ist klein, das Bett winzig. Der Schrank auch. Zumindest ist da ein schmales Fenster. Es ist stickig hier drinnen. Und mir ist schlecht. Ich lege meine Tasche auf das Bett und öffne das Fenster. Ein kalter Windstoß bauscht die Gardinen auf, wie in einem Geisterfilm.

»Ich lasse dich jetzt mal in Ruhe ankommen«, sagt Bianca. Sie geht raus und schließt die Tür.

Ich bleibe erst stehen. Dann setze ich mich doch auf das Bett. Der Wind bläst heftig in mein Gesicht und im Zimmer wird es eisig. Ich stehe auf und schließe das Fenster. Es hat zu schneien begonnen. Ein Auto schleicht vorbei.

Ich räume meine Tasche aus. Zuerst das Handy. Der Bildschirm ist schwarz. In letzter Zeit schalte ich es immer aus, keine Ahnung wieso. Manchmal glaube ich, ich habe Angst, dass niemand anruft und nach mir fragt.

Da klopft es.

»Ja?«

Jemand drückt die Klinke runter und öffnet die Tür einen Spalt.

»Ist ja verdammt kalt hier drinnen. Frierst du nicht? Mach mal die Heizung an!«

Es ist Marisa. So wie sie hier hereinplatzt, habe ich nicht das Gefühl, dass sie Zeit braucht, um mit neuen Leuten warm zu werden.

»Kommst du jetzt endlich?«, fragt sie.

»Wohin?«

»Na, in die Küche. Ich zeig dir die Pläne und so.«

Sie pustet sich eine Haarsträhne aus dem Gesicht. Dabei schaut sie mich gar nicht richtig an, sie blickt die ganze Zeit zu Boden.

Ich mag das Mädchen auf Anhieb nicht.

DREI MONATE SPÄTER

Marisa sagt: »Pusteblume ohne Stängel.«

Ich finde, es sieht wie ein Virus aus. Wie hingespuckt in Lamy-Blau. Mehr fällt mir nicht ein, wenn ich so auf diesen albernen Tropfen Farbe starre. Einsam klebt er auf der vergilbten Pappe. Die Kursleiterin hat das Bild eben an ein Drahtseil geklemmt, als wäre das hier 'ne richtige Kunstausstellung in einer Galerie.

Ob sie sich wirklich für diesen blauen Placken interessiert? Ihr Kinn in die Hand gestützt sagt sie immer nur: »Das ist interessant, ganz interessant.«

Ich sage nichts. Bin auch nicht dran mit der Bildbesprechung. Marisa ist dran. Sie ist schon seit einem halben Jahr hier. Im Erstaufnahmeheim. Hier starten alle. Die, die keine Familie mehr haben, und die, die besser nicht bei ihrer Familie leben sollten.

Mann, ich hasse Marisa. Ich hasse es, wenn sie ihr Essen heimlich mit der Gabel in die Serviette schiebt und dann im Bad verschwindet. Ich bin mir sicher, sie spült alles im Klo runter. Keine Ahnung, was die für ein Problem hat. Wahrscheinlich ist sie magersüchtig oder so was.

Und ich hasse diesen Kurs.

Jede Woche kommt die Alte mit einem anderen Mist um die Ecke. Heute: blaue Farbe und Papier. Gestaltungstherapie nennen die das. Übersetzt: Man schmettert Farbe auf eine Oberfläche. Lächerlich.

Zum Glück bin ich bald hier raus. In einer Stunde habe ich ein Gespräch mit Tina. Dann wird endlich das weitere Vorgehen besprochen. Von meiner Seite aus gibt es nicht viel zu sagen. Ich will so schnell wie möglich hier weg.

Tina ist mein Vormund beim Jugendamt. Sie ist für mich zuständig. Ich frage mich, wie das mit der Zuständigkeit wohl abgelaufen ist. Fällt der Anfangsbuchstabe meines Namens in ihren Zuständigkeitsbereich? Oder hatte sie laut »Hier!« gerufen, als ihr Chef mit meiner Akte in der Hand wedelnd ihr Büro betrat und sagte: »Neue Vollwaise reingekommen, Lunge der letzten überlebenden Verwandten ist vor Kurzem kollabiert. Wer von euch macht's?«?

Die Kursleiterin klemmt das nächste Bild an das Drahtseil. Das von Andreas. Axel. Oder Anton. Sein Name fällt mir nicht ein. Irgendwas mit A.

Kleine, feine Kleckse hat er geschmissen. Haufenweise dunkelblaue Spritzer.

»Konfetti«, sage ich.

Prompt schaut Marisa rüber. Ihre Lippen zu einem schmalen Strich zusammengepresst, wirft sie mir einen entnervten Blick zu. Zwischen uns sitzt A., der nichts tut, außer still sitzen.

Stimmt, sie ist immer noch mit der Bildbesprechung dran. Bei so was ist sie pingelig.

Ich deute auf die Meisterleistung von A.

»Sieht aus wie Konfetti. Findest du nicht auch, Marisa?«

»Du bist nicht dran, Lara!«

»Ja und? Ich finde, das sieht aus wie Konfetti, und das wollte ich nur mal loswerden!«

Marisas Arm schnellt vor und greift nach der Stuhllehne von A., der kurz aufschreckt, bevor er eingeschüchtert zu Boden schaut. Ihre mageren Finger umklammern das Holz. Sie drückt ihren Körper nach oben und macht einen Schritt auf mich zu.

»Ich bin dran, verdammte Scheiße!«

So wie das hier aussieht, scheint sie auch ein Aggressionsproblem zu haben. Arme Marisa.

Irritiert schaut uns die Kursleiterin an. Ihr rechter Mundwinkel zuckt. Ganz eigenartig zuckt der. Dreimal schnell hintereinander. Dann Pause. Dann noch zweimal.

Sie ist eine von der nervösen Sorte. Ich glaube, sie hat Angst vor Marisa. Und vor mir. Wahrscheinlich hat sie das mit dem Handy bereits erfahren. So was spricht sich rum.

»Ist ja gut. Reg dich ab«, sage ich und schaue rüber zu A. »Ich finde dein Bild schön. Ich mag Konfetti.«

»Danke«, sagt A. Dabei hebt er nicht mal den Kopf.

Marisa schnaubt mich an und läuft ins Badezimmer. Die Tür schlägt sie hinter sich zu, sodass A. noch ein weiteres Mal zusammenzuckt.

Ich blicke zu der Kursleiterin. Schließlich soll man fragen, ob man pinkeln gehen darf. Nach allem muss man fragen. Darf ich auf die Toilette gehen? Darf ich in den Hof gehen? Darf ich mir einen Apfel aus der Obstschale nehmen? Mann, wie das nervt.

Ihr Mundwinkel: regungslos. Wahrscheinlich ist sie einfach froh darüber, dass Marisa rausgestürmt ist.

Ich drehe mein Gesicht zum geöffneten Fenster. Die Sonne scheint. Wenn es nicht so penetrant nach Farbe stinken würde, könnte man bestimmt den Frühling riechen.

In meinen Gedanken schmeiße ich Konfetti.

KONFETTI

Meine Oma war großartig. Bei ihr durfte ich immer Konfetti lochen.

Für Oma gehörte Konfetti am Wochenende einfach dazu.

»So wie eine ordentliche Portion Soße über die Knödel«, sagte sie meistens. Das war dann auch der Zeitpunkt, an dem Opa sich in das Gespräch einmischte. Auf seine Art: Er nickte stumm und fuhr mit der Hand in kreisenden Bewegungen über seinen hervorstehenden Bauch. Ich mochte meine Knödel schon immer lieber trocken. Der Rest meiner Familie ertränkte die armen Kartoffelklöße in Soße, wie Deprimierte ihre Sorgen im Alkohol.

Meine Familie. Die hatte schon seit vielen Jahren nur noch aus Oma, Opa und mir bestanden. Bis wir dann noch weiter zusammengeschrumpft sind. Das war so die Sache mit meiner Familie. Die ist nach und nach eingegangen, wie ein zu heiß gewaschener Pullover. Oder eine ohnehin schon mickrige Zimmerpflanze, abgestellt an einem schattigen Platz, vergessen und vertrocknet.

Und meine kleine, mickrige Familie liebte Konfetti.

Wenn ich diese fantastischen Partyschnipsel produzierte, half Oma mir meistens dabei.

Das lief so ab: Oma und ich saßen am großen, dunklen Holztisch und breiteten den gesamten Altpapier-Hausbestand vor uns aus. Wir durchforsteten alles, Werbung, Zeitungen, suchten nach allem, was ansatzweise bunt war. Manchmal berührten sich unsere Hände dabei. Dann fühlte ich Omas feingliedrige Finger, ihre zarte, knittrige Haut, die mich an das Krepppapier im Kindergarten erinnerte.

Anschließend lochten wir. Und was das anging, waren Oma und ich mit einem unerschütterlichen Durchhaltevermögen gesegnet. Wir hörten nicht auf, ehe wir Hunderte von kleinen, runden Papierschnipseln geschaffen hatten. Unsere Ausbeute sammelten wir in einem Pappkarton, den Oma im Wandschrank verstaute. Sie deponierte ihn immer in unserem selbst ernannten Konfetti-Depot, auf dem obersten Regalbrett.

Anstatt einen Stuhl zur Hilfe zu nehmen, stellte sie sich auf die Zehenspitzen und streckte ihren kurz geratenen Körper so arg in die Länge, dass ich Sorge bekam, er könnte in der Mitte durchreißen. Wie eine Ziehharmonika faltete sie sich so weit auseinander, bis der Karton, den sie geschickt auf ihren kleinen Händen balancierte, die Kante des Regals berührte. Mit Schwung schob sie ihn hinein.

»Dort wird Opa das Konfetti niemals finden.«

Sie legte ihr fantastisches Grinsen auf und zwinkerte mir zu.

7,5

Jetzt bin ich fünfzehn Jahre alt und das Schicksal hat mir einen harten Faustschlag verpasst. So einen Treffer – heftig und mitten ins Gesicht–, der den Schädel so richtig zum Vibrieren bringt. Ich habe mal in den Nachrichten gesehen, dass einer von so etwas getötet wurde. Mich hat er nicht umgebracht. In mir wurde es stattdessen taub.

Tina sagt, ich solle darüber nachdenken, meine Geschichte einmal aufzuschreiben. Für Kinder, denen Ähnliches passiert ist. Und für meine Seele. Okay, das mit der Seele sagte sie nicht. Aber sie dachte es, da bin ich mir sicher.

Mit der Zeit lernt man die Blicke der Menschen um einen herum zu deuten. Manche sind voller Mitleid. Andere voller Erleichterung, dass sie selbst vor so einem Schicksal verschont geblieben sind. Tinas Blick ist eher gelangweilt, fast abgestumpft. Manchmal schaut sie so seltsam ins Leere. Ich bin schließlich nicht die Erste mit so einer Geschichte, die sie kennenlernt. Auf einer Skala von 1 bis 10, wenn 10 furchtbar schrecklich ist, bin ich in ihrer Welt höchstens eine 7,5. Wenn überhaupt.

Als Vollwaise hat man echt andere Probleme als die meisten in meinem Alter. Wenn ich genau darüber nachdenke, weiß ich nicht mal, was gewöhnliche Probleme von Fünfzehnjährigen sind.

Der eigene Körper? Peinliche Eltern? Wer mit wem auf der Schulparty tanzt?

Hier ist an Party gar nicht zu denken.

Viele Freiheiten gibt es nicht. Und wenn doch, dann nur in begrenzten Zeitrahmen oder wenn Betreuer dabei sind.

Und wenn man nach der Schule noch mal raus darf, dann muss man um achtzehn Uhr zurück sein. Dann ist Sperrstunde.

Außerdem habe ich überhaupt keine Lust zu schreiben. Ich würde sogar so weit gehen und behaupten, dass ich schreiben hasse. Noch mehr als malen. Viel zu mühselig. Dazu kommt, dass ich eine unordentliche Handschrift habe. So schräg, irgendwie verschnörkelt. Kann kein Mensch lesen. Und irgendwann tut auch noch die Hand weh.

Weiß nicht, wie das bei anderen ist, aber in meinem Kopf ist generell schon viel los. Alles, was ich erlebe, gehe ich in Gedanken noch mal durch. Beschreibe. Kommentiere. Ausschließlich in meinen Gedanken versteht sich. Bin ja nicht verrückt und rede mit mir selbst.

Keine Ahnung, warum ich das mache. Irgendwie fühlt sich dadurch alles ein klein wenig echter an. Lebendiger. In letzter Zeit kommt mir nämlich alles so verdammt langsam vor. Als hätte jemand im Song meines Lebens auf Pause gedrückt. Oder durch irgendeine technische Störung kann der Film meines Lebens nur noch in Slow Motion abgespielt werden.

Da hilft es eben einfach, alles Erlebte im Kopf noch mal durchzukauen.

Wie zum Beispiel meine Begegnungen mit Tina. Sie trägt immer zu enge Hosen, sodass sich ihr Slip abzeichnet und jeder verschämt zu Boden schaut, sobald sie sich aus ihrem Bürostuhl erhebt. Ein bisschen nervös ist sie auch. Meistens beißt sie in einen Bleistift, den sie immer mit sich herumträgt. »Ein Herz für Kinder« steht drauf. Der hat schon einiges mitgemacht. Richtig abgekaut hat sie ihn.

Letzte Woche hat sie mir mein Handy weggenommen, weil ich es gegen eine Wand geschmissen habe. Gegen einen Betreuer, meint sie.

Ich wollte nur die Wand treffen. Ehrlich.

Ich war nun mal sauer, denn ich will endlich hier raus.

Am liebsten in diese Wohngruppe, versteht sich. Dann bin ich frei und muss nicht um achtzehn Uhr meinen Pyjama anziehen.

Das ist so eine Wohngruppe für Mädchen, die zu irgendeiner Stiftung von stinkreichen Leuten gehört, deren Namen ich vergessen habe. Klingt aber wichtig. Und nach Geld.

Tina erwähnte sie bei unserem letzten Gespräch.

»Das könnte eine Option sein«, sagte sie.

Auch Marisa erzählt ständig davon. Ihre Schwester lebt dort. Eigentlich mag sie ihre Schwester nicht. Sie sagt, sie würde sich wie 'ne verdammte Nonne aufführen und die Vernünftige raushängen lassen. Denn sie macht eine Ausbildung.

Ich glaube, Marisa ist neidisch.

Trotzdem telefoniert sie jede Woche mit ihr.

Danach kommt sie aus dem Schwärmen für diese Wohnanlage nicht mehr raus. Dann fängt sie meistens an zu heulen, weil die keine Mädchen mit Essstörung aufnehmen. Man braucht einen bestimmten BMI oder so was.

Marisas Schwester sagt, dass es dort große, lichtdurchflutete Einzelzimmer gibt. Eine riesige Gemeinschaftsküche und sogar einen Kinosaal mit einer richtigen Leinwand! Nicht so einen alten Röhrenfernseher wie hier. Eine Menge Taschengeld bekommt man auch. Ansonsten darf man sein eigenes Ding machen. So ziemlich erwachsen eben.

Der Haken: Diese Stiftung bietet nur insgesamt acht Plätze für ausgewählte Waisenkinder.

Jetzt könnte man denken: Acht Plätze sind aber nicht viel. Ist höchstwahrscheinlich richtig. Acht Plätze sind verdammt wenig. Dort reinzukommen ist also per se schon recht schwer. Man muss schon verdammtes Glück haben. Was ein schlechter Witz ist, denn wer hat schon Glück, wenn er Waise ist? Oder man muss besonders sozial sein. Das sagt zumindest Tina.

Und der Ausrutscher mit dem Handy (wie sie es nennt) fällt leider nicht unter *besonders sozial.*

Die letzte Verbindung zu meinem alten Leben zerfiel damit in zwei große und einige kleine Teile, die Tina mit den folgenden Worten aufsammelte: »Das bleibt vorerst bei mir.«

Die Überreste meines Handys liegen also gerade in ihrer Konfiszierungsschublade. In irgendeinem kleinen, stickigen Büro im Frankfurter Jugendamt. Hätte sie mir zumindest die SIM-Karte gegeben, könnte ich über ein anderes Gerät Kontakt zur Außenwelt aufnehmen. Nicht, dass ich noch viele Freunde hätte, die ich anschreiben könnte. Seit ich in dieses Gefängnis gebracht wurde, haben sich die meisten nicht mehr gemeldet. Bis auf Elisa. Und Elisa hätte ich nun mal gern angeschrieben. Vielleicht hätte sie Lust rauszugehen. Einfach mal wieder Inliner fahren. So wie früher.

ALLTAGSROUTINE

Die Tage meines alten Lebens liefen meistens gleich ab. Sie bestanden aus Schule, Hausaufgaben, Mittagessen und anderen gewöhnlichen Dingen, wie Freunde treffen oder so. Eigentlich ziemlich normal, wenn man mal beiseiteschiebt, dass nichts mehr normal war. Denn ich lebte bei meinen Großeltern. Das war dann, wenn überhaupt, nur halb normal. Und das war schon ausgesprochen gut. Denn irgendwie war ich halbwegs glücklich.

Wir hatten unsere Familienrituale.

Jeden Samstag nach dem Frühstück schnappte sich Opa sein Fahrrad und fuhr zu dem kleinen Markt an der Hauptstraße.

»Um die Zutaten für die Knödelsoße zu kaufen«, betonte er.

Währenddessen half ich meiner Oma beim Aufräumen. Marmelade in den Schrank, Krümel in die Handfläche. Mit Elisa eine Runde Inliner um den Block fahren. Dann wieder ab nach Hause.

Sobald Opa zurückkam und Oma und ich seinen schweren Schlüsselbund im Treppenhaus klimpern hörten, gab sie mir ein Zeichen. Mein Herz hüpfte, ich liebte diesen Augenblick zwischen Anspannung und Freude. Unübertrefflich war das Gefühl der stillen Übereinkunft zwischen Oma und mir. Dieser kurze, kaum wahrnehmbare Moment, wenn sie mir das Gefühl gab, ich würde die Welt so verstehen wie sie. Ich wusste, was zu tun war. Ohne zu zögern, lief ich zum vereinbarten Punkt im Flur.

Währenddessen eilte sie zum Wandschrank und holte den Pappkarton herunter. Anschließend positionierten wir uns hinter der Eingangstür. Wir rutschten so eng zusammen, dass ihre Strickjacke mein Gesicht streifte. Niemals werde ich den Geruch der kratzigen Wolle vergessen. Sie roch nach tausend gebackenen Kuchen, Fettcreme und Staub.

Sobald ich hörte, wie Opas Schlüssel sich im Schloss drehte, zog sich mein Bauch zusammen. Als er im Türrahmen erschien, sprangen wir hervor, überschütteten ihn mit Konfetti und riefen: »Überraschung!«

Vor Schreck weiteten sich seine Augen. Seine hervorstehenden Haarbüschel, auch Augenbrauen genannt, hüpften nach oben, seine Stirn verformte sich und sah für einen Moment wie ein zusammengeklappter, schrumpeliger Fächer aus.

Einfach grandios. Manchmal sprang er ein kleines bisschen in die Höhe und fasste sich an die Brust, um einen Herzanfall vorzutäuschen. Diesen kurzen Anflug von Angst, ich könnte an meinem eigenen Lachen ersticken, den vergesse ich niemals. So wiederholte es sich fast jede Woche.

Mittlerweile ist es mir beinahe peinlich, wenn ich daran zurückdenke. Natürlich wusste Opa spätestens ab der zweiten Überraschung, was geschehen würde. Jedes Mal spielte er mit. Opa war ein herrlicher Typ.

Doch der Spaß mit Opa war ziemlich plötzlich vorbei. Er nahm ein abruptes Ende, als ich zwölf Jahre alt war.

Opa starb. Wie lange vor ihm bereits meine Eltern.

NEUiGKEiTEN

Endlich! Ich höre Tinas Stimme. Sie steht unten im Flur und begrüßt den Betreuer, der gerade Dienst hat. Emre. Emre ist der einzige nette Mensch hier. Er hat dem Heim sogar eine Playstation gespendet. Manchmal zockt er mit uns. Ich glaube, wenn ich jemanden vermissen werde, dann Emre.

Bevor sie mich rufen kann, stehe ich bereits im Flur.

Tina begrüßt mich mit einem Nicken und deutet auf das kleine Büro, das sich alle Mitarbeiter teilen müssen.

Emre tritt auf die Terrasse und zündet sich 'ne Kippe an.

Auch er nickt mir zu, als wolle er sagen: So viel Zeit habt ihr. Eine Zigarette lang.

Alles in dem Büro ist winzig. Der Schreibtisch, die Stühle. Sogar das Fenster. Ich setze mich auf den kleinen Holzstuhl gegenüber dem Schreibtisch.

Tina sagt nichts. Das macht sie immer. Erst mal nichts sagen. Dann lässt sie sich auf den Bürostuhl sinken. Durch Tinas Gewicht wippt er für einen kurzen Moment auf und ab und macht dabei ein bedauerliches Geräusch. So, als würde sie furzen. Ich halte die Luft an, um nicht loszulachen.

Sie greift in ihre Tasche und zieht einen Hefter heraus. Lautlos legt sie ihn vor sich und öffnet ihn.

»Ich habe eine gute Nachricht für dich.«

Das hört man selten.

»Eine nette Familie sucht seit längerer Zeit ein Pflegekind. Und obwohl du schon verhältnismäßig alt bist, möchten sie dich kennenzulernen.«

»Was?«

»Sie möchten dich kennenlernen.«

»Ich meine: Was soll das? Ich dachte, ich darf in die Wohngruppe?«

Tina beugt sich nach vorn und stützt ihre Ellbogen auf dem Schreibtisch ab.

»Lara ... das ist nicht so einfach, wie du dir das vorstellst. Du bist erst fünfzehn Jahre alt.«

»Bald bin ich sechzehn«, werfe ich ein.

»Bis dahin sind es noch mehrere Monate. Lara, ich weiß, du hörst das nicht gern. Aber du bist noch nicht so weit. Was ich sagen will, ist: Ich wünsche mir, dass du deine sozialen Kompetenzen vorerst weiter ausbaust.«

»Was soll das heißen? Dass ich asozial bin?«

Tina seufzt und schaut mich an. Etwas an ihrem Blick stört mich. Ich spüre, wie meine Wangen glühen. Meine Beine beginnen zu zittern. Schnell gucke ich aus dem Fenster, bevor ich mir einen ihrer mitleidigen Gesichtsausdrücke geben muss.

»Du weißt, dass ich das nicht denke.«

»Und warum darf ich dann nicht in die Wohngruppe ziehen? Tina, bitte! Was spricht dagegen? Da gibt es doch auch Betreuer, die aufpassen!«

Jetzt schaue ich wieder zu ihr hin. Unschlüssig, ob ich auf bemitleidenswerte Jugendliche machen soll oder auf selbstbewusste Kämpferin. Bin nicht ganz sicher, was bei Tina zieht. Bin nicht mal sicher, was von beidem ich bin.

»Es gibt derzeit keinen freien Platz. Selbst wenn es einen geben würde, bin ich nicht der Meinung, dass es der richtige Weg für dich ist. Zumindest noch nicht. Ich bin für dich verantwortlich, Lara. Diese Familie ist eine große Chance. Sie haben dir viel zu bieten. Das ist ein echter Glücksgriff.«

Glücksgriff? Woher kann Tina schon wissen, was gut für mich ist?

Weil sie meine Akte pflegt?

Weil sie zehn Minuten in der Woche mit mir spricht?

»Die Familie ist bereit, dir eine Privatschule zu finanzieren«, fährt sie fort, »eine Schule mit dem Schwerpunkt *Soziales Lernen.*«

Sie macht eine Pause. Wahrscheinlich erwartet sie, dass ich etwas dazu sage. Ich finde Privatschulen total bescheuert. Sicher muss man da so alberne Uniformen tragen.

»Willst du gar nichts dazu sagen, Lara?«

Ich schüttle den Kopf. Und sehe mich in spießigen, braungrünen Faltenröcken und weißen, bis zu den Kniekehlen hochgezogenen Socken über einen Schulhof hüpfen.

»In dieser Schule gibt es viele Angebote. Soziale Projekte, Anti-Aggressionstraining. Es gibt auch eine Art Club. *Den Club der wütenden Fünf.* Sie arbeiten dort mit einem Sozialpädagogen in einer Kleingruppe. Das ist wie eine Art … Training für Verantwortungsbewusstsein. Das hat schon vielen Jugendlichen geholfen.«

Was ist das bloß für ein dämlicher Name für einen Club? Passt gar nicht zu einer Privatschule, finde ich.

Während Tina weiterschwafelt, muss ich an diese Familie denken. Wer will denn ernsthaft eine Pflegschaft für eine Fünfzehnjährige übernehmen? Wünschen Eltern sich nicht kleine, süße Kinder, die sie nach ihren Wünschen und Vorstellungen formen können? Die dann irgendwann Mama und Papa sagen und mit ihnen beim Fotografen sitzen, so dämliche Familienfotos schießen, die sie dann einrahmen und in den Flur hängen, sodass alle Besucher sagen: »Ausgesprochen schön. Was für eine hübsche, glückliche Familie!«

Nicht mit mir. Das können die vergessen.

»Lara?«

»Mmh«, mache ich.

»Ich denke, das ist ein guter Anfang.«

Ist mir echt egal, was Tina denkt. Ich weiß, was ich will. Und erst recht, was ich *nicht* will: eine neue Familie.

LEITPLANKE

Alle drei saßen sie damals im Auto. Mama, Papa und Opa. Sie fuhren an die Ostsee, um Oma zu besuchen. Oma machte eine Kur, auf Rügen. Schon immer hatte sie Schwierigkeiten mit der Lunge, und die frische Luft dort oben tat ihr gut. Zumindest sagten das alle.

Wo ich zu diesem Zeitpunkt war, hatte ich lange Zeit vergessen. Erst vor Kurzem poppten die Bilder dieser Tage wieder auf. Tina fragt immer so viel. Wer gehört alles zu deiner Familie? Gibt es noch irgendwo eine Verwandte? Eine Tante vielleicht?

Ich hätte gedacht, die haben hier ein Computersystem oder so. Eins, in dem sie nachschauen können, was von einer Familie noch übrig ist. Stattdessen quält Tina mich mit ihren Interviews. Meistens dreht sie den abgekauten Bleistift dabei in der Hand. Wenn es dann kurz still ist und sie mich ungeduldig ansieht – dabei schiebt sie immer ihren Kopf krampfhaft nach vorne wie eine Schildkröte –, kann man es hören. Wie ihre Fingernägel über die abgeschmirgelte Lackschicht des Stiftes streifen.

Viel kann ich ihr sowieso nicht erzählen. Ich kann mich

ja kaum an meine Eltern erinnern. Wenn ich mich richtig stark zusammenreiße, mich wirklich anstrenge und ganz fest an sie denke, selbst dann sehe ich nur graue, verwaschene Gesichter. Manchmal höre ich irgendwoher ein Lachen, das nach Papa klingt. Aber vielleicht stimmt das auch nicht. Wer erinnert sich schon nur an ein Lachen?

Einmal fiel mir Tante Frieda ein, dann notierte Tina *Tante Frieda?* auf ein neues Blatt. Doch die zählt jetzt doch nicht, weil sie nicht meine echte Tante ist. Sie wurde zweimal durchgestrichen.

Mit der Erinnerung an Tante Frieda fielen mir auch wieder andere Dinge ein. Irgendwoher kam dann das Bild mit der Kotze.

Ich hatte mir damals einen Magen-Darm-Infekt zugezogen und meine Eltern entschieden, mich besser nicht zu Oma und den angeschlagenen Kurgästen mitzunehmen. Kurzerhand wurde ich bei Tante Frieda abgeliefert. Sie rauchte zu viel und lebte schon immer allein in dem kleinen, efeubedeckten Haus nebenan. Viele Jahre war sie eine enge Freundin meiner Eltern. Ich mochte sie und war gern bei ihr, trotz ihres ständigen Hustens. Wenn sie einen ihrer Anfälle bekam, bebte ihr Oberkörper, als wäre sie mithilfe eines Defibrillators reanimiert worden. Ein seltsames Rasseln drang aus ihrer Lunge und jedes Mal, wenn ihr Husten abebbte und der Anfall vorüber war, stand sie auf, öffnete ein Fenster und zündete sich eine neue Zigarette an.

»Es ist ja nur für ein paar Tage«, sagten meine Eltern. Tante Frieda umarmte die beiden und nickte stumm und bedrückt, als hätte sie die leise Vorahnung, dass das nicht stimmte. Dunkel erinnere ich mich daran, wie sie in die Knie ging und ich mich heulend an ihren rauen, faltigen Hals klammerte.

Dann gingen wir ins Haus und stellten uns ans Fenster. Sie hievte mich hoch, sodass ich zum Abschied noch einmal winken konnte, als meine Eltern und Opa in den Wagen stiegen.

Dann kotzte ich auf den Fenstersims.

Opa, Mama und Papa kamen nie bei Oma an. Sie hatten es gerade mal geschafft, Frankfurt zu verlassen. Kaum ordneten sie sich auf die mittlere Spur der A66 ein, da übersah sie ein Lkw. Er scherte aus, und das Auto, in dem fast meine ganze Familie saß, flog über den grauen Asphalt. Der Wagen schleuderte über die Fahrbahn, gegen die linke Leitplanke. Zu guter Letzt überschlug er sich noch. Wie durch ein Wunder überlebte mein Großvater. »Der Falsche im Wagen«, betonte er immer, wenn wir darüber sprachen. Dann presste er lautlos die Lippen aufeinander und schluckte den Schmerz hinunter, bevor er wieder sein übliches Lächeln aufsetzte. Er erlaubte sich selten, zu weinen. Seine Trauer kam mir wie das sporadische Flackern einer Glühbirne vor. Ich bemerkte sie kaum, aber wenn ich ihn dabei beobachtete, wie er sich stumme Tränen aus dem Gesicht wischte, machte es mich wütend. Keine Ahnung wieso.

Nach dem Unfall musste ich erst mal ein paar Wochen bei Tante Frieda bleiben. Damals klingelte ständig das Telefon. Schrecklich nervig. Als wäre die ganze Welt wachgerüttelt worden. Wenn jemand nach dem Unfall, meiner Familie oder meinem Befinden fragte, erkannte ich das daran, dass Tante Frieda zu flüstern begann. Den Hörer zwischen Ohr und Schulter geklemmt, eine qualmende Zigarette im Mundwinkel, blickte sie immer wieder hinter sich, als hätte sie einen nervösen Tick. Um sie zu beruhigen, ging ich ins Nebenzimmer. Die Wände waren so dünn, ich konnte ohnehin jedes Wort verstehen.

Eines Tages hing sie am Hörer und berichtete über Papas Verletzung. Er hatte einen Genickbruch erlitten. Es war das erste Mal, dass ich davon hörte.

Noch Wochen später träumte ich davon, wie die Halswirbel meines Vaters von einem Sicherheitsgurt zusammengeschnürt wurden.

Ich hatte keine Ahnung, wie man sich bei dieser Art von Unfall die Halswirbel brechen konnte, aber in meiner Vorstellung sah es eben genauso aus. Seine Augäpfel quollen hervor und blickten mich an.

Diese Vorstellung wurde ich lange Zeit nicht los.

Das nächste Bild, was mir in den Sinn kommt, ist das von einem großen Pappkarton, in welchen ich meine Spielsachen räumen musste. Als ich damit fertig war, wurde er mir von einem bärtigen Kerl im Blaumann abgenommen. Er hievte ihn auf einen kleinen, grünen Umzugswagen mit gelber Aufschrift. Ich kann mich nicht erinnern, diesen Karton jemals ausgeräumt zu haben, doch irgendwann befanden sich die Spielsachen in meinem neuen Zimmer.

Bei Oma und Opa bekam ich ein neues Kinderzimmer. Sie räumten das Gästezimmer aus, in dem ich früher oft mit meinen Eltern übernachtet hatte. Sie schraubten alle Möbel auseinander und schmissen die Einzelteile mit Schwung aus dem Fenster auf den Gehweg vor das Haus. Ich weiß noch, wie das alles tagelang dort unten lag, bis endlich der große Sperrmüllwagen vorfuhr und uns von dem Anblick erlöste.

Damals war ich sehr müde. Nachts lag ich trotzdem meist wach. Konnte nicht schlafen, weiß auch nicht, wieso. Irgendwie fühlte ich mich verloren. Mein neues Zimmer war so unglaublich weit. Mein kleines Bett stand mit dem Kopfende zur Wand und ragte einsam in den Raum. Links und rechts von ihm mussten noch mindestens zwei Meter Platz gewesen sein. Zumindest konnte ich drei große Schritte in jede Richtung laufen, bis ich eine Wand berührte.

Nachts jagte mir das ganz schön Angst ein. Sobald es dunkel wurde, sah ich nur noch Schatten und das Mondlicht, das sich wie vergossene Milch über der Bettdecke ausbreitete.

Die ersten Monate hörte ich hin und wieder ein seltsames Geräusch. Es war, als würde jemand über den Teppich schleichen. Das klingt verrückt. War aber so. Manchmal wurde ich davon wach und erstarrte. Wenn ich mich auf das Geräusch konzentrierte, wurde es lauter und kurz darauf klang es nicht mehr wie ein Schleichen, sondern so, als würde jemand über den Teppich hetzen. Absichtlich laut. Absichtlich gruselig.

Als Tante Frieda uns besuchte, erzählte ich ihr von den Geräuschen in meinem Zimmer. Aufmerksam hörte sie zu. Als ich fertig war, beugte sie sich nach vorne. Dabei fiel ein Stückchen Glut ihrer qualmenden Zigarette auf die Couch und hinterließ ein feines, schwarzes Brandloch. Dann sagte sie voller Ernst mit ihrer rauen, kratzigen Stimme: »Deine Eltern besuchen dich.«

Das alles hatte ich mal dem Schulpsychologen erzählt. Der murmelte etwas von PTBS. Dann machte er sich Notizen. Drei Tage später rief er meine Oma an. Was er ihr sagte, weiß ich nicht. Nur, dass sie mich danach für eine Weile anders ansah. Überhaupt war Oma von da an manchmal anders.

Da war die Sache mit dem Schrein. Seit dem Tod meiner Familie stand ein fürchterlicher Altar im Flur. Darauf unzählige Kerzen und Fotos, überwiegend von meiner Mutter, als sie klein war. Wenn ich von der Schule nach Hause kam, blieb ich immer für einen kurzen Moment an der Wohnungstür stehen. Ich presste mein Ohr gegen die kalte Oberfläche und hielt die Luft an. Hörte ich Oma schluchzen, lief ich noch mal eine Runde um den Block. Denn Schluchzen am Nachmittag hatte immer nur eines zu bedeuten: Eine neue Kerze wurde angezündet.

ANKUNFT

Heute Nachmittag wirst du Ludwig kennenlernen, deinen Pflegebruder.«

Ludwig interessiert mich einen Scheiß.

Das sage ich natürlich nicht laut, trotzdem mustert mich die Frau im Rückspiegel. Als sich unsere Blicke treffen, lächelt sie. Schnell schaue ich weg, nur um kurz darauf wieder zu ihr nach vorne zu schielen. Sie wirft ihrem Mann einen komischen Blick rüber. Doch der glotzt aus dem Fenster.

Ich entscheide, die beiden weiterhin zu ignorieren, und schließe die Augen. Ich stelle mir vor, wie ich am Strand eines tosenden Meeres spazieren gehe. Ich bin barfuß und es ist kalt. Über mir heult ein Wind, der die grauen Wolken über den schwarzen Himmel schiebt. Hohe Wellen wirbeln den Sand auf, bevor das dunkle Wasser ihn verschluckt. Meine Lippen schmecken nach Salz. Ich bin nah ans Ufer gelaufen und bleibe stehen. Meine steifen Füße versinken im Sand, der aussieht wie schmutzig brauner Schlamm. Der Wind tobt. Meine langen Haare peitschen mir ins Gesicht. Kälte kriecht in meine Beine und klettert weiter nach oben, bis sie meinen Kopf erreicht und sich dort ausbreitet. Das tut gut. Ich atme tief ein und aus. Dann öffne ich meine Augen wieder.

Als ich noch im Heim war, musste ich in so eine Gruppenstunde. Schönemeyer hieß der Therapeut. Er sah aus wie ein riesiges Cello.

Sein Bauch war rundlich und aufgebläht, wie ein großer Resonanzkörper. Seine Stimme klang tief und hohl, aber melodisch. Ich hörte ihm gern zu, ohne es mir anmerken zu lassen. Ungewöhnlich für seine Körperfülle war er mit einem langen, schlanken Hals gesegnet, und wenn er sich geschickt kleidete, wirkte er gar nicht so fett, wie er in Wirklichkeit war. Sein Hintern jedoch war gigantisch, und jedes Mal rutschte der schmale Stuhl quietschend ein paar Zentimeter nach hinten, sobald er sich setzte.

Viele Teilnehmer gab es nicht. Nur drei seltsame Jungs sowie A., Marisa und mich. Zu Beginn erzählte er uns etwas über Achtsamkeit und Traumreisen und wie man Entspannung darin finden konnte. Ich fand es vollkommen bescheuert und boykottierte die Stunde, indem ich jedes Mal laut auflachte, sobald alle die Augen schlossen. Völlig zu Recht. Die fünf sahen absolut dämlich aus. Wie sie da auf ihren Stühlen saßen, die Hände auf den Knien, als wären sie willenlose Marionetten in den Fängen des Cellomannes.

Regelmäßig wurde ich rausgeschickt und irgendwann ganz aus der Gruppe geschmissen. Doch jedes Mal nahm ich das gleiche Bild aus der Traumreise mit.

Das vom tobenden Sturm am Strand.

Wir biegen in eine schmale Straße ein, die in einer feinen Gegend liegt. Links und rechts wechseln sich schicke alte

Häuser und verglaste Wohnkomplexe ab. Luxuskarossen parken in den Einfahrten.

Ich schaue aus dem Fenster in einen wolkenlosen Himmel. Es ist ein sonniger Tag, und als hätten sich die Bewohner dieser Schickimicki-Gegend abgesprochen, sehen alle Balkone gleich spießig aus. Ein Blumenkasten dort, ein hübsch gestutztes Bäumchen da.

Richtig ätzend.

Ein älterer Herr gießt seine Blumen mit einer Gießkanne aus glänzendem Messing und blickt auf, als der Wagen in seine Straße einbiegt. Ich werfe ihm einen provozierenden Blick zu, doch das scheint ihn nicht zu interessieren. Zufrieden schaut er auf seine Pflanzen und lächelt.

Die Frau steuert den VW in die Garage eines Mehrfamilienhauses und es wird dunkel. Für einen Augenblick sehe ich nichts bis auf die Leuchten am Armaturenbrett. Dann beginnt die Deckenlampe der Tiefgarage nervös zu flackern. Zwei Sekunden später durchflutet ein grelles Licht die Garage. Die Frau parkt den Wagen. Der Mann öffnet mir wortlos die Autotür. Meine Beine fühlen sich schwer an. Ich habe nicht die geringste Lust, die langweilige Wohnung von diesen noch langweiligeren reichen Menschen zu betreten.

Mein Körper blockiert. Es fühlt sich an, als wären meine Füße einbetoniert.

Der Mann sagt: »Wir sind jetzt da, Lara«, als wäre ich zu blöd, um das selbst zu merken.

Ich reagiere mit meinem geübten Killerblick. So nannte ihn ein Betreuer im Heim. Ich hörte ihn mal darüber mit seinen Kollegen tuscheln. Nervig zu wissen, dass die in ihrer Pause über dich reden.

»Nimm dir die Zeit, die du brauchst«, fügt er furchtbar verständnisvoll hinzu und läuft zum Kofferraum, um meine Tasche zu holen.

Seit sie ausgestiegen ist, wippt die Frau von einem Fuß auf den anderen und schaut abwechselnd zu mir und zu Boden.

Unsere Blicke treffen sich schon wieder. Sie lächelt.

Ich schaue weg, auf meine Hände. Ich weiß nicht, wohin ich sonst schauen soll. Sie will unbedingt nett sein. Ich hasse solche Menschen.

Auch ihr Mann scheint zu bemerken, dass sie mich nervt, und sagt ihren Namen: »Julia.«

Als sie ihn anschaut, übermittelt er lautlos irgendeine geheime Botschaft, denn sie hört sofort auf zu wippen. Dann nickt er ihr zu, woraufhin sie verkündet: »Ich gehe schon mal nach oben, bis gleich.«

Gott sei Dank!

»Ist gut«, antwortet ihr Mann und atmet tief durch. Auch er scheint erleichtert. Meine Tasche stellt er vor der Beifahrertür ab.

»Die kannst du sicher selber tragen. Ich denke, du brauchst keinen Portier.«

Soll das etwa witzig sein? Doch irgendetwas regt sich in mir. Ein Anflug von Erleichterung, oder zumindest so was Ähnliches. Ich bin einfach nur froh, dass er mich nicht so dämlich bemuttert. Also nicke ich und stehe auf. Der Beton bröckelt von meinen Füßen.

SCHWARZWÄLDER KIRSCHTORTE

Nachdem die beiden mich durch ihre Penthouse-Wohnung geführt haben, lassen sie mich endlich in Ruhe. Bis ihr geliebter Ludwig vom Hort kommt, haben sie gesagt. Dann soll es Kaffee und Kuchen geben. Also gut, *geliebter* haben sie nicht gesagt, es aber bestimmt gedacht! Die Frau säuselt so richtig, wenn sie von ihrem Sohn spricht.

Eins muss ich den beiden aber lassen, sie leben in einer schicken Bude. Von außen sieht sie zwar aus wie ein Betonklotz, inmitten strahlender Altbauten und kleiner Parkanlagen irgendwie fehl am Platz. Doch als wir den Flur betreten haben, wurde mir schnell klar, warum Menschen sich dazu entscheiden, in einem Betonklotz zu wohnen.

Die Familie lebt in fünf großen Zimmern und hat zwei Bäder, die mit einer Durchgangstür verbunden sind. Was auch immer das soll. Ich finde es umständlich, denn so muss ich zwei Türen abschließen.

Die Küche ist verhältnismäßig klein, aber hat Stil. Auf der Arbeitsplatte glänzt so eine moderne Kaffeemaschine, mit der man auch Milch aufschäumen kann. Das Wohnzimmer ist zur Hälfte verglast. Hinter den gegenüberliegenden Häusern kann man den Taunus sehen. Oma hätte das gemocht. Die haben hier sogar ein Yoga-Zimmer. Als die Frau das erwähnt hat, erstrahlte ihr Gesicht, als hätte ihr Mann ihr eine Reise auf die Bahamas geschenkt. Ich bin nicht darauf eingegangen, aber betreten werde ich diesen albernen Raum bestimmt nicht.

Mein Zimmer befindet sich am Ende des langen Flures, von dem alle Schlafzimmer abgehen. Es ist quadratisch und kahl. Die Wände sind weiß und leer, aber dem Geruch nach zu urteilen, wurde es erst vor kurzer Zeit gestrichen. Unter dem Fenster steht ein kleiner Schreibtisch mit einer rosafarbenen Leselampe darauf. Ich hasse Rosa. Das habe ich aber für mich behalten, als sie mir mein Zimmer präsentiert haben, als wäre es ein Lottogewinn.

Gegenüber befindet sich ein weißer Kleiderschrank mit einer Spiegeltür. Das Beste an dem Zimmer ist, dass ein 1,40 Meter breites Bett darin steht. Nach diesem winzigen, harten Holzbrett im Heim – was sie lächerlicherweise Futonbett nannten – ist das hier ein echter Segen. Meine Reisetasche werfe ich in die Ecke und lasse mich auf die Matratze fallen.

Irgendetwas pikst mich in den Rücken und ich schrecke hoch. Ein lilafarbener Gegenstand liegt zwischen den Kissen. Ich nehme ihn in die Hand und ein penetrant widerlicher Geruch steigt mir in die Nase.

Sie haben doch tatsächlich ein Lavendelsäckchen in mein Bett gelegt!

Wer macht denn so was? Das kann nur von der Frau kommen. Ein kleiner Anhänger aus Holz baumelt daran. Er hat die Form einer Lavendelblüte und ist beschriftet.

»Herzlich willkommen« steht darauf.

Ich werfe das Säckchen in die Ecke und lehne mich wieder zurück.

Ein Klopfen reißt mich aus dem Schlaf, ich muss eingenickt sein. Ich schaue aus dem Fenster und prüfe die Helligkeit. Die Sonne scheint noch immer kräftig. Lange habe ich anscheinend nicht gepennt.

Die Frau sagt meinen Namen. Dabei spricht sie vorsichtig. Ihre Stimme wird beinahe vollständig von der Holztür verschluckt. Sie klopft noch einmal, und als ich nicht reagiere, öffnet sie die Tür.

»Lara?«

»Mmhhh«, mache ich.

»Wir würden uns freuen, wenn du in die Küche kommst.« Dann schüttelt sie den Kopf und korrigiert sich: »Komm doch bitte in die Küche.«

Sie lässt die Tür offen und verschwindet. Aus der Küche dringen gedämpfte Stimmen in den Flur. Geschirr klirrt, dann lacht ein Kind. Das muss Ludwig sein, der geliebte Sohn. Ich atme tief durch und versuche nachzudenken, doch mein Kopf ist leer.

Meine Blase drückt.

Ich ignoriere es.

Wenn ich etwas überhaupt nicht mag, dann auf fremde Toiletten zu gehen, vor allem, wenn sie hellhörig sind. Der Gedanke, dass mich jemand pinkeln hören könnte, macht mich irre. Im Heim verkniff ich es mir manchmal stundenlang, weil wir uns zu viert ein Bad teilen mussten, welches Wand an Wand mit dem Aufenthaltsraum der Betreuer lag. Mittlerweile ist meine Blase gut trainiert, im Ernstfall halte ich gute fünf Stunden durch. Nur doof, dass ich geschätzt vor fast sechs Stunden das letzte Mal auf dem Klo war.

Unschlüssig sitze ich herum und starre in den dunklen Flur. Ich schlucke. Ich stehe auf und laufe planlos durch das Zimmer. Dann setze ich mich wieder.

Meine Blase schmerzt.

Also stehe ich wieder auf und stelle mich in den Türrahmen. Ich halte die Luft an und lausche. Abwechselnd höre ich die Stimmen der Eltern. Dann erzählt der Junge anscheinend irgendwas Witziges, denn als seine Stimme verklingt, lachen die beiden auf.

Ob sie mich vergessen haben? Vielleicht ist ihnen gar nicht aufgefallen, dass ich noch in meinem Zimmer bin. Sprechen sie vielleicht sogar über mich?

Erneut beginnen sie zu lachen.

Dann halt nicht! Die sind mir sowieso egal. Ich knalle die Tür zu.

Sofort bereue ich es. Was ich nicht gebrauchen kann, ist, dass die Alte nun in mein Zimmer dackelt und versucht, ein Gespräch anzufangen.

Ich warte.

Nichts geschieht.

Ich laufe zum Spiegel und betrachte mich.

Als ich ins Heim kam, wurde ich gemessen.

Für eine Fünfzehnjährige bin ich relativ groß, sagen die Ärzte. 1,70 cm.

Was mich ziemlich wundert, denn alle anderen in meiner Familie waren klein. Das haben sie mir also hinterlassen, nur für mich aufgespart: diese Größe. Vielleicht ist sie noch mal für irgendwas gut.

Gewogen wurde ich auch. Nur in Unterwäsche musste ich mich auf so eine altmodische, kalte Waage stellen. Ich zitterte, doch das schien den Arzt nicht zu interessieren. »Normalgewichtig«, hatte der Doc gesagt und ein Formular ausgefüllt. Am Ende der Untersuchung gratulierte er mir, ich sei kerngesund und der Impfpass auf dem neusten Stand. Er schob seine Brille auf der Nase nach oben und lächelte mich an. Dann ging ich einfach raus.

Mir fällt auf, wie lang meine Haare geworden sind. Ich habe sie immer gemocht, doch plötzlich finde ich sie hässlich. Richtig abstoßend. Wie ein Schwarm glitschiger Aale fallen sie über meine Schultern, kleben an meinem Rücken.

Drei Monate war ich im Heim. Drei Monate wurden sie nicht geschnitten. Drei Monate ist meine Oma schon tot.

Ich betrachte mich länger im Spiegel, drehe mich zur Seite und erschrecke.

Aufgebläht wie ein riesiger Ballon wölbt sich mein Unterleib nach vorn. Meine Blase ist voll und schmerzt wie Hölle. Lange halte ich das nicht mehr durch.

In diesem Moment klopft es an der Tür. Es ist ein leises, zaghaftes Klopfen. Ich zögere. Wenn ich jetzt öffne, werden sie mich fragen, warum ich nicht in die Küche gekommen bin. Das könnte unangenehm werden. Ich weiß ja nicht mal, was ich dazu sagen soll.

Ich wäge meine Möglichkeiten ab. Einfach nicht zu öffnen ist eine, wenn auch eine unhöfliche. Damit kann ich leben. Andererseits verschiebt sich die unangenehme Situation dann nur auf die nächste Gelegenheit.

Das Denken fällt mir schwer. Ich muss so dringend pinkeln, es ist kaum auszuhalten. Der Druck in meiner Blase ist mittlerweile so stark, dass der stechende Schmerz bis in den Bauchraum zieht.

Okay, gewonnen. Ich bringe es hinter mich.

Ich atme tief ein und öffne die Tür.

Der Flur ist leer.

Ich atme aus.

Vorsichtig setze ich einen Fuß auf den dunklen Holzboden. Denke ich. In Wirklichkeit landet meine rechte Ferse in einem riesigen Stück Schwarzwälder Kirschtorte.

Gerade so kann ich einen Schrei unterdrücken. Mit einem riesigen Klumpen Sahne am Socken humpele ich in mein Zimmer zurück. Ich setze mich aufs Bett und blicke auf meinen Fuß. Ich drehe ihn leicht und bemerke einen roten Fleck auf meiner Fußsohle. Für einen kurzen Moment denke ich, es ist Blut. Mein Gehirn benötigt ein, zwei Sekunden, um diesen Gedanken als lächerlich abzutun und zu erkennen, dass es nur eine zerquetschte Kirsche ist.

Ich denke nach. Wie soll ich das alles beseitigen?

Ich werde ins Bad humpeln und die Sahne von den Socken kratzen. Ich entschließe mich, beim Rückweg etwas Toilettenpapier mitzunehmen, um die Sahneflöckchen, die auf dem Boden gelandet sind, wegzuwischen. Gerade will ich aufstehen, da hält mich etwas zurück. Mein Unterleib brennt und ich muss einiges an Kraft aufwenden, um meinen Harndrang unter Kontrolle zu halten.

Wenn ich mich noch einen Millimeter bewege, dann pisse ich denen in die Wohnung, denke ich noch, dann blicke ich auf das Laminat in meinem Zimmer, auf dem

Sahneklumpen, Kirschen und Kakaosplitter herumliegen. Blicke zu meiner alten Reisetasche, die Oma mir zum vierzehnten Geburtstag geschenkt hatte. Ich denke daran, dass ich gar nicht hier sein will. Ich will nicht in dieser Wohnung sein, nicht bei fremden Menschen, fremden Eltern. Ich will für immer einfach für mich sein. Einfach allein. Und erst recht will ich kein beschissenes Stück Torte.

Ich spüre, wie meine Wangen zu glühen beginnen.

Ich sehe dunkle Flecken, die sich auf dem frischen, weißen Bettlaken ausbreiten. Ich habe gar nicht bemerkt, dass ich heule. Fasziniert beobachte ich meine Tränen. Die Flecken werden größer, verbinden sich zu einem riesigen Guss, der bis zur Bettkante reicht. Ich stöhne laut auf, als ich bemerke, wie warm es im Bett wird. Verzweifelt versuche ich, die Kontrolle über meinen Körper wiederzugewinnen, doch es ist zu spät. Ich lasse es einfach laufen. Ich heule gar nicht, sondern pisse. Ich pisse wie ein Baby in das verdammte 1,40 Meter breite Bett.

DER NÄCHSTE MORGEN

Seltsames Schweigen herrscht am Küchentisch. Trotz des peinlichen Vorfalls fühle ich mich nicht so schlecht wie erwartet. Die Frau lief irgendwann in mein Zimmer und starrte erschrocken auf den Boden. Dann zeigte sie mir, wo sich die Waschmaschine im Haus befindet, und gab mir wortlos frisches Bettzeug. Diesmal lächelte sie nicht. Sie faselte nur etwas von »Nicht schlimm« und »Passiert mal«.

Ich habe mir die Rückfrage gespart, ob ihr das denn tatsächlich schon mal passiert sei. Am ersten Abend in der Wohnung einer Pflegefamilie ins Bett zu pinkeln, nachdem man in ein Stück Schwarzwälder Kirschtorte getreten ist. Das ist wahrscheinlich nicht gerade etwas, was »mal passiert«.

Egal. Ich muss gestern wohl sofort eingeschlafen sein, denn ich fühle mich ungewohnt ausgeruht. Vielleicht liegt es auch einfach an der Tatsache, dass ich nicht mehr in diesem elenden Futonbett schlafen muss.

Niemand sagt ein Wort, hin und wieder ertönt das Klirren eines Teelöffels. Die Frau rührt ihren Matcha Latte in einer schicken Porzellantasse um. Mir hat sie auch einen angeboten, aber ich habe abgelehnt. Sie trägt eine edle Hochsteckfrisur. Ich frage mich, wie früh sie wohl aufgestanden ist, um so auszusehen.

»Kakao?«, fragt der Mann, der Jörg heißt, nachdem er Ludwig einen vor die Nase gestellt hat. Ich nicke. Kakao ist gut.

Ich beobachte Ludwig. Ludwig Wagner. Was für ein versnobter Name.

So sieht er allerdings gar nicht aus, eher wie ein kleiner Karl oder Max. Ich kann es schlecht erklären, aber wie ein Ludwig wirkt er definitiv nicht.

Er trägt eine Brille, deren Gläser mindestens fünf Millimeter dick sind. Sehen ist offensichtlich nicht seine Stärke. Das Gestell ist blau mit roten Autos darauf. Ich muss daran denken, dass die Familie ein rotes Auto hat, und frage mich, ob er die Brille deswegen ausgesucht hat.

Ludwigs Haare sind schulterlang und braun, wie die von Jörg, und er hat ziemlich viele Sommersprossen im Gesicht. Und am Hals. Er sieht irgendwie lustig aus.

Zufrieden beugt er sich über seinen Kakao und nippt an ihm.

Kurz blickt er zu mir rüber.

Das hat er eben schon mal getan; als ich seinen Blick erwiderte, hat er jedoch schnell aus dem Fenster geguckt.

Jörg räuspert sich und schaut zu seiner Frau. Die nickt ihm zu.

»Wir würden gern die heutige Tagesplanung mit euch besprechen.«

Plötzlich ist Ludwig ganz aufgeregt. Er stützt seine Ellbogen auf den Tisch und richtet sich erwartungsvoll auf.

»Machen wir wieder einen Ausflug?«, fragt er.

Einen Ausflug? Nicht auch das noch.

»Das haben wir vor. Wenn Lara sich bereit erklärt, uns zu begleiten.«

Jetzt richten sich alle Augenpaare auf mich. Ich nehme einen Schluck Kakao.

»Wir fänden es schön, wenn wir für einen Wanderausflug in den Taunus fahren. Das Wetter genießen, vielleicht ein Picknick machen.«

Ludwig kriegt sich nicht mehr ein. Er ruft Sachen wie »Oh ja!« oder »Ich nehme meinen Rucksack mit!«.

Der Kleine freut sich offensichtlich. Ich habe eher Lust, allein in meinem Zimmer abzuhängen. Im Pyjama. Schließlich rücke ich damit raus. »Kann ich nicht hierbleiben?«

Ludwig starrt mich ungläubig an.

»Wenn dir das zu viel ist …«, sagt Julia, da unterbricht Jörg sie und legt dabei seine Hand auf ihre.

»Ich kann verstehen, dass das alles etwas viel für dich ist. Und dass du erst mal Zeit brauchst, um bei uns anzukommen.«

Na also.

»Julia und ich … würden dich jedoch ungern allein lassen. Und wir glauben, dass es eine gute Gelegenheit ist, uns kennenzulernen. Außerdem wird die frische Luft uns allen guttun. Und wenn du dich danach fühlst, kannst du dich immer ein paar Meter zurückfallen lassen und einfach die Natur genießen.«

So viel zur Tatsache, dass ich mich *bereit erklären kann.* Das klingt auf mich nicht so, als ob ich eine Wahl hätte. Und ich dachte, das Heim war ein Gefängnis. Ich nehme noch einen Schluck Kakao, und bevor ich etwas antworten kann, sagt Jörg: »Dann ist das abgemacht!«

Zwanzig Minuten später stehen wir zu viert im Flur. Ich habe keinen Wanderrucksack, also hat Julia mir einen geborgt. Außerdem reicht sie mir eine Trinkflasche und zwei Brote. »Vegetarisch«, sagt sie, als wäre das eine besondere Auszeichnung. Ich stopfe alles in den Rucksack, da hält sie mir noch einen Apfel hin.

»Auch vegetarisch?«, frage ich und in ihrem Gesicht zuckt es, als wüsste sie nicht, ob sie lachen darf.

Der Wagen rollt aus der Garage. Heute fährt Jörg. Ludwig sitzt neben mir und fragt andauernd nervige Kinderfragen.

»Welchen Pfad laufen wir heute?«

»Wo machen wir das Picknick?«

»An der großen Wiese vom letzten Mal?«

Seine Stimme macht mich müde. Seine Eltern scheinen dagegen immun zu sein. Sie beantworten jede Frage so selbstverständlich, als stelle er sie zum ersten Mal.

Irgendwie nervt mich das jetzt alles. Wie sie da sitzen, in ihren spießigen Wanderhosen. Wie Jörg leise zur Musik im Radio pfeift. Ludwigs ständige Fragerei, und das ganze Familiengetue sowieso. Glauben die etwa, ich mache da einfach so mit? Nur weil die mich auf einen Ausflug zerren, werden sie nicht zu meinen Freunden. Und erst recht nicht zu meiner Familie. Ich drehe meinen Kopf zum Fenster. Der Himmel ist richtig babyblau und wolkenlos, als wäre die Welt in Ordnung.

Als wir die Stadt verlassen, verändert sich die Landschaft.

Wir fahren auf einer Schnellstraße, links und rechts sind nur Wiesen und Bäume, vereinzelt steht dazwischen ein Haus. Ständig deutet Julia mit ihren dünnen Fingern in die Ferne und schwärmt, wie schön es wäre, dort oder dort ein Haus im Grünen zu haben.

Diese Fahrt kommt mir ewig vor.

Endlich setzt Jörg den Blinker und biegt ab. Er fährt auf einen großen Parkplatz. Zeitgleich mit ihm: fünfzehn andere Familienkutschen. Irgendjemand hupt, ein Mann schimpft und schüttelt seine Faust aus dem Autofenster. Bis jeder Wagen in einer Parklücke steht, vergehen weitere fünf Minuten. Alle Familien steigen aus und rufen ihre Kinder zusammen, dann stellen sie sich im Pulk vor die Wanderkarten.

Jörg zieht sein Handy aus der Tasche, und ich verspüre einen Stich. Dass er mir das auch noch unter die Nase halten muss. Der weiß doch bestimmt von Tina, dass mein Handy futsch ist. Die hatten sich schließlich eine gefühlte Ewigkeit bei meiner Abholung unterhalten.

Er deutet auf den Bildschirm.

»Ich habe eine Wander-App installiert. Die ist Gold wert.«

Ich schaue mich um. Drei Wege gehen vom Parkplatz ab. Zwei davon werden von allen Menschen um uns herum angesteuert. Da ist noch ein dritter Pfad, der beginnt steil und einsam hinter dem Parkplatz. Eine Computerstimme spricht aus Jörgs Handy. Er hebt den Finger und zeigt auf den abgelegenen Weg.

»Da müssen wir hoch.«

Das kann nicht sein Ernst sein!

Familie Wagner marschiert los. Ludwig rennt vor, dabei hat Julia gerade noch gesagt, er soll langsam machen. Ich bleibe auf dem Parkplatz stehen. Neue Autos fahren auf ihn drauf. Wieder hupt jemand, und mein Herz klopft. Was, wenn ich einfach hier stehen bleibe? Was, wenn ich sie einfach loslaufen lasse, als würde es mich nicht geben, als wären sie zu dritt hier, so wie immer?

»Aus dem Weg!«, ruft ein Mann und drückt auf die Hupe.

»Lara!« Es ist Ludwigs piepsige Stimme. Er steht am steilen Pfad und winkt mir zu. »Beeil dich!«

Ich atme tief ein und aus. Dann gehe ich los.

FÜNF METER

Warst du schon mal im Taunus?«

»Glaube nicht.«

»Du glaubst es nicht oder du weißt es nicht?«

»Ist das nicht dasselbe?«

»Lass Lara mal in Ruhe, Ludwig. Du fragst ihr noch Löcher in den Bauch!«, ruft Julia. Sie und Jörg laufen ein paar Meter vor uns. Sie halten Händchen und drehen ab und zu ihre Köpfe nach hinten.

Ich habe mich von Anfang an zurückfallen lassen, will schließlich meine Ruhe haben. Doch der Kurze ist wie eine hartnäckige Erkältung. Gerade denkt man, man hat sie überstanden, da kommt sie wieder zurück.

»Ich habe Hunger«, jammert er. Auch mein Magen knurrt, aber ich sage nichts. Wir laufen seit einer Stunde ohne Pause. Und ich habe Durst. Bisher habe ich nichts getrunken, ich will echt nicht in die Büsche müssen.

»Da vorne kommt eine große Wiese, da legen wir eine Pause ein.« Jörg starrt auf sein Handy und beschleunigt seine Schritte. Endlich lässt Ludwig mich in Ruhe. Er läuft vor zu seinen Eltern.

Dann verlangsamt Julia ihre Schritte. Ich ahne, was sie vorhat. Sie will sich zu mir zurückfallen lassen. Auch ich bremse ab und gehe so langsam, wie ich kann. Das ist schon fast lächerlich. Schließlich bleibt sie stehen und ich schleiche weiter. Als ich neben ihr stehe, schaut sie mich gar nicht an. Ihre Augen sind fest zusammengekniffen. Sie hat sich heruntergebeugt und hält sich die Ferse.

»Aua«, sagt sie, »ich glaube, ich habe eine Blase.«

»Da hilft Breitwegerich.«

Ich weiß nicht, warum ich das gerade gesagt habe. Es kam einfach so aus mir raus.

Julias Augen werden ganz groß. »Du kennst dich mit Naturheilpflanzen aus?« Irgendwas stört mich an ihrer Tonlage.

Ich nicke. »Meine Oma hat mir ein paar Sachen beigebracht. Und bei Blasen legt man Breitwegerich in die Schuhe.«

»Das ist ja großartig.« Sie ruft zu den anderen nach vorne: »Alle mal herhören! Lara hat eine tolle Idee! Wir müssen Breitwegerich suchen. Ich habe mir eine Blase gelaufen, und das hilft dagegen!«

»Wie sieht der denn aus?«, fragt Ludwig und Julia schaut mich fragend an.

Das habe ich super hinbekommen. Ich will doch einfach nur meine Ruhe haben.

Jörg reicht mir sein Handy. Wortlos gebe ich *Breitwegerich* in Google ein und halte Ludwig ein Foto unter die Nase. Sofort rennt er los, zur Wiese. Die Tatsache, dass die Pflanze eher am Wegesrand und weniger auf Wiesen zu finden ist, behalte ich für mich.

Während Ludwig auf der Suche ist, breiten Julia und Jörg eine Decke aus. Sie setzen sich und essen ihre Lunchpakete. Ich stelle meinen Rucksack auf den Boden. Selbst von hier aus entdecke ich Blätter des Breitwegerichs am Wiesenrand, doch ich sage nichts. Man kann ja froh sein, dass der Kleine endlich beschäftigt ist. Ich nehme ein Brot und den Apfel aus dem Rucksack und weiß nicht so recht, was ich jetzt tun soll. Ich will mich nicht zu denen setzen, ich will aber auch nicht dämlich rumstehen. Etwa zwanzig Meter entfernt liegt ein einsamer Baumstamm auf der Wiese. Wortlos laufe ich zu ihm rüber und setze mich im Schneidersitz auf die breiteste Stelle.

Ich lege den Apfel neben mich und wickle das Brot aus dem Papier. Der Belag hat eine braungrüne Farbe. Sieht aus wie Matsch. Ich halte es mir unter die Nase und rieche vorsichtig daran. Obwohl es so komisch aussieht, riecht es nach gar nichts. Ich beiße hinein. Schmeckt ganz in Ordnung.

Julia und Jörg schauen bestimmt gerade rüber. Das kann ich spüren. Wahrscheinlich finden die es unhöflich, dass ich einfach weggegangen bin. Vielleicht ist es das auch.

Ist mir egal.

Nachdem ich das Brot und den Apfel gegessen habe, schließe ich die Augen. Es ist angenehm warm hier und ruhig. Ich höre kaum etwas. Nur Vögel singen leise, ich weiß nicht welche, so was habe ich mir nie merken können.

»Ist das ein Breitgeberich?«

Ich öffne die Augen. Und schaue auf ein grünes Blatt. Dahinter verbirgt sich ein Gesicht voller Sommersprossen. Was auch immer er in der Hand hält, es ist kein Breitwegerich. Trotzdem nicke ich. Er dreht sich zu seinen Eltern um und winkt mit dem Blatt.

»Mama, Papa! Ich habe einen Breitgeberich gefunden!«

»Breitwegerich«, korrigiere ich ihn.

»Ist doch egal«, sagt er, dann bemerkt er: »Warum sitzt du eigentlich nicht bei uns.«

»Ich möchte meine Ruhe haben.«

»Das kannst du doch auch bei uns.«

»Du verstehst echt gar nichts.«

Ludwig verzieht sein Gesicht wie ein Baby kurz vorm Losheulen und dreht sich weg. Irgendwie will ich jetzt auch nicht, dass er traurig ist. Ich bin schließlich kein Monster.

»Schau mal«, sage ich und deute auf einen Breitwegerich am Waldrand. »Das ist ein Breitwegerich. Den kannst du Julia bringen.«

Erst schaut er auf das grüne Etwas in seiner Hand, dann zu mir. Prüfend kneift er die Augen zusammen. Dann pflückt er den Breitwegerich und läuft los.

Als wir auf dem Rückweg zum Auto sind, ist Ludwig still. Eben noch hat er genörgelt, dass er müde ist. Jetzt hält Julia ihn an der Hand.

Alle drei laufen sie nebeneinander in einer Reihe, aufgereiht wie eine Perlenkette. Jörgs Hand steckt in Julias Jackentasche, in ihrer anderen Hand liegt die von Ludwig. Ich halte fünf Meter Abstand.

Das ist die Entfernung, bei der sie sich nicht ständig umdrehen, um nach mir zu sehen. Alles, was darüber hinausgeht, hat sie dazu gebracht, dass einer von ihnen auf mich wartet, nur um dann stumm für ein paar Minuten neben mir herzugehen. Zum Glück lassen sie mich jetzt in Ruhe.

Was Marisa und die anderen wohl gerade machen? Es ist Sonntag, da telefoniert Marisa meistens mit ihrer Schwester. Ihre Schwester hat es verdammt gut. Wenn man in so einer Mädchenwohngruppe lebt, macht man bestimmt spannendere Ausflüge und muss nicht mit Pflegeeltern in den langweiligen Wald. Marisa erzählte mal, dass sie dort jede Woche ins Schwimmbad gehen. Und im Winter auf die Eisbahn. Dabei schob sie ihre Unterlippe nach vorne. War wohl neidisch, die Gute. Marisas Unterlippe war das Einzige an ihr, das nicht drahtig und abgemagert aussah. Wenn sie sie so vorschob, sah ihre Lippe so geschwollen aus, als hätte sie eine Wespe gestochen.

Jemand sagt meinen Namen. Jörg steht auf einmal neben mir.

»Geht es dir gut hier hinten?«

Ich sehe ihn nicht an. Ich nicke nur.

»Julia und ich … wir wollen nur, dass du weißt, dass es okay ist, wenn du Zeit brauchst. Du kannst so lange hier hinten laufen, wie du möchtest.«

»Mmhhh«, mache ich. Dabei schaue ich auf die Erde unter mir. Obwohl der Waldboden recht trocken ist, erkenne ich Ludwigs kleine Fußabdrücke.

»Natürlich kannst du auch jederzeit nach vorne zu uns kommen. Wir würden uns freuen.«

Jetzt lässt er mich wieder allein. Er läuft vor, zu seiner Familie. Jörg legt den Arm über Julias Schultern.

Ich fasse mir an den Bauch. Etwas liegt mir im Magen, es fühlt sich an wie ein Stein.

ALLEIN

Julia schließt die Haustür auf. Es dämmert bereits und die Wohnung liegt im Dunkeln. Ludwig ist im Auto eingeschlafen und hängt wie ein Äffchen auf Jörgs Rücken. Der gibt Julia ein Zeichen, dass er ihn ins Bett bringt. Dann trägt er Ludwig in sein Zimmer und schließt die Tür.

Julia und ich stehen einfach so da. Weder sie noch ich sagen etwas. Sie läuft an mir vorbei ins Wohnzimmer und knipst eine Stehlampe an. Ein warmes Licht umgibt sie. Unschlüssig bleibt sie im Lichtkegel stehen, dann läuft sie wieder an mir vorbei in die Küche.

»Wir haben noch Brot übrig. Was hältst du davon, wenn ich uns ein paar Scheiben im Ofen röste?«

Ich halte gar nichts davon. Ich bin einfach nur müde. Vom Laufen, vom Leben, einfach von allem. Außerdem muss ich aufs Klo und habe keine Lust, mit ihr in der Küche zu sitzen.

»Ich möchte ins Bett gehen.«

Sie beißt sich auf die Lippe und nickt. Dann wirft sie einen Blick auf ihre Armbanduhr. Es ist noch nicht mal achtzehn Uhr.

»Verstehe, du musst schließlich früh raus. Morgen ist Montag und dein erster Schultag.«

»Eben.«

Ich drehe mich um und gehe ins Bad.

Ein Geschenk

Es ist zu früh und ich bin zu müde. Ich lag stundenlang wach und malte mir aus, wie der erste Schultag werden wird. Was für Leute wohl auf eine Privatschule gehen? Bestimmt werde ich dort niemanden mögen.

Ludwig ist besonders gut drauf. Das macht den Morgen nicht besser. Sein Kakao ist schon wieder kalt, weil er nichts anderes tut als reden. Jörg stellt die Tasse zum zweiten Mal in die Mikrowelle. Ich fasse mir an den Kopf, seine piepsige Kinderstimme nervt.

»Lass uns ein Spiel spielen«, schlage ich vor. Plötzlich verstummt er und schaut mich an.

»Was für ein Spiel?«

»Das Spiel heißt: *Ich wette, du schaffst nicht …*«

Er runzelt die Stirn und Julia kommt rein. Sie begrüßt uns und macht sich einen Kaffee. Sie trägt einen Hosenanzug und sieht aus wie eine Bankangestellte. Da fällt mir ein, dass ich keine Ahnung habe, was sie eigentlich so auf der Arbeit macht. Ich glaube, sie hatten es mir bei ihrer Vorstellung im Heim erzählt. Ich erinnere mich aber nicht daran. Oder ich habe nicht zugehört.

Jörg stellt den heißen Kakao vor Ludwig ab.

»Das Spiel würde mich auch mal interessieren.«

»Also …«, erkläre ich Ludwig. »Ich behaupte, dass du etwas nicht kannst und du musst mir das Gegenteil beweisen.«

»Okay.« Er klingt unsicher und spricht jetzt leise. Das ist schon mal gut.

»Bist du bereit?«

Er nimmt einen Schluck Kakao und verzieht das Gesicht. Dann pustet er in die Tasse und nimmt noch einen Schluck.

»Bin bereit.«

»Okay. Also, ich behaupte, du kannst *nicht* für zwei Minuten still sein.«

»Klar kann ich das!«

Julia lacht und Jörg stimmt mit ein.

»Dann beweise es!«, fordere ich ihn heraus.

»Das Spiel finde ich interessant«, meint Jörg, »wartet noch kurz, ich hole etwas dafür! Damit kannst du auch die Zeit stoppen, Lara.«

Als Jörg wieder in die Küche kommt, legt er ein kleines Päckchen vor mir auf den Holztisch. Es ist in schwarzes Papier verpackt und mit einem roten Geschenkband zusammengebunden.

»Was ist das?«

»Mach's auf«, antwortet er und schiebt es noch ein Stückchen weiter in meine Richtung.

Langsam öffne ich das Geschenkband und lege es behutsam zur Seite.

Jörg lacht auf.

»Na, du hast aber Geduld.«

Dann neckt er Ludwig.

»Sieh mal, so macht man Geschenke auf. Man reißt das Papier nicht wie wahnsinnig auseinander.«

Ludwig grinst, dabei schlagen seine Schuhe gegen den Holzstuhl. Dann schaut auch er mich an. Schlagartig beginne ich, mich unwohl zu fühlen. Auch Julia beobachtet mich dabei, wie ich das Geschenk anstarre.

Was erwarten die denn jetzt von mir? Dass ich ihnen vor Freude um den Hals falle? Nur, weil sie mir mal eben so ein Geschenk vor die Nase legen? Und was soll das schon sein? Eine Stoppuhr?

»Muss ich das hier auspacken?«

»Du musst gar nichts, was du nicht willst«, entgegnet Jörg und seine Frau unterstreicht seine Aussage mit einem Nicken.

»Du kannst es auch gern später auspacken.«

Dann sagt Julia, dass sie zur Arbeit muss und wir uns einen schönen Tag machen sollen und dass sie um kurz nach achtzehn Uhr wieder da sein wird.

Die Tür fällt hinter ihr ins Schloss.

Jörg bittet Ludwig, seine Schultasche fertig zu packen und die Schuhe anzuziehen. Ludwig beschwert sich kurz, schließlich will er noch das Spiel spielen.

»Ist schon okay, pack deine Tasche. Dann spielen wir eben später«, sage ich. Endlich springt er auf und hüpft in den Flur. Er erinnert mich an einen jungen Hund. Jörg stellt das Geschirr in die Spülmaschine, dann lehnt er sich mit dem Rücken an die Arbeitsplatte und spricht mich an.

»Ich werde dich heute zur Schule fahren. Wahrscheinlich auch die nächsten Wochen. Sie liegt auf meinem Arbeitsweg. Zurück fährst du bitte mit der S-Bahn. Das ist ziemlich unkompliziert. Ich habe dir die Verbindung in der App eingespeichert.«

Er deutet auf das Geschenk, das noch immer halb verpackt vor mir liegt.

»Ist es ein … Handy?«, frage ich vorsichtig. Er hat mein Interesse geweckt, das muss ich ihm zugestehen. Seit mein altes Smartphone in Tinas Schublade versauert, bin ich auf Entzug.

Jörg nickt, dann wechselt er das Thema.

»In der ersten Stunde wirst du heute eine Projekt-AG besuchen. Irgend so einen Club. Das ist mit Tina abgesprochen.«

Ich nicke. Das muss dann wohl der *Club der wütenden Fünf* sein. Wenn ich auf etwas so gar keine Lust habe, dann auf diesen Club. Auf der anderen Seite: Eine AG während der ersten Schulstunde zu besuchen, anstatt Unterricht zu haben, klingt verlockend. Und schließlich brauche ich ein paar Punkte auf Tinas Sozi-Konto. Dann bin ich schneller hier raus als Familie Wagner Schwarzwälder Kirschtorte sagen kann. Und mache mein eigenes Ding.

»Der Sozialarbeiter des Projekts wird dich heute am Parkplatz abholen. Zumindest sagte man mir das am Telefon«, fügt Jörg noch hinzu. Ich nicke erneut. Dann nehme ich das Päckchen mit dem Handy, stehe auf und packe meine Tasche.

DER CLUB DER WÜTENDEN FÜNF

Ein langer Lulatsch schlendert in meine Richtung. Seine Hände stecken lässig in seinen Hosentaschen. Völlig relaxed überquert er den Schulhof.

Seine welligen, dunkle Haare trägt er offen. Sie wippen bei jedem Schritt, den er mit seinen schlaksigen Beinen macht. Um seine Oberschenkel schlackert eine weite, bunt gemusterte Stoffhose. Sie scheint ihm mehrere Nummern zu groß zu sein. Ein eng geschnürter, roter Ledergürtel hält sie gerade so auf seinen Hüften. Zu allem Überfluss trägt er eine Outdoor-Fleecejacke.

Dieser Hippie kann unmöglich der Sozialarbeiter dieser Privatschule sein.

Ich blicke mich um. Niemand sonst befindet sich auf dem Parkplatz außer mir und einer Mutter, die in einem glänzenden Kleinwagen sitzt und nervös auf dem Smartphone herumtippt. Sie hat ihren Sohn gerade noch rechtzeitig abgesetzt. Mit weit geöffneten Panikaugen rennt der über den Schulhof in das Schulgebäude. Ich frage mich, was einem Zuspätkommer hier wohl blüht. Aus dem Verhalten dieses Jungen zu schließen, wohl nichts Gutes.

Der Mann steuert weiterhin auf mich zu. Dann hebt er die rechte Hand und winkt. Noch einmal drehe ich mich um, in der Hoffnung, einen Menschen zu entdecken, der ihm zurückwinkt. Fehlanzeige. Die Frau im Auto startet den Motor und fährt vom Parkplatz.

»Hallo, du musst Lara sein!«, ruft der Lulatsch. Er wirkt ausgesprochen gut gelaunt.

Einen Meter vor mir bleibt er stehen. Mir fällt auf, dass seine Ohrläppchen ungewöhnlich groß und ausgeleiert sind. Er trägt tatsächlich Fleshtunnel. Ist ja schräg.

»Hallo«, sage ich.

»Ich bin Rolf«, antwortet er.

Er streckt mir seine Hand entgegen.

»Herzlich willkommen.«

Dann lächelt er, so als würde er sich ernsthaft freuen, mich kennenzulernen. Anstatt seine Hand zu nehmen, zucke ich mit den Schultern. Schnell zieht er sie wieder zurück.

»Nun gut. Komm mal mit, ich zeige dir die Räumlichkeiten. Dann wirst du die anderen kennenlernen.«

Wieder steckt er beide Hände in die Taschen seiner Stoffhose und schlendert los. Dabei pfeift er fröhlich irgendeine Melodie vor sich hin und grinst einen vorbeifliegenden Vogel an. Kurz zögere ich. Schwer zu glauben, dass dieser Typ tatsächlich in einer Privatschule angestellt ist. Auf der anderen Seite ist er eben aus dem Schulgebäude gekommen und kennt meinen Vornamen. Vielleicht ist er aber auch vollkommen irre, schleicht sich vor Schulbeginn in das Gebäude, um an wehrlosen Kindern seltsame Experimente im Keller durchzuführen, oder … plötzlich dreht er sich um und sagt: »Wir sind gleich da.«

Schnell nicke ich.

Klang seine Stimme verrückt?

Bleib cool, Lara. Der Typ ist bestimmt nur ein seltsamer Kauz, der sich gern komisch kleidet.

Was ist nur los mit mir?

Ich muss an meinen alten Mathelehrer Herrn Haffner denken. Der sah auch immer total seltsam aus. Jeden Tag trug er ein anderes Hawaiihemd und so merkwürdige Schnürschuhe. Meines Wissens nach hat er nie jemanden gekillt.

Stillschweigend folge ich Rolf über den Hof.

Wir überqueren einen Basketballplatz, dann biegen wir in einen schmalen Kiesweg ein. Das Schulgelände ist riesig. Und sauber. Weil mir das Schweigen unangenehm ist, frage ich ihn, wie viele Schüler hier zur Schule gehen.

Wie aus der Pistole geschossen antwortet er: »928. Mit dir.«

Freak!

Sicherheitshalber halte ich mal lieber nach einem möglichen Fluchtweg Ausschau. Die Schule ist nicht vollständig eingezäunt und gegenüber vom Parkplatz befindet sich ein Eingang zu einem öffentlichen Park. Abhauen wäre also möglich.

Zum Glück hat er endlich aufgehört zu pfeifen, nur unsere Schritte knirschen auf dem Kies.

Wir laufen weiter, an einem großen Gebäude vorbei, und überqueren einen überdachten Tischtennisplatz. Vor einem kleinen, kastenförmigen Häuschen bleibt er schließlich stehen.

»Das ist das alte Nebengebäude. Hier findet kein regulärer Unterricht mehr statt, nur dort drüben.«

Rolf deutet auf das gepflegte Haupthaus. Es ist dreistöckig und in allen Klassenräumen brennt Licht.

Eine Lehrerin, die gerade im ersten Stock Aufsicht hat, schaut zu uns herunter. Rolf winkt ihr kurz zu. Sie ignoriert ihn. Ich könnte schwören, dass sie gerade mit den Augen gerollt hat.

Dann deutet er auf die Tür vor uns.

»Hier drinnen finden die AGs und Projekte statt, außerdem sind unten ein paar Kunsträume. Wir müssen nach oben, in den Raum 111. An der Raumnummer kannst du übrigens erkennen, in welchen Stock du musst. Die Räume mit der Null sind immer im Erdgeschoss, mit der 1 im ersten Stock und … ach du verstehst schon.«

Er winkt ab und öffnet die Tür. Ich folge ihm in den ersten Stock.

Wir nehmen eine breite Treppe. Es riecht nach Reinigungsmitteln und Schuhsohlen. Ein ähnlicher Geruch herrschte auch an meiner alten Schule. Für einen kurzen Moment fühlt es sich angenehm vertraut an, dann wird mir schlagartig bewusst, dass mein bisheriges Leben für immer hinter mir liegt. Nie wieder werde ich die gewohnten Gänge mit Elisa entlanglaufen, nie wieder auf der hintersten Toilette im obersten Stock heimlich rauchen, nie wieder vom Hausmeister Krause (so nannten wir ihn, keine Ahnung, wie der wirklich hieß) einen Anschiss kassieren, wenn ich meinen Müll in der falschen Tonne entsorgt habe.

Es fühlt sich an, als hätte mich gerade jemand in die Magengrube geboxt. Ich fasse mir an den Bauch und spüre, wie Magensäure in mir hochsteigt. Mir wird schlecht. Kurzerhand bleibe ich stehen und schnappe nach Luft. Rolf bemerkt sofort, dass etwas mit mir nicht stimmt, das muss ich ihm lassen. Er klingt besorgt.

»Lara, ist alles okay mit dir?«

Ich schüttle den Kopf und setze mich auf eine Treppenstufe. Ich will etwas sagen, bekomme aber kein Wort raus. Mein Hals fühlt sich wie zugeschnürt an. Irgendwie verschlossen.

Erneut fragt er mich, was los ist. Wieder schüttle ich den Kopf und deute auf meinen Hals.

»Verstehe … dunkle Erinnerungen. Fallen manchmal schwerer auszusprechen, als man denkt.«

Er setzt sich neben mich.

»Ich weiß nicht, was du durchgemacht hast, ich habe bei deiner Anmeldung nicht nachgefragt. Ich kann mir aber denken, dass es nichts Einfaches war und du damit kämpfst. Manchmal überkommt es einen dann kurzerhand.«

Er atmet auf und faltet die Hände, wie zum Gebet. Dann wippt er mit den Beinen und seine Hose beginnt Wellen zu schlagen. Für einen kurzen Moment sieht es so aus, als würden die bunten Muster sich zu einem großen Ganzen verbinden, als würden sie miteinander verschmelzen.

»Gibt es etwas, was dich in solchen Momenten entspannen kann?«, fragt er.

Ich muss an die Traumreise mit dem tosenden Meer denken und nicke.

»Magst du einen kurzen Moment für dich haben? Dann gehe ich mal eben nach den anderen sehen und hole dich gleich nach.«

Erleichtert bringe ich ein leises Ja heraus.

Dann steht er auf und lässt mich allein.

DER ANGRIFF DES DRACHEN

»So, als Erstes legst du bitte dein Handy hier rein.«

»Was? Nein!«

Ich verschränke die Arme. Der spinnt doch! Dieses wertvolle Ding besitze ich seit sage und schreibe vierzig Minuten. Das werde ich bestimmt nicht abgeben.

Unbeeindruckt hält Rolf mir einen Schuhkarton mit der krakeligen Aufschrift *Handys* unter die Nase. Vier Smartphones mit ausgeschalteten Displays liegen bereits drinnen. Schockiert schaue ich in die Runde.

Seit ungefähr drei Minuten sitze ich nun mit vier anderen Jugendlichen im Raum 111. Die Jungs sind in der Überzahl, außer mir gibt es nur ein Mädchen.

Ich versuche, Blickkontakt zu ihr aufzunehmen, doch sie schaut nur auf ihre Füße. Sie hat leicht hervorstehende Augen und abstehende, spitze Ohren. Die langen, dunklen Haare sind zu einem hohen Dutt gebunden, was ihre seltsamen Ohren mehr als nötig betont. Ihre Nase sieht irgendwie knubbelig aus. Sie erinnert mich an einen Troll.

Dann sitzt da noch ein dicker Junge, der nachdenklich aus dem Fenster glotzt. Neben ihm ein großer, dünner

Kerl, der seinen Kopf unter einer schwarzen Kapuze versteckt.

Nur der bleiche Typ schaut rüber. Er sitzt mir schräg gegenüber. Seine blauen Augen sind beeindruckend hell, so wie alles an ihm. Seine kurzen Haare schimmern silbern und er scheint kaum so etwas wie Augenbrauen zu besitzen. Als sich unsere Blicke treffen, zuckt er mit den Schultern. Schwächlinge, denke ich und lege mein Smartphone zu den anderen.

»Danke«, sagt Rolf und verstaut den Karton unter seinem Stuhl. »Bekommst du natürlich nach der Stunde wieder.«

Kurz überlege ich, ob es sich lohnen würde, eine Diskussion darüber anzufangen. Der Typ kann doch nicht einfach so unsere Handys konfiszieren? Noch mal schaue ich die anderen an und verwerfe meinen Gedanken wieder. Von denen kann ich wohl kaum Unterstützung erwarten. Also lehne ich mich zurück und schnaube abfällig. Rolf geht gar nicht erst darauf ein, sondern lächelt mal wieder.

Nach ein paar Sekunden bedrückender Stille klatscht er in die Hände.

»Also Jungs und Mädels, dann heißen wir Lara mal willkommen.«

Dann schaut er mich an. »Herzlich willkommen im *Club der wütenden Fünf!*«

Rolfs Blick wandert hinüber zu den vier anderen. Offensichtlich wartet er auf eine Reaktion der Gruppe. Bis auf ein leises Geräusch bleibt es still. Jemand schleift mit seinem Schuh über den Boden.

Kurz verdreht Rolf die Augen, dann fährt er fort.

»Lara …«, er kramt einen Zettel aus der Hosentasche und wirft einen kurzen Blick darauf.

»Du wirst in die 9a kommen, das ist dieselbe Klasse, die Gesa besucht.«

Er deutet auf den Troll.

»Die Jungs sind in den Klassen 9b und 9c. Wir treffen uns drei Mal in der Woche. Montags, mittwochs und freitags in der ersten Stunde, in diesem Raum hier. Den Weg kennst du ja jetzt. Zuspätkommen wird nicht toleriert. Wenn du etwas verbockst, wird es deiner Klassenlehrerin Frau Mazur mitgeteilt.«

Zufrieden über seinen Monolog blickt er in die Runde.

»Gesa, magst du mal anfangen, dich vorzustellen? Und bitte denk daran, so wie beim letzten Mal. Wir nennen kurz unseren Namen, unser Alter und was wir bisher in unserem Leben erreicht haben, auf was wir stolz sind. Etwas, was wir gern teilen möchten.«

Rolf lässt sich auf den Stuhl fallen und nickt Gesa ermutigend zu. Langsam hebt sie den Kopf und sieht zu mir rüber. Ihre dunklen Augen fixieren mich mit einer ungewöhnlichen Intensität. Obwohl ihre Augen ein warmes Braun haben, wirkt ihr Blick unterkühlt. Eiskalter Troll.

»Also … hi«, sagt sie.

Ihre Stimme klingt belegt. Ich warte auf ein Räuspern, aber sie schnalzt nur mit der Zunge. Dann schaut sie wieder desinteressiert auf ihre Schuhe. Erst jetzt fällt mir auf, was für edle Schnürschuhe sie trägt. Ihr schwarzer Lack schimmert im Sonnenlicht, das durch das Fenster fällt. Sehen definitiv teuer aus. Der Rest ihres Outfits wirkt alt und abgenutzt, die Schuhe glänzen so unpassend an ihren Füßen, als wäre sie heute Morgen in ein falsches Leben gestiegen.

»Gesa, Blickkontakt«, ermahnt Rolf.

Sein Kommentar reicht aus. Sofort ist Gesa wieder aufmerksam. Erneut wendet sie sich mir zu und ich bekomme eine Gänsehaut. Das hat sie wirklich drauf, das mit dem Killerblick. Bin heilfroh, dass ich Gesa nicht schon im Heim begegnet bin. Neben ihr hätte ich so was von abgestunken.

»Ich bin Gesa und sechzehn Jahre alt. Ich gehe in die 9a. Ich bin seit einem halben Jahr hier im Club. Auf was ich stolz bin?«

Wieder schnalzt sie mit der Zunge.

»Ich bin stolz darauf, mir noch nicht die Pulsadern aufgeschnitten zu haben.«

Sie lacht auf. Dabei wirft sie ihren Kopf in den Nacken und massiert mit beiden Zeigefingern ihre Schläfen.

Ich kann kaum glauben, dass ich vor weniger als fünfzehn Minuten noch geglaubt hatte, dass Rolf möglicherweise verrückt ist. Gesa legt die Latte ziemlich hoch. Wenn alle an dieser Schule so drauf sind, dann gute Nacht.

Irritiert schaue ich rüber zu Rolf, der völlig unbeeindruckt von Gesas Darbietung auf dem Stuhl hängt. Er lässt ihre Aussage unkommentiert und schaut sie nur an. Auch die anderen starren gelangweilt in ihre Richtung. Wahrscheinlich sind alle an ihr Verhalten gewöhnt, anders kann ich mir die entspannte Atmosphäre nicht erklären. Zur Krönung gähnt der weiße Typ auch noch.

Fast muss ich lachen, da ergreift der Dicke das Wort. Er sitzt auf dem Stuhl links von Gesa und wirkt nervös. Zumindest deute ich die zunehmenden roten Flecken in seinem Gesicht als ein Zeichen davon. Alles beginnt auf seiner Wange als kleiner Punkt, der sich immer weiter ausbreitet, als hätte man einen Becher rote Farbe umgekippt. Überraschenderweise spricht er selbstsicher. Seine Stimme klingt weich, aber bestimmt. Das hätte ich ihm gar nicht zugetraut.

»Ich bin Leonard. Aber die meisten nennen mich Leo. Bin auch sechzehn. Ich gehe in die 9c und bin seit zehn Monaten hier im Club.«

Mir fällt auf, dass er ungewöhnlich viel gestikuliert. Mal hebt er die Hände hoch, dann legt er sie auf den Oberschenkeln ab, um kurz darauf wieder mit ihnen in irgendeine Richtung zu fuchteln. Zwischenzeitlich fährt er sich auch noch durchs Haar. Dabei spricht er so ruhig, dass man denken könnte, er versucht, einen Ausgleich zu seinen Bewegungen zu schaffen.

»Auf was ich stolz bin?«

Er macht eine kurze Pause. Dann legt er seine Hände in den Schoß und spricht weiter.

»Ich bin stolz darauf, nicht mehr zur Therapie gehen zu müssen. Mittlerweile besuche ich nur noch diese Gruppe hier und mir geht es schon viel besser.«

Zufrieden blickt er zu Rolf, als wolle er fragen, ob er es gut gemacht hat. Rolf nickt und spricht den Jungen neben Leonard an.

»It's your turn, Q.«

Gesa verdreht die Augen und für einen kurzen Moment fühle ich mich ihr verbunden. Wahrscheinlich denken wir das Gleiche: Rolfs Englisch ist einfach nur peinlich.

Und was ist Q eigentlich für ein Name?

Der Junge im schwarzen Hoodie blickt auf. Jedenfalls vermute ich das, denn das meiste von seinem Gesicht bleibt unter der Kapuze verborgen. Rolf gibt ihm ein Zeichen, daraufhin zieht er sie langsam runter. Dabei geht er so behutsam vor, als hätte er Angst, sie könne zerbrechen, sobald sie auf seinen Schultern landet. Dann sehe ich es. Eine lange Narbe verläuft quer über seinen rasierten Schädel.

»Ich bin Q und gehe in die 9b, mit dem da.«

Er zeigt auf den strahlend weißen Jungen und grinst. Das Alabastergesicht hebt bestätigend das Kinn. Q hat einen dunklen Teint. Im Vergleich zu ihm wirkt der Typ neben ihm richtig krank.

»Ich bin seit einem Jahr hier im Club, ein alter Hase sozusagen. Und stolz bin ich auf vieles. Zum Beispiel, dass ich das hier überlebt habe.«

Er deutet auf seine Narbe.

»Möchtest du Lara erzählen, wie das passiert ist?«, wirft Rolf ein.

»Ja, klar …« Q dreht seinen Kopf zu mir und blickt mir tief in die Augen. Ich fühle mich unwohl, keine Ahnung wieso. Seine dichten, schwarzen Augenbrauen lassen ihn streng wirken, in Kombination mit den dunklen Bartstoppeln wirkt er um Jahre älter als die anderen.

Mit tiefer, ruhiger Stimme richtet er das Wort an mich: »Weißt du, Lara, es fällt mir jetzt gerade nicht leicht, darüber zu sprechen.«

Er räuspert sich und sucht für einen Moment Gesas Blick. Es dauert kaum länger als eine Sekunde, trotzdem nehme ich es wahr.

Dann spuckt er die Worte nur so aus: »Ich habe mit einem gefährlichen Drachen gekämpft.«

Q formt seine Hände zu Krallen und jault. Das soll wohl ein Drachengebrüll sein oder so. Klingt jedoch eher nach einem weinenden Welpen. Dann klatscht Q in die Hände und lacht. Gesa steht auf, hüpft einen Schritt auf ihn zu und gibt ihm ein High five.

Sehr witzig, du Idiot, denke ich. Sagen tue ich nichts. Warum sagt denn der Sozialarbeiter nichts?

Als hätte er meine Gedanken gelesen, hebt Rolf seine Stimme und spricht zum lachenden Q.

»Abdul Qadir. Spar dir deine Witze und begrüße unser neues Teammitglied, wie es sich gehört.«

Teammitglied? Ich will gar nicht zu diesem seltsamen Rudel Irrer gehören.

Ich atme tief ein und aus und schließe meine Augen. Ich denke an den Strand mit dem tosenden Sturm. Spüre den nassen Sand unter meinen Füßen.

Um nicht lächerlich zu wirken, öffne ich meine Augen sofort wieder. Leider befinde ich mich noch immer am selben Fleck. In einem Stuhlkreis mit vier wütenden Kindern und einem Hippie.

Nachdem Abdul Qadir, den anscheinend alle Q nennen, sich ausgelacht hat, beendet er seine alberne Vorstellung.

Q ist siebzehn Jahre alt und unglaublich stolz darauf, bereits vier Fahrstunden absolviert zu haben. Bevor er letztes Jahr in die achte Jahrgangsstufe kam, war er davor zweimal auf einer städtischen Schule sitzen geblieben. Daraufhin steckten seine Eltern ihn auf diese besonders soziale Schule, in der Hoffnung, seine schulische Laufbahn würde sich endlich zum Guten wenden. Klingt schon etwas nach reichem Versager. Da er offensichtlich versetzt wurde, scheint der Plan zumindest erst mal aufzugehen.

»Nur deswegen bin ich sitzen geblieben«, betont er und tippt sich vorsichtig auf die Monsternarbe. »War wochenlang im Krankenhaus, danach lag ich nur zu Hause rum, vor lauter Kopfschmerzen.«

»Danke, Q«, sagt Rolf und blickt zu dem Alabastergesicht. »Du bist an der Reihe, Jegor.«

Der Junge mustert mich selbstsicher.

Innerhalb von wenigen Sekunden rattert er seine Sätze runter: »Ich bin Jegor, sechzehn Jahre alt und gehe in dieselbe Klasse wie Q. Ich komme aus Belarus und bin seit vier Jahren in Deutschland. Ich war vorher auf einer anderen Schule, jetzt bin ich hier, in der Neunten.«

»Und seit ein paar Monaten bist du auch bei uns im Club«, ergänzt Rolf.

Als wüsste Jegor das nicht selbst.

»Auf was bist du stolz?«, hakt Rolf nach.

Jegor bleibt stumm. Kurz nimmt er einen tiefen Atemzug, der seltsam laut durch den Raum klingt, dann zuckt er nur mit den Schultern. Zum Glück belässt Rolf es einfach dabei.

Dann wendet er sich mir zu.

»Zu guter Letzt, Lara. Bitte erzähl doch kurz was über dich.«

Alle Aufmerksamkeit ist auf mich gerichtet. Im Augenwinkel sehe ich, wie Gesa die Arme überkreuzt und sich tief im Stuhl zurücklehnt. Leo lächelt mir aufmunternd zu. Q grinst vor sich hin und schaut mich einfach nur an. Ich erwidere seinen Blick, halte ihm stand. Er darf unter keinen Umständen das Gefühl bekommen, dass er mich gerade verunsichert. Gesas unhöfliche Vorstellung und die Aktion mit dem Drachen haben mich in eine grenzwertige Situation gebracht. Ich darf auf keinen Fall schwach wirken. Teenager können wie reißende Wölfe sein. Mir fällt auf, dass Q noch kein einziges Mal geblinzelt hat.

»Lara?«

Rolfs Stimme holt mich aus meinen Gedanken zurück.

Also gut.

»Ich heiße Lara. Ich bin fünfzehn Jahre alt und heute ist mein erster Tag.«

Sag irgendwas Cooles. Sag was Selbstsicheres.

»Besonders stolz bin ich darauf, dass ich …«

Sag was Cooles. Irgendwas total Lässiges.

»… noch fast kein Wort mit meinen Pflegeeltern gewechselt habe. Sie sollen ruhig wissen, dass sie mir egal sind. Das sind so was von langweilige Spießer. Sobald mein Vormund mich lässt, werde ich in eine Wohngruppe ziehen und dann mache ich mein eigenes Ding.«

Ich weiß nicht, warum ich das gerade gesagt habe. In meinem Kopf klang es cool, lässig und selbstsicher. Während ich es ausspreche, beschleicht mich jedoch das Gefühl, dass irgendwas nicht stimmt.

Unerwartet lacht Gesa auf.

»Die Karte spielst du also.«

Irritiert schaue ich zu ihr rüber.

»Heulst rum, weil du eigentlich nur Angst hast, verletzt zu werden!«

»Ich heule doch gar nicht!«

Gesa verzieht ihr Gesicht zu einer Grimasse und beginnt mich nachzuäffen.

»Ich heule doch gar nicht. Ich bin ja so cool, spreche

nicht mit meinen Pflegeeltern.« Dann schnalzt sie wieder mit der Zunge und rückt mit ihrem Stuhl in meine Richtung. Die Holzbeine quietschen auf dem Linoleumboden und Leonard zuckt zusammen. Ich bekämpfe den inneren Drang zurückzuweichen und schaue ihr fest in die Augen. Mein Herz pocht.

Was denkt dieser Troll eigentlich, wer er ist?

Während ich noch nach einer schlagfertigen Antwort suche, spricht sie in einem ernsten Tonfall weiter.

»Du solltest froh sein, dass es so Menschen gibt. Menschen, die sich um verlorene, wütende Kinder kümmern und sie mit zu sich nach Hause nehmen. Ob du es glaubst oder nicht, es gibt Kinder, die sich …«

»Genug jetzt, Gesa!«

Rolf steht auf und deutet auf die Uhr über dem Türrahmen.

»Wir machen jetzt eine kurze Pause. Ihr geht alle für zehn Minuten an die frische Luft und atmet durch. Gesa, du bleibst noch für einen Moment hier.«

Anstatt Widerworte zu geben, nickt sie nur.

Mein Herz schlägt mir bis zum Hals.

FRISCHE WUNDEN

Bis auf Gesa stehen alle auf und laufen schweigend nach draußen. Unschlüssig folge ich ihnen die Treppe hinunter. Gesas Auftritt hat mich verunsichert und ich denke über ihre Aussage nach. Überhaupt denke ich zum ersten Mal so richtig nach, seitdem ich nicht mehr im Heim bin. Die Vorstellung, meinen Pflegeeltern dankbar in die Augen zu sehen und das fröhliche Kind zu spielen, widert mich an. Niemand hat sie gezwungen, Samariter zu spielen. Jetzt müssen sie halt damit leben, dass es nicht so läuft, wie sie sich das vorgestellt haben. Da können sie noch so nett sein, noch so eine tolle Wohnung haben, ist mir alles egal. Sobald ich kann, bin ich da weg.

Oder hat Gesa vielleicht gar nicht so unrecht? Habe ich insgeheim einfach nur Schiss?

Jörg ist eigentlich ganz nett gewesen heute Morgen. Das ist schon in Ordnung von ihm, dass er mich zur Schule fährt. Und das mit dem neuen Handy ist schon eine halbwegs coole Aktion.

Ich schiebe den Gedanken zur Seite, da spüre ich etwas an meinem Bein. Ich blicke nach unten. Ein Kieselstein. Er prallt an meinem Knöchel ab und kommt ein paar Zentimeter von meinen Sneakers entfernt zum Stillstand.

Ich drehe mich um und sehe, wie Leonard Steine über den Hof kickt.

Als er bemerkt, dass er mich getroffen hat, hebt er entschuldigend die Hand. Ich nicke ihm zu und zögere. Soll ich ein Gespräch anfangen? Erneut trifft mich ein Kieselstein und ich kicke ihn zurück. Dann laufe ich in seine Richtung.

»Nimm's nicht persönlich, die ist immer so«, ruft er mir zu.

»Meinst du Gesa?«

Er nickt und schießt wieder einen Stein über den Hof.

»Letztes Mal ist eine heulend rausgelaufen, du hast dich also tapfer geschlagen.«

»Was hat sie denn gegen neue Leute?«

»Sie hat nicht generell was gegen neue Leute. Sie testet jeden Menschen, dem sie begegnet. Sobald sie das durchhat, ist sie echt ganz okay. Und fast schon … etwas zu vertrauensselig.«

»Mmhhh.«

Mehr fällt mir dazu nicht ein.

»Sag mal«, ergänze ich, »warum heißt der Club eigentlich *Club der wütenden Fünf*? Warum machen denn nicht sechs oder sieben mit? Hat das eine Bedeutung?«

Leo grinst.

»Das hatte ich mich zu Beginn auch gefragt. Erst dachte ich, Rolf könne nicht mit mehr als fünf wütenden Kids umgehen, aber irgendjemand hat ihn mal gefragt. Hat wohl eine mystische Bedeutung oder so.« Er zuckt mit den Schultern und deutet auf seine Armbanduhr. »Wir müssen wieder hoch.«

Ohne darauf einzugehen, frage ich weiter.

»Was meinst du mit mystisch? Was soll das heißen?«

»Ich habe keinen Schimmer. Frag ihn einfach selbst.«

Nervös blickt Leo wieder auf die Uhr. Zuspätkommen ist hier wohl echt ein Thema.

»Ist schon gut, geh hoch. Ich muss noch mal schnell aufs Klo.«

Erleichtert dreht er sich um und läuft ins Gebäude. Von Weitem sehe ich Q und Jegor über den Schulhof laufen. Auch sie steuern das kleine Gebäude an. Kurz denke ich darüber nach, auf die beiden zu warten. Da spüre ich, wie sich meine Blase meldet. Nach dem peinlichen Vorfall vorgestern verzichte ich lieber auf die Kontaktaufnahme und gehe rein.

Ich bin mir sicher, dass ich heute Morgen ein Schild mit der Aufschrift *WC* und einem Venussymbol gesehen habe. Also gehe ich denselben Weg ab, den ich mit Rolf gegangen bin, da sehe ich es endlich am Ende des Flurs im Erdgeschoss.

Erleichtert laufe ich den Gang runter.

Mit einem Ruck stoße ich die schwere Tür der Mädchentoilette auf. Ein beißender Geruch von Essig und Zitrone schlägt mir entgegen. Instinktiv halte ich kurz die Luft an. Das, was ich von dem Reinigungsmittel im Flur eingeatmet habe, riecht hier drinnen noch stechender. Brennt so richtig in der Nase.

Zumindest hat das alles einen Vorteil. Für eine Schultoilette ist sie nämlich überaus gepflegt, kaum mit Sprüchen beschmiert und sogar das Waschbecken ist sauber. Nur der Spiegel hat an einigen Stellen unschöne Wasserflecken.

Zur Sicherheit überprüfe ich den Seifenspender. Genial. Er ist voll.

Zu meiner Rechten befinden sich drei Kabinen, ich gehe in die erste, schließe die Tür und öffne erleichtert meinen Reißverschluss.

Was für ein Segen. Endlich kann ich in Ruhe pinkeln.

Plötzlich höre ich ein lautes Aufatmen, dann ein Wimmern. Kurz halte ich den Urinstrahl an und lausche. Nichts. Ich muss mich getäuscht haben. Erleichtert lasse ich es weiterlaufen und spüle anschließend runter. Als ich vorm Spiegel stehe und mir die Hände einseife, höre ich es erneut. Ein kurzes Aufschluchzen. Ich halte die Luft an.

Was zur Hölle ist das?

Dann schnieft jemand. Ich lasse das kalte Wasser über meine Hände laufen und spüle die Seife ab. Als der Wasserstrahl abbricht, ist es still. Vorsichtig schleiche ich zur letzten Kabine. Erst jetzt bemerke ich das rote Besetzt-Zeichen und ärgere mich über meinen lauten Urinstrahl, den das Mädchen unmöglich überhört haben konnte.

Da bewegt sich etwas hinter der Tür. Für nicht mehr als eine Sekunde blitzt ein schicker Lackschuh unter der Kabinenwand hervor. Ich erkenne ihn sofort.

Ich wiege meine Möglichkeiten ab. Wenn Gesa nicht völlig in Trance versunken ist, dann weiß sie, dass sich noch jemand in der Mädchentoilette befindet. Sie kann natürlich nicht wissen wer, also kann ich noch schnell verschwinden, nach oben laufen und einfach ignorieren, was ich gehört habe.

Was habe ich eigentlich gehört? Es klang nach einem erleichterten Aufatmen gefolgt von einem kurzen Wimmern und Schluchzen, irgendwie seltsam.

Das Zippen eines Reißverschlusses reißt mich aus meinen Gedanken. Irgendwas raschelt in der Kabine. Schnell husche ich Richtung Ausgang. Als ich auf der Höhe des Waschbeckens bin, erklingt das mechanische Geräusch des Türschlosses und die letzte Kabinentür springt auf. Sie schlägt gegen die Wand und prallt zurück. Als die Tür droht, gegen ihren Kopf zu knallen, hält Gesa gerade noch rechtzeitig ihre Hand zum Schutz dazwischen. Dabei rutscht ihr dünner Pullover über ihr Handgelenk nach hinten, bis in die Armbeuge. Sofort sehe ich es. Rote Streifen übersäen ihren Unterarm wie ein Zickzackmuster. Drei Wunden sind eindeutig frisch, andere zartrosa und wirken etwas älter. Erschrocken blicke ich sie an. Erst jetzt scheint sie mich überhaupt zu bemerken. Sie schaut rüber und etwas in ihren Augen leuchtet auf, als wäre sie tatsächlich überrascht, dass sie nicht allein ist. Reflexartig löst sie ihre Hand von der Tür, greift nach ihrer Handtasche und zieht den Pulloverärmel runter. Schweigend stolziert sie zum Waschbecken, dabei klackern ihre schicken Schnürschuhe auf den ockerfarbenen Fliesen. Wie eine Wahnsinnige pumpt sie Seife in ihre Hände.

»Tut mir leid wegen vorhin«, sagt sie, ohne aufzusehen.

Ich nicke nur. Die Situation überfordert mich. Soll ich etwas zu ihren Verletzungen sagen? Augenscheinlich hat sie sich das soeben selbst angetan. Anderseits bin ich froh, dass sie sich entschuldigt hat. Keinen Bock, die Stimmung erneut kippen zu lassen. Sie wird so was bestimmt nicht heimlich auf der Toilette tun, um danach darüber ein Schwätzchen zu halten.

Also antworte ich nur: »Schon okay, lass uns zurückgehen.«

Die restlichen zwanzig Minuten verlaufen ohne weitere Vorkommnisse. Die Jungs scheinen überrascht, als Gesa und ich gemeinsam den Klassenraum betreten, doch lassen es unkommentiert. Rolf lächelt mal wieder. Leo hält gerade einen Vortrag für die Gruppe, wie toll ihm die Verhaltenstherapie gefällt, die ihm aus dem Abgrund seiner Depressionen geholfen hat, und dass er mittlerweile sogar durchschlafen kann. Für mich klingt das alles befremdlich und ich fühle mich zunehmend unwohl. Er redet so gelöst über seine Gefühle. Ob er keine Angst hat, zur Zielscheibe zu werden, wenn die anderen so viele private Dinge über ihn erfahren? Doch Q und Jegor hören aufmerksam zu. Selbst Gesa wirkt ernsthaft interessiert und stellt sogar eine Frage.

Als Leonard endlich fertig ist, bedankt sich Rolf bei ihm und schickt uns alle in den Unterricht.

Der weitere Schultag verläuft weitaus unspektakulärer. Ich lerne meine neue Klasse kennen und bin über ihr gutes Benehmen erschrocken. Dreiundzwanzig nette Köpfe mit reiner Teenager-Gesichtshaut. Und alle folgen aufmerksam dem Unterricht. In meiner alten Schule sah das anders aus. Ich glaube, manche nahmen sogar Drogen. Nur wenige lächelten. In meiner neuen Klasse lächeln die meisten. Bis auf Gesa. Die schaut nur gedankenverloren aus dem Fenster.

Als es nach der siebten Stunde endlich klingelt, bin ich

müde. Ich habe gefühlt zweihundert neue Namen gehört, eine Stunde Spanisch, eine Stunde Bio sowie jeweils zwei Stunden Deutsch und Mathe hinter mir, dazu einen verrückten Morgen in diesem bescheuerten Club.

Wie ein alarmierter Ameisenhaufen springen alle um mich herum auf und strömen aus dem Klassenraum. Ich klappe mein Mathe-Buch zu und stopfe es in meinen Rucksack. Als ich wieder hochschaue, blicke ich in Gesas Gesicht. Mit verschränkten Armen steht sie vor meinem Tisch und mustert mich.

»Mach mal hin, wir haben Schule aus. Falls du es noch nicht gemerkt hast.«

»Freundlichkeit ist nicht so deine Stärke, oder?«

»Freundlichkeit ist was für Weichlinge.«

Jemand räuspert sich. Es ist die Lehrerin. »Ich möchte gern den Raum abschließen«, sagt sie. Gesa rollt mit den Augen und antwortet: »Ich kann nichts dafür. *Die Neue* braucht so lange.«

Dann dreht sie sich um und stolziert aus dem Raum. Sie lässt mich einfach sitzen. Die Lehrerin schaut mich fragend an. Ich schultere meinen Rucksack und stehe auf. Dabei rutscht mein Stuhl geräuschvoll nach hinten. Die Mathe-Lehrerin zuckt zusammen. Ich habe ihren Namen schon wieder vergessen, es hatte irgendwas mit Fisch zu tun. Als ich an ihr vorbeilaufe, murmele ich: »Entschuldigung.« Da fällt es mir wieder ein. Frau Hering heißt sie.

Im Gang riecht es nach alten Turnschuhen und Ausdünstungen von Jungs. Die Stimmen der anderen verebben im Treppenhaus. Von Gesa ist nichts mehr zu sehen. Warum hat sie überhaupt auf mich gewartet, wenn sie es so eilig hat? Kann mir eigentlich auch egal sein. Ich hole erst mal mein Handy raus und checke die Bahnverbindung. Dabei nehme ich die Treppe nach unten ins Erdgeschoss. Die nächste Bahn kommt in sieben Minuten. Das ist perfekt. Oder auch nicht. Ich habe nämlich nicht die geringste Ahnung, wo sich die S-Bahn-Station befindet.

Mein Herz beginnt zu klopfen und ich beschleunige meine Schritte. Im Erdgeschoss ist es still. Plötzlich erklingen laute, schnelle Schritte, dann eine quietschende Tür. Jetzt ist es wieder ruhig. Von Gesa keine Spur.

Ich öffne die breite, verglaste Tür, die zum Schulhof führt, und trete auf den Asphaltboden. Der Hof ist fast leer, nur ein paar jüngere Schüler spielen Tischtennis. Es ist ein richtiger Frühlingstag. Die Sonne scheint und es geht nur ein leichter Wind.

»Lara?«

Ich drehe mich um. Leo kommt aus dem Schulgebäude und läuft lächelnd auf mich zu. »Wie war dein erster Tag?«

»Okay«, sage ich. Und: »Weißt du, wo es zur S-Bahn geht?« Ich werfe einen Blick auf die Uhr. »Meine Bahn kommt in weniger als fünf Minuten.«

Er zeigt quer über den Hof. »Hinter dem Gebäude, in dem der Club stattfindet. Da ist ein weiteres Tor. Wenn du dort rausläufst, kommst du direkt zur Station. Ist schwer zu verfehlen. Allerdings …«

Ich hebe die Hand und bedanke mich. »Dann muss ich mich beeilen«, stoße ich noch hervor, dann laufe ich los. Da ruft Leo: »Wir können dich auch mitnehmen. Das schaffst du nie in fünf Minuten.« Ich bleibe stehen und wiege meine Möglichkeiten ab.

»Wer ist *wir?*«, frage ich. Leo deutet zum Parkplatz und winkt einer rundlichen Frau mit blonden Locken zu. Sie winkt zurück.

»Das ist meine Mum. Sie nimmt dich sicher gern mit. Nach so einem langen ersten Tag hast du dir eine Taxifahrt verdient.«

Leos Mutter ist eine nette Frau, aber eine unruhige Fahrerin. Ununterbrochen schiebt sie ihren Hintern von links nach rechts über den Sitz, an jeder Kreuzung rutscht sie so weit nach vorne, dass ihre Ellbogen das Lenkrad berühren. Dann reckt sie ihren Kopf zu allen Seiten, bis sie endlich den Blinker setzt und das Gaspedal betätigt. Ich habe keine Ahnung, wie man Auto fährt, aber es macht mich nervös, dass sie an jeder Ampel auch noch die Position des Rückspiegels überprüfen muss.

Bei jeder sich bietenden Gelegenheit schaut sie zu mir rüber und stellt keuchend eine Frage, die sie mit »Weißt du?« abschließt. Leo hat darauf bestanden, dass ich vorne sitze. Er ist nett, das muss ich ihm lassen. Und so viel ruhiger als seine Mutter. Als versuche er, ihre nervöse Art auszugleichen.

»Leo hat bereits erzählt, dass eine neue Schülerin in den Club kommt, weißt du? Da war ich froh! Es wäre eine Schande, wenn der Club sich auflösen müsste. Es ist ein tolles Projekt, weißt du?«

Jemand hupt. Und ihre Wangen beginnen rot zu leuchten. Sie gibt Gas. Der Wagen ruckelt. Sie schnauft und bläst sich eine blonde Locke aus der Stirn. Ich erkenne die Straße, durch die wir gerade fahren, wir sind gleich da. Zum Glück!

Ich drehe mich zu Leo um. »Warum sollte der Club sich auflösen?«

Er zuckt mit den Schultern. »Rolf besteht darauf, dass wir fünf Mitglieder sind. Er sagt, es wäre sonst nicht *richtig.*«

»Du bist also gerade rechtzeitig gekommen«, sagt Leos Mutter. Dann ruckelt das Auto erneut. Hektisch fährt sie den Wagen halb auf den Bordstein. Sie stellt den Motor ab und wischt sich Schweißperlen von der Stirn.

»Liebe Lara. Du bist zu Hause!«

Ich schaue aus dem Fenster, auf das Wohngebäude der Familie Wagner. Das ist nicht mein Zuhause.

Trotzdem steige ich aus.

»Wir wollten doch noch das Spiel von heute Morgen weiterspielen«, sagt Ludwig.

Er spießt ein Fleischbällchen mit seiner Gabel auf und schiebt es sich in den Mund. Julia hat gekocht. Pasta mit Fleischbällchen.

»Vom Bio-Metzger«, sagte sie, als sie vorhin die Tür reinkam. Dabei hielt sie eine Plastiktüte in die Luft. Dass das die Umwelt ebenso zerstört wie Massentierhaltung, verkniff ich mir. Manchmal schaffe ich es eben doch, nicht laut zu denken.

Jörg hat ein spätes Meeting, also essen wir zu dritt.

»Erst möchte ich hören, wie es in der Schule war!«

Von euch? So wie sie mich ansieht und ihren blassen Schwanenhals in meine Richtung streckt, will sie doch nur hören, wie *mein* erster Tag in der Schule war. Als hätte sie meine Gedanken gelesen, beginnt sie mir zuzunicken. »Wie war dein Tag, Lara? Wie sind deine Mitschüler?«

»Langweilig.«

Ihre Mundwinkel zucken.

»Langweilig?«

Ich nicke und beginne, Spaghetti mit meiner Gabel aufzudrehen.

»Und dieses Projekt, an dem du teilnimmst? War das denn auch so langweilig?«

Die Frau möchte anscheinend unbedingt ein Gespräch führen. Ich atme tief ein und aus. Da tritt mich jemand unter dem Tisch. Es ist Ludwig.

»Hey! War das etwa Absicht?«

»Was denn?«, fragt er unschuldig.

»Na, das eben. Der Fußtritt.«

Ich versuche, ihn zurückzutreten, aber er weicht gerade noch rechtzeitig aus. Der Kleine ist flink.

»Ich weiß nicht, was du meinst.« Er grinst.

Julia sagt nichts, sondern schaut zu Boden. Dann steht sie auf und holt etwas Parmesan aus dem Kühlschrank. Sie füllt ihn in eine edle Schale um und stellt ihn auf den Tisch. Sie knetet unschlüssig ihre Handflächen.

»Gibst du mir mal den Parmesan?«, fragt mich Ludwig. Ich schiebe die Schale zu ihm rüber, dabei treffen sich unsere Blicke. Seine kleinen Augen sind zusammengekniffen. Er sieht aus wie eine Comicfigur, ich komm nur nicht drauf, wie sie heißt.

Meine Lippen formen lautlos: *Was ist denn?* Ich hebe meine Hände in die Luft. Keine Ahnung, was der Kurze für ein Problem hat. Sein Kopf deutet zu seiner Mutter. Er presst die Augen noch enger zusammen, sodass sie nur noch zwei schmale Schlitze bilden.

»Also gut!«

Julia blickt auf. Ihr fragender Blick wandert von Ludwig zu mir.

»Der Tag war okay. Die Leute im Club sind etwas verrückt, meine neue Klasse ist ganz nett. Der Typ, der den Club leitet, ist auch ganz in Ordnung.« Ich zucke mit den Schultern. »Mehr war nicht.«

Ich schaue Julia an. Jetzt lächelt sie.

Da klingelt das Telefon und sie steht auf.

»Sei doch nicht immer so«, zischt Ludwig mir zu. Bevor ich etwas antworten kann, hält Julia mir das tragbare Telefon vor das Gesicht. »Es ist für dich.«

Ich klemme mir das Telefon zwischen Ohr und Schulter und laufe in den Flur.

»Hallo?«

»Lara? Bist du es?«

»Ja?«

»Ich bin es, Tina. Ich wollte mal hören, wie dein erster Schultag gelaufen ist.«

Nicht sie auch noch. Ich gehe in mein Zimmer und schließe die Tür hinter mir. Es riecht noch immer nach frischer Farbe. Ich kippe das Fenster. Dann setze ich mich aufs Bett. Was soll ich Tina bloß erzählen? Sie soll schließlich merken, wie verantwortungsvoll ich bin.

»Lara? Bist du noch dran?«

»Es war gut. Der Tag war gut.«

»Es dürfen gern ein paar mehr Details sein.«

Ich kann mir vorstellen, wie sie jetzt versucht, freundlich zu lächeln. Wie sie in ihrem Stuhl nach vorne rutscht und den dünnen Bleistift zwischen ihren Fingern hin und her dreht. Vor ihr liegt ein Blatt Papier, auf dem sie die Inhalte unseres Gesprächs notiert. Das landet dann ordentlich abgetippt in meiner Akte.

»Hattest du heute nicht deinen ersten Tag im Club?«

Ich nicke. Da fällt mir ein, dass sie das nicht hören kann. Ich sage: »Ja.«

»Und?«

»Es war … interessant. Ein Mädchen aus dem Club geht auch in meine Klasse.«

»Das ist ja toll!«

Das lasse ich lieber unkommentiert. Ich höre einen Stift über Papier kratzen. Wusste ich es doch.

»Tina?«

»Ja?«

»Ich bin sehr müde. Es war ein langer Tag heute. Können wir ein anderes Mal sprechen?«

Sie sagt nichts. Sie atmet nur. Dann: »Natürlich. Pass auf dich auf.«

Ich nicke. Und lege auf.

DiENSTAG

Der Lehrer ist klein, aber seine Schultern sind breit und kantig. Er trägt einen struppigen Schnurrbart und knurrt seinen Namen: »Herr Zobel«. Er erklärt, dass er heute zur Vertretung hier ist, der eigentliche Mathelehrer ist krank. Max aus der ersten Reihe dreht sich zu seinem Kumpel um. Er reckt eine Faust in die Luft und bricht in lautlosen Jubel aus. Dabei macht er ein Gesicht wie ein Affe. Der kleine Herr Zobel bekommt es sofort mit und klopft mit dem Whiteboard-Stift auf die Tischplatte von Max. Der wird rosa wie ein Radieschen und alle beginnen zu lachen.

Alle bis auf Gesa. Die ist nämlich gar nicht da. Erst dachte ich, sie hat verpennt. Jetzt sitzen wir schon in der zweiten Stunde und sie ist immer noch nicht aufgetaucht.

Die Sonne strahlt durch das Fenster, genau auf ihren Platz. Würde sie da jetzt sitzen, sähe es bestimmt so aus, als hätte sie einen Heiligenschein. Welch Ironie. Ein mechanisches Geräusch erklingt. Die Jalousien fahren automatisch runter.

Als es zur Pause klingelt, stürmen alle nach draußen. Alle, bis auf Max und mich. Der ist schon wieder rosa im Gesicht.

Er geht zu Herrn Zobel und entschuldigt sich. Herr Zobel knurrt etwas, dann entlässt er den Kerl in die Pause. Ich laufe an Max vorbei und trete vor ihm auf den Gang.

Ich schaue mich um. Niemand hat auf mich gewartet. Warum auch? Ich habe seit gestern mit niemandem gesprochen. Außer mit Gesa. Max läuft an mir vorbei, kurz zögert er. Ich schaue ihn an, da verzieht er den Mund zu einem unentschlossenen Lächeln. Er hebt die Hand zum Gruß und läuft, ohne sich noch einmal umzusehen, die Treppe runter.

Ich bleibe im ersten Stock und schaue aus dem breiten Fenster runter auf den Schulhof. Alles scheint hier seine Ordnung zu haben. Jüngere Kinder spielen Tischtennis, andere ein Ballspiel. Die Älteren stehen in Gruppen zusammen. Jungs schubsen sich, Mädchen laufen vor ihnen weg. Ein dickes Kind steht allein herum. Es spricht eine Lehrerin an und verwickelt sie in ein Gespräch.

Hier oben ist es still. Ich drehe mich um und laufe den Gang ab. Plötzlich fliegt die Tür eines Klassenraums auf. Eine grelle Frauenstimme erklingt. Dann die Stimme eines Jugendlichen, sie diskutieren. Irgendwie kommt mir die Stimme …

»Lara?«

Q schultert seinen Rucksack und tritt aus dem Klassenraum. Er trägt einen schwarzen Kapuzenpullover. Die Kapuze liegt locker auf den Schultern. Er nickt mir zu. Dann dreht er sich noch einmal um.

»Tschüss, Frau Hagen. Und danke!«

Ich werfe einen Blick in den Raum. Frau Hagen schnauft nur und blättert im Klassenbuch. Ein paar Seiten kleben zusammen, sie leckt ihre Fingerspitze ab und blättert weiter.

»Was habt ihr da drinnen besprochen?«

Q läuft schnell, er steuert die Treppe an. Ich folge ihm, keine Ahnung wieso.

»Meine Ethik-Note. Weißt du, bei Frau Hagen braucht man Verhandlungsgeschick.« An der Treppe bleibt er stehen und zieht die Augenbrauen hoch.

»Was machst du eigentlich allein im Treppenhaus? Willst du nicht in die Pause?«

»Ich … also.« Mein Gesicht beginnt zu glühen. Jetzt tief durchatmen.

Q grinst. »Die Leute hier sind alle ganz nett. Trau dich ruhig, auf sie zuzugehen.«

Wie kommt er nur auf die Idee, dass ich mich nicht traue? Ich will irgendwas Schlagfertiges sagen. Ich weiß nur nicht, was das sein soll.

»Ich muss nur aufs Klo, deswegen bin ich hier.«

Aufs Klo? Warum habe ich das bloß gesagt? Am liebsten würde ich mich unsichtbar machen. Schade, dass das nur in kitschigen Filmen oder Büchern funktioniert. Stattdessen tue ich das, was man im wahren Leben tun kann. Ich drehe mich um und laufe einfach in die Richtung zurück, aus der ich gekommen bin.

»Lara?«

Ich bremse ab und schaue ihm fest in die Augen. Q grinst und zieht sich seine Kapuze tief ins Gesicht. Sein Blick verschwindet unter dem dunklen Stoff. Er deutet hinter sich.

»Die Mädchen-Toilette ist da drüben.«

Jetzt ist die Zeit gekommen, um im Erdboden zu versinken.

EINDRINGLING

Ich drehe den Haustürschlüssel im Schloss und stoße die Tür auf. Ich lasse meinen Rucksack zu Boden gleiten und werfe meine Schuhe in die Ecke. Was war das nur für ein langweiliger Schultag. Nicht, dass ich Gesa vermisst hätte, aber die anderen aus der Klasse wirken manchmal echt wie tote Fische. Da war an meiner alten Schule schon mehr los.

Aber vielleicht ist das auch das normale Leben. Nach drei Monaten Heimaufenthalt, in welchem Kinder andere Sorgen haben als Mathenoten, ist normal eben plötzlich unnormal, oder auch umgekehrt. Und dann die Sache mit Q. An Peinlichkeit nicht zu übertreffen. Wahrscheinlich hat er es schon Gesa erzählt, die jetzt zu Hause sitzt und sich schlapp lacht. Schon komisch, dass sie heute gar nicht aufgetaucht ist. Ob sie krank ist? Gestern wirkte sie jedenfalls ziemlich gesund.

Ich laufe in die Küche und nehme mir ein Glas Wasser. Es fühlt sich seltsam an, allein hier zu stehen. Ohne Ludwig oder seine Eltern wirkt alles wie in einem Möbelhaus nach Ladenschluss.

Dann erklingt ein Stöhnen. Ein Stöhnen? Ich schleiche in den Flur und halte die Luft an. Nichts.

Gerade will ich zurück in die Küche, da höre ich es wieder. Eindeutig ein lautes Ausatmen und Gemurmel. Der Flur ist menschenleer und dunkel. Alle Türen sind verschlossen, nur eine ist angelehnt. Vorsichtig gehe ich weiter, dann bleibe ich stehen. Was, wenn jemand eingebrochen ist? Was, wenn jemand in dem Zimmer ist? Okay, das ist vollkommener Quatsch. Wenn jemand in die Bude hier einbricht, greift er sich Julias Schmuck und die Kaffeemaschine und haut so schnell wie möglich ab. Ein echter Verbrecher legt sich doch in kein Zimmer und keucht. Oder? Vielleicht knackt er auch gerade ein Versteck auf oder einen Safe. Auf Zehenspitzen tripple ich zurück in die Küche und öffne die Besteckschublade. Ich ziehe ein Messer heraus. Man kann schließlich nie wissen, was für irre Menschen durch die Welt laufen.

Ich bewege mich lautlos. Jeden Schritt setze ich wohlüberlegt. Das Laminat quietscht an manchen Stellen und genau *das* darf jetzt nicht passieren. Ich stehe vor der angelehnten Tür. Da ist wieder das laute Atmen. Kein Zweifel: Jemand ist in dem Zimmer. Ich strecke meine Hand aus und berühre die Türklinke. Mein Herz hämmert gegen meine Brust. Ich spüre, wie sich Schweiß unter meinen Achseln bildet. Soll ich etwas rufen? Einen Schlachtruf? Ich bleibe lieber still, dann ist das Überraschungsmoment auf meiner Seite.

Also halte ich die Luft an. Jetzt oder nie.

Ich stoße die Tür auf und hebe das Messer über meinen Kopf. Die Nachmittagssonne scheint in den Raum. Mein Körper wirft einen Schatten auf Julia.

Die liegt auf einer rosafarbenen Yogamatte. Ihre Hände liegen verschränkt auf dem Bauch. Eine leise Frauenstimme spricht aus ihrem Handy. Die Stimme sagt, sie solle einfach alles loslassen.

Julia hat eine verdammt schmale Nase. Das fällt mir nur auf, weil der Schatten der Messerspitze auf sie fällt. In diesem Moment öffnet sie langsam die Augen. Für ein paar Sekunden sehen wir uns einfach nur an. Dann entdeckt sie das Messer.

Julias Augen weiten sich. Ihr entweicht ein lautes »Huch!« und dann ein »Lara?«.

Wie in Zeitlupe steht sie auf und nimmt ihr Handy in die Hand. Sie tippt auf das Display und die Frau mit der ruhigen Stimme verstummt.

»Das ist nicht das, wonach es aussieht! Ich dachte, jemand Fremdes ist in der Wohnung«, sage ich. Mir fällt nichts Besseres ein. Trotzdem fühle ich mich schuldig. Nur Schuldige sagen so etwas. Julia schaut mich nur an. Eine Haarsträhne löst sich aus ihrem Zopf und fällt auf ihre Schulter.

»Warum bist du nicht in der Arbeit?«

Sie atmet lautstark ein und aus. Ihr Brustkorb hebt und senkt sich, sie drückt das Handy so vorsichtig an die Brust, als wäre es ein verletztes Küken.

»Nimm bitte das Messer runter. Und um deine Frage zu beantworten: Ich habe heute früher Schluss gemacht.«

Ich mache das, was sie sagt. »Ich dachte, du wärst ein Einbrecher.«

»Ich glaube, ich brauche jetzt dringend einen Yogi-Tee«, antwortet sie nur. Dann beginnt sie zu lachen. Sie streckt die Hand nach dem Messer aus. Ich lege es vorsichtig auf ihre Handfläche. Sie lacht noch immer.

»Du auch?«, fragt sie.

»Was?«

»Einen Tee?«

Ich nicke.

Sie läuft an mir vorbei. Ihre nackten Füße machen schmatzende Geräusche auf dem Laminat. Ich stehe einfach nur da, mit dem Rücken zur Tür. Ich rufe ihr nach.

»Julia?«

»Ja?«

»Wirst du Tina davon erzählen?«

»Natürlich werde ich das.«

»Was? Bitte …«

»Sie sollte wissen, dass du so mutig bist, dich furchtlos einem Einbrecher zu stellen.«

Dann beginnt der Wasserkocher zu rauschen und sie ruft noch: »Der Tee ist gleich fertig!«

Ich bleibe im Zimmer stehen und schaue aus dem Fenster, auf die gegenüberliegenden Häuser. Alles sieht so gewöhnlich aus. Auf einem schmalen Balkon gegenüber steht wieder der alte Mann von Samstag. Er gießt friedlich seine Blumen.

DiE CHALLENGE

Es ist acht Uhr morgens und Gesa kommt auf mich zu. Sie sieht erschöpft aus. Ihr Gesicht ist grau wie ein Pflasterstein.

»Wo warst du gestern?«

»Hatte was zu erledigen.«

Erhobenen Hauptes läuft sie an mir vorbei und lässt mich stehen. Ich wollte nur nett sein. Aber nett sein bringt nichts bei einem Mädchen wie Gesa. Es ist, als würde sie ein Spiel spielen, von dem nur sie die Regeln kennt. Sie parkt einen auf dem Aussetzen-Feld, wann immer sie das möchte.

Ich betrete als Letzte den Club.

Als Rolf mich erblickt, leuchten seine Augen auf. Heute früh sieht Rolf als Einziger der Runde munter aus.

»Lara, prima. Jetzt sind wir komplett.« Er hält die Box mit den Handys in die Luft. Ich schalte mein Smartphone aus und lege es wortlos hinein. Er schiebt den Karton unter seinen Stuhl und klatscht in die Hände. Gesa zuckt genervt zusammen. Als ich mich auf meinen Stuhl fallen lasse, zischt Q zu mir rüber: »Na, hast du das Klo noch gefunden?«

»Sehr witzig«, zische ich zurück. Er grinst und zwinkert mir zu. Komischer Vogel.

Rolf fragt, wie unser Dienstag gelaufen ist. Bis auf Leo sagt fast niemand was. Der berichtet mal wieder von seiner Therapie. Q erzählt kurz etwas über seine Fahrstunde und Gesa zuckt nur mit den Schultern, als Rolf sie anspricht. Jegor sagt: »Ich habe derzeit einiges zu tun. Will aber nicht drüber reden.«

Das ist ja ein toller Club. Der *Club der schweigenden Fünf.*

Als ich an der Reihe bin, weiß ich gar nicht, was ich sagen soll. Kann ja schlecht erzählen, dass ich versehentlich meine Pflegemutter mit einem Messer bedroht habe. Also sage ich einfach, dass mein Tag gut war.

»Gut?«, fragt Gesa, »ich dachte, du magst deine Pflegefamilie nicht. Was kann dann an dem Tag so gut gewesen sein?«

Ich drehe meinen Oberkörper in ihre Richtung. So langsam geht sie mir gewaltig auf die Nerven.

»Was ist eigentlich los mit dir?«, frage ich sie.

»Was soll denn mit *mir* los sein?« Sie verschränkt die Arme und blickt mich an. Ich erwarte ihren Killerblick, doch Gesas Augen schimmern dunkel und feucht, wie ein schwarzer See. Wenn man sie jetzt so anschaut, könnte man denken, sie möchte einfach nur in den Arm genommen werden.

Mein Blick wandert zu ihren Unterarmen. Obwohl ihr Pullover alles verdeckt, zieht sie die Ärmel plötzlich ein weiteres Stück nach unten.

»Ach, vergiss es«, sagt sie und dreht sich weg.

Ich schaue in die Runde. Der ruhige Jegor beobachtet Gesa. Er verzieht plötzlich eine Miene, als hätte er ein totes

Fohlen im Wald gesehen. Endlich sagt Rolf etwas. Diese Stimmung heute Morgen kann man ja kaum aushalten.

»So, ihr lieben Fünf. Ich habe mir ein paar Gedanken gemacht. Da wir seit Montag ein neues Teammitglied haben«, er zwinkert mir zu, »gibt es eine neue Challenge für euch.«

Irritiert blicke ich die anderen an. Challenge?

Gesa und die Jungs wirken wenig beeindruckt, eher gelangweilt. Entweder passiert so was andauernd oder sie sind vollkommen abgestumpft.

Rolf kramt in seiner Tasche und zieht ein großes Stück Papier, ein paar Stifte und eine kleine Schachtel hervor.

»Jeder von euch erhält nun einen Zettel, auf den ihr bitte euren Vornamen schreibt. Dann faltet ihr das Papier zusammen und legt es hier hinein.«

Er lugt zur Uhr und spricht schneller.

»Los, los«, treibt er uns an.

Nachdem alle ihren Namen aufgeschrieben und in die Schachtel gelegt haben, erklärt Rolf das weitere Vorgehen.

»Ich werde nun rumgehen und jeden von euch einen Namen ziehen lassen. Wenn ihr euch selber ziehen solltet, legt den Zettel bitte zurück und nehmt euch einen neuen.«

»Und dann? Wird das wieder so eine *Ich-beobachte-deine-Stärken-Geschichte*?«, beschwert sich Q.

»Nein. Diese Übung ist ähnlich, aber doch anders, etwas für Fortgeschrittene. Ihr habt euch weiterentwickelt und ich traue euch das zu.«

Ich will etwas sagen, doch Rolf kommt mir zuvor.

»Dir traue ich das auch zu, Lara. Das ist eine anspruchsvolle Aufgabe und ich erwarte von dir, dass auch du dein Bestes gibst.«

»Okay«, sage ich nur und versuche, dabei so gleichgültig wie möglich zu wirken. Was kann das schon für eine Challenge sein? Das ist schließlich nur eine AG und somit eine Art von verpflichtendem Hobby oder so was.

Hoffe ich jedenfalls.

»Die Person, die ihr zieht, werdet ihr von heute an gezielt beobachten.«

»Ach, komm schon, Rolf!«, unterbricht ihn Q.

»Lass mich ausreden, es ist nicht so wie letztes Mal. Dieses Mal geht es nicht darum, die Stärken von eurem Teampartner zu erkennen. Eure Aufgabe ist die folgende …«

Er macht eine kurze Pause und schaut in die Runde. Nacheinander fixiert er jeden von uns. Bis auf Q schauen alle gelangweilt zurück. Der wirkt immer genervter, doch das scheint Rolf nicht aus der Ruhe zu bringen.

»Ihr werdet die gezogene Person bei etwas unterstützen, was ihr wichtig ist. Was derjenigen oder demjenigen weiterhilft, was sie oder ihn aus einer belastenden Situation befreit, aus der man es nicht oder nur unter großer Anstrengung alleine herausschaffen kann«, fährt Rolf fort.

»Und was genau soll das sein?«, fragt Jegor.

»Na, genau das sollt ihr ja herausfinden. Und dafür habt ihr bis nächste Woche Freitag Zeit.« Rolf lehnt sich zurück und grinst zufrieden.

Ich muss jetzt einfach fragen: »Das verstehe ich nicht. Wir werden gleich einen Namen aus dieser Box ziehen und diese Person dann bei etwas unterstützen. Und dieses Etwas müssen wir erst mal herausfinden? Und das in nur einer guten Woche? Wie soll das denn gehen?«

»Ihr alle habt euer Päckchen zu tragen. Ihr habt es schwerer als andere. Das wisst ihr und das möchte ich anerkennen. Ich bin davon überzeugt, dass euch eure Erfahrungen stärken können. Ihr seid empfindsamer als andere in eurem Alter. Also nutzt das für euch!«

Rolf steht auf und nimmt den Karton in die Hand.

»Zieht jetzt einen Namen und hängt euch an diese Person. Unauffällig, versteht sich. Seid aufmerksam! Merkt euch ihre Lieblingsplätze. Hört ihr zu! Was macht sie gern? Womit verbringt sie ihre Zeit? Ihr werdet sehr schnell feststellen, bei was sie Unterstützung benötigen könnte.«

Obwohl Jegor und Leo noch ein paar Mal rückfragen, wird niemand wirklich schlau aus der Idee. Rolf versichert uns, dass wir schnell merken werden, was für einen Nutzen diese Aufgabe haben wird, und reicht den Pappkarton durch den Stuhlkreis.

Ich bin die Erste. Ich greife in den Karton und ziehe einen Zettel.

Irgendetwas in mir hofft, dass es bitte nicht Leo sein wird. Ich meine, er ist nett und alles, aber das Therapiegelaber geht mir ziemlich auf die Nerven.

Langsam öffne ich das gefaltete Papier und nicke Rolf kurz zu. Ich habe nicht mich selbst gezogen und gebe die Box an Gesa weiter.

UNTER DER KAPUZE

Nach dem Unterricht schlendere ich Richtung S-Bahn. Q bemerke ich erst, als er dicht neben mir läuft.

»Hey, Lara«, sagt Q.

Er schiebt seine Kapuze nach hinten und nickt mir zu. Um seinen Mund liegt der Anflug eines Lächelns.

»Hey«, antworte ich.

Er fragt mich, ob ich auch zum Bahnhof muss, und es stellt sich heraus, dass Q dieselbe S-Bahn-Linie wie ich nimmt.

»Wo wohnst du denn?«, fragt er.

Kurz ist es mir unangenehm, den Wohnort meiner Pflegefamilie zu nennen. Ich will nicht eingebildet rüberkommen oder damit angeben, in was für einer schicken Gegend ich neuerdings lebe. Auf der anderen Seite geht Q genauso auf eine Privatschule wie ich. Dann könnten seine Eltern auch einfach reich sein. Also rücke ich mit der Sprache raus.

»Im Westend.«

Q pfeift durch die Zähne.

»Nicht schlecht, die Gegend. Habe ich zumindest gehört, ist nicht so meine Hood. Muss mal meinen Fahrlehrer fragen, vielleicht können wir ja mal einen Abstecher dorthin machen.«

»Viel gibt's da nicht zu sehen. Kannst du dir auch sparen.«

»Scheint wohl nicht so gut zu laufen, in deiner neuen Familie.«

Ich bleibe stehen.

»Das ist nicht meine Familie, okay?«

Dabei sehe ich ihm fest in die Augen. Er hält meinem Blick stand.

»Alles klar. Verstanden. Ist das der Grund, weshalb du in diese Wohngruppe ziehen willst? Weil du keine neue Familie möchtest?«

Ich zucke mit den Schultern.

»Das stelle ich mir ziemlich einsam vor.«

»Was weißt du denn schon davon?«, murmele ich vor mich hin.

»Na ja. Eigentlich 'ne ganze Menge. Meine Eltern sehe ich meistens nur am Wochenende. Sie lieben ihren Job mehr als alles andere.«

In Qs Blick verändert sich etwas und er schaut zu Boden. Er setzt seine Kapuze auf, dann schweigt er.

Ich zögere einen Moment, dann frage ich nach: »Was ist eigentlich da passiert?«

Ich deute auf seine Kapuze, genau an die Stelle, unter der sich seine Narbe befindet. Doch er hört mich schon nicht mehr. Mit einem lauten Kreischen fährt die S6 in den Bahnhof ein und kommt vor uns zum Stehen.

Schweigend steigen wir ein. Unsicher, ob wir zusammensitzen sollen oder er lieber allein sein will, steuere ich auf einen Vierer zu. Als Q mir wie selbstverständlich folgt, spüre ich, wie sich meine Schultern entspannen. Er setzt sich auf den Platz gegenüber und schaut mich neugierig an.

»Wie findest du eigentlich den Club?«, fragt er. Dabei zieht er eine Kaugummipackung aus seiner Tasche und hält sie mir unter die Nase. Dankbar nehme ich an. Ich fühle mich unbehaglich und das Kaugummi bietet eine Form der Beschäftigung.

Ich zucke mit den Schultern.

So richtig kann ich Q nicht einschätzen. Erst heute Morgen hat er mir einen Spruch reingedrückt. Dann die Story mit dem Drachen. Und jetzt sitzt er mir gegenüber und macht auf freundlich. Und was hat es wohl mit seiner Narbe auf sich?

Ich entschließe mich, in die Offensive zu gehen.

»Ehrlich gesagt, fand ich die Geschichte mit dem Drachen am Montag wenig amüsant.«

Ich bemühe mich, locker zu klingen.

Seine dunklen Augen blitzen auf und er lacht.

»Ach, komm, Lara. War nur Spaß! Gesa und ich machen einfach gern Späße.«

Er kaut übermäßig schnell auf seinem Kaugummi und zieht sein Handy aus der Hosentasche.

»Alles klar«, sage ich nur.

Gerade will auch ich mein Smartphone aus der Tasche holen, da fragt er mich, wen ich gezogen habe.

»Sollen wir doch nicht sagen.«

»Und du hältst dich dran?«

Q hat recht. Warum sollte ich das überhaupt? Rolf ist ein Hippie mit einer schrägen Idee und würde es nie bemerken, wenn wir uns austauschen.

In meiner Situation ist es schließlich wichtiger, Kontakte zu Gleichaltrigen an meiner neuen Schule zu pflegen, als mich an die alberne Regel von Rolf zu halten. Also packe ich aus.

»Gesa.«

Q prustet los.

»Na, viel Spaß!«

Da er beim Sprechen lacht und dabei Kaugummi kaut, spuckt er mir einen Tropfen Sabber ins Gesicht. Er scheint es nicht mal zu bemerken. Unauffällig streiche ich mir mit meinem Pulloverärmel über die Stirn. Ist ja eklig.

»Na, danke. Deine Reaktion macht echt Mut.«

»Ach was. Vielleicht wird es gar nicht so schlimm. Gesa ist … äh … speziell, kann aber auch ziemlich korrekt sein. Kleiner Tipp: Sie hängt nach der Schule meistens am Schwarzen Platz rum.«

»Schwarzer Platz? Was soll das sein?«

»Das ist so ein Skaterplatz, bei der Nordi.«

»Dem Einkaufszentrum?«, frage ich nach.

Q nickt und zieht sein Handy aus der Tasche. Er zeigt mir den genauen Standort des Platzes bei Google Maps. Ich bedanke mich für die Info und lehne mich im Sitz zurück.

Wir fahren in den Bahnhof Eschersheim ein. Ganz schön runtergekommen.

»Hier muss ich raus«, sagt Q.

Er schultert seine Tasche und steht auf.

»Bis Morgen, Lara!«

»Warte mal!«, rufe ich. »Wen hast du gezogen?«

Q grinst und drückt auf den leuchtenden Türöffner. Dabei formt er eine riesige Blase aus Kaugummi. Begleitet von einem nervigen Gepiepe öffnet sich die Tür der S-Bahn.

»Sag ich nicht.«

Die Blase zerplatzt, und Q betritt lachend den Bahnsteig.

PARMESANKÄSE

Ich schmeiße meine Tasche auf das Bett. Q hat mich reingelegt. Nun weiß er, dass ich Gesa gezogen habe. Wahrscheinlich ist sie bereits informiert und die beiden schmieden gemeinsam irgendeinen fiesen Plan, um mich bloßzustellen.

Auf der anderen Seite klang es ehrlich, als Q erwähnt hatte, wo Gesa nach der Schule so rumhängt. Wäre er tatsächlich in der Lage, innerhalb weniger Sekunden einen Plan auszuhecken, nur um mich, die Neue, zu ärgern? Wohl eher nicht. Ich meine, wer ist schon so bösartig? Außerdem scheint er Gesa zu mögen. So übel ist er auch wieder nicht. Und was hätte er überhaupt von alldem?

Ich lasse mich neben meine Tasche fallen und starre an die Decke. Sie ist nicht richtig weiß, vielleicht ein kleines bisschen gelb. Sieht wie 'n Parmesankäse aus. Das Streichen hatten sie anscheinend auf die Wände begrenzt.

Ich muss an Gesa und ihren blutigen Unterarm denken und frage mich, warum sie das getan hat. Sie sagte gar nichts dazu, ließ es einfach unkommentiert. Als wäre es völlig normal, sich mal eben auf der Schultoilette die verdammten Arme aufzuritzen. Aber was hätte sie auch schon dazu sagen sollen? *Hi, Lara, habe mir gerade meine Unterarme aufgeritzt. Schau doch nicht so entsetzt. Alles easy!*

Wohl eher nicht. Ob sie deswegen gestern nicht in der Schule war?

Ich liege da und betrachte die Decke. Und denke darüber nach, wie nervig Schule sein kann und was ich wohl für einen Stand nach dem heutigen Tag in der Gruppe habe. Einfach anstrengend, das Ganze.

Da klopft es an der Tür. Ich schrecke hoch.

»Ja? Wer ist da?«

»Ich bin's.«

Es ist Ludwig.

»Darf ich mal reinkommen?«

Ich zögere. Was will der Knirps in meinem Zimmer?

»Nur ganz kurz«, fügt er hastig hinzu.

Also gut. Ich stehe auf und öffne die Tür.

Ludwigs Augen strahlen durch seine dicken Brillengläser. Sie wirken leicht vergrößert und ich muss lachen.

»Warum lachst du?«

»Ach, nur so.«

Das scheint er zu akzeptieren und setzt sich, wie selbstverständlich, auf mein Bett. Kurz schaut er sich im Zimmer um, dann treffen sich unsere Blicke.

»Weißt du was?«, fragt er.

»Nein«, entgegne ich.

»Ich habe heute den zweiten Platz im Mathewettbewerb gewonnen.«

Erst jetzt fällt mir auf, dass er etwas hinter seinem Rücken versteckt hält.

»Tada!«, ruft er und zieht eine Urkunde hervor.

Mathewettbewerb? Der Kurze ist doch erst in der Grundschule.

»Ludwig Wagner hat den zweiten Platz im Rechenwettbewerb der zweiten Klassen gewonnen«, lese ich vor.

»Streber!«, will ich kommentieren, stattdessen sage ich: »Gratuliere! Das ist wirklich toll.«

Ich bin froh, dass ich mich für die freundliche Variante entschieden habe, denn er wirkt richtig glücklich, und so gemein bin ich ja nun auch wieder nicht. Ich wünschte, Tina wäre hier, dann würde sie merken, dass meine sozialen Kompetenzen gar nicht so übel sind.

Ludwigs Gesichtsfarbe verändert sich. Er wird rot und schaut zu Boden.

»Ich brauche nur unbedingt einen Rahmen. Ich möchte die Urkunde über mein Bett hängen.«

»Deine Eltern kaufen dir bestimmt gern einen.«

»Aber die kommen erst heute Abend.«

Da dämmert es mir.

»Weißt du was, lass uns gemeinsam einen kaufen gehen!« Ich ringe mir mein überzeugendstes Lächeln ab.

Siehe da, es funktioniert. Vor Freude springt er auf.

»Wirklich? Das würdest du tun?«

»Klar! Sag mal, kennst du die Nordi?«, frage ich.

»Das Einkaufszentrum?«, antwortet er.

»Exakt! Da gibt es doch bestimmt eine riesige Auswahl an Bilderrahmen. Weißt du was, ich fahre mit dir dorthin und wir suchen dir einen ganz besonderen aus.«

Das ist *der* Plan, um unauffällig zu überprüfen, ob Gesa tatsächlich am Schwarzen Platz rumhängt. Der Kleine mit seiner Bilderrahmen-Geschichte ist das perfekte Alibi.

Begeistert über meine Idee ziehe ich mir Jacke und Schuhe an. Dann packe ich Geld und mein neues Smartphone in den Rucksack.

Ludwig zögert.

»Los, wir gehen«, fordere ich ihn auf.

»Meinst du, das dürfen wir? Das ist ganz schön weit weg. Wir können doch auch runter zur Hauptwache laufen.«

Mittlerweile wirkt er verunsichert.

»Aber das wird ein richtiger Ausflug. Wir fahren sogar U-Bahn. Und ich habe gehört, dort gibt es einen großen Laden mit lauter blauen Bilderrahmen mit roten Autos drauf!«

Okay, der war mies.

»Haha«, brummt er und läuft in den Flur, um seine Schuhe anzuziehen.

Nachdem wir über zwanzig Minuten in einer überfüllten, stinkenden U-Bahn gefahren sind, betreten wir die Rolltreppe zum Einkaufszentrum. Begleitet von einem mechanischen Rattern fahren wir nach oben.

Ein pummeliges Mädchen mit riesigen, goldenen Ohrringen drückt sich an mir vorbei und bringt mich fast zum Stolpern. Gerade noch rechtzeitig stütze ich mich am Handlauf ab. Ich möchte ihr irgendetwas Gemeines hinterherrufen, reiße mich jedoch vor dem Kleinen zusammen.

Ludwig deutet auf den Handlauf, der sich noch immer unter meiner Hand befindet.

»Da sind ganz schön viele Bakterien dran, sagt Mama immer.«

»Wenn ich etwas gar nicht leiden kann, dann sind das

Klugscheißer!«, antworte ich und tue so, als würde ich sein Gesicht mit meiner Bakterien-Hand berühren wollen. Er zuckt zurück und lacht. Irgendwie ist der Kleine ganz unterhaltsam.

Oben angekommen wimmelt es von Menschen. Die meisten davon sind junge Leute, die sich nach der Schule herumtreiben. Planlos laufen sie in Kleingruppen umher oder sitzen auf Bänken und starren apathisch auf ihre leuchtenden Handydisplays. Wir lassen uns mit dem Menschenstrom mitreißen. In der Ferne erscheint das grüne Schild einer Galeria.

»Pass auf. Wir suchen jetzt schnell einen Bilderrahmen für dich und dann laufen wir mal eben zum Schwarzen Platz.«

»Zum Skaterplatz?«, fragt Ludwig.

»Du kennst den?«

»Klar. Ich war da ein paar Mal mit dem Hort.«

Kurze Zeit später betreten wir die Galeria. Trockene Heizungsluft strömt uns entgegen. Ich öffne meine Jacke und hole Luft. Gerade will ich mich beschweren, wie unnatürlich heiß es hier drinnen ist, da schrillt Ludwigs Stimme in meinem Ohr.

»Galeria?«

Seine Stimme klingt unnatürlich hoch.

»Du hast gesagt, dass es hier einen tollen Laden nur mit Bilderrahmen gibt! Dann hätten wir doch einfach auf die Zeil gehen können«, meckert er weiter.

»Das mit dem Laden hast du mir doch nicht etwa ernsthaft abgekauft?«

Ludwigs Blick sagt so etwas wie: *Ein bisschen schon.*

Naiver Kerl.

Ich gehe nicht weiter darauf ein und lasse meinen Blick durch das Erdgeschoss des Ladens schweifen. Irgendwo muss doch so ein Übersichtsschild stehen.

Eine Verkäuferin läuft an uns vorbei.

»Entschuldigung!«, rufe ich. »Wo gibt es hier Bilderrahmen?«

Langsam dreht sich die Frau um. Ihre grauen Haare trägt sie als Dauerwelle, wie ich sie bisher nur auf Bildern im Frisеursalon meiner Oma gesehen habe. Diese Menschen gibt es wirklich? Die winzigen, grau melierten Löckchen kringeln sich um ihren runzligen Schädel, wie absichtlich drangeschweißt. Man kann keinen Zentimeter Kopfhaut erkennen. Ich frage mich, wer zur Hölle mit so etwas Geld verdient. Die Frau mustert uns und rümpft die Nase. Besonders freundlich wirkt sie nicht. Kein Wunder bei dem Pudel auf dem Kopf.

Gerade denke ich, sie hat mich nicht verstanden, und setze zur Wiederholung meiner Frage an, da sagt sie nur: »UG.«

Sie dreht auf dem spitzen Absatz ihrer Pumps um und dackelt in die Schmuckabteilung. Ich schüttle den Kopf in der Hoffnung, dass sie noch einmal zurückblickt, um meine Empörung zu bemerken. Dabei wurde sie längst von einem jungen Paar in Beschlag genommen.

Im UG finden wir genau drei verschiedene Bilderrahmen vor, die für die Größe der Matheurkunde infrage kommen. Ludwig steht vor dem Regal und blickt verzweifelt auf die mickrige Auswahl. Ich wiederum blicke auf die Uhr und werde langsam ungeduldig. Es ist bereits siebzehn Uhr und wer weiß schon, wie lange Gesa am Schwarzen Platz abhängen wird.

Ich versuche, ihn zu einer Entscheidung zu bewegen.

»Na, dann schnapp dir mal den, den du am besten findest. Der geht auf mich.«

Ludwig reagiert nicht. Stattdessen jammert er rum.

»Weiß, schwarz und beige! Wer will denn schon einen Bilderrahmen in Weiß, Schwarz oder Beige? Wie langweilig! Ich will den mit den Autos!«

Nicht sein Ernst!

»Willst du mich verarschen?«

Das kam dann doch etwas zu hart rüber, schließlich ist er höchstens zehn Jahre alt oder so.

»Willst du mich veräppeln?«, korrigiere ich mich schnell.

Skeptisch blickt er mich an.

»Hab schon verstanden«, sagt er, »den Bilderrahmen hattest du dir nur ausgedacht. Die hier finde ich aber alle doof.«

Ich ignoriere seine Aussage und versuche, ihn weiter zu einem Kauf zu bequatschen. Ich will einfach nur aus diesem stickigen Kaufhaus raus.

»Schwarz ist doch gut … äh, zeitlos.«

»Meinst du?«

»Ja, klar. Der wird dir lange gefallen und bringt die Urkunde voll zur Geltung.«

Schon sieht Ludwig zufriedener aus.

»Lara?«, sagt eine Stimme.

Ich drehe mich um. Vor mir steht eine Frau. Sie ist nicht richtig alt, aber auch nicht wirklich jung. Sie hat schwarze, kurze Haare. Die sind gefärbt, fällt mir ein. Eigentlich sind sie bereits grau, seitdem die Frau dreißig ist. Das erzählte sie bei ihrem letzten Besuch, gerade in dem Moment, als ich die Kaffeesahne, um die Oma mich gebeten hatte, in das Esszimmer trug. Das war vor knapp vier Monaten.

»Hallo«, krächze ich. Mein Hals ist plötzlich belegt und schmeckt nach Staub. Ich schlucke. Fühlt sich immer noch trocken an.

»Wie geht es dir?«, fragt sie. Dabei schaut sie mich an, als wäre ich ein hilfloses Rehkitz, als hätte sie Angst, dass ich jeden Moment davonspringe. Ich überlege, wie die Frau heißt. Irgendwas mit H. Sie war ab und zu da, zum Kaffeetrinken. Wohnt in unserer Straße. Ich meine, in der Straße, in der ich mal gelebt habe.

Als ich noch immer nicht antworte, rechtfertigt sie sich.

»Ich hatte es nicht zur Beerdigung geschafft. Mein Sohn hatte Geburtstag, weißt du.«

Ich mache nur »Mmh.« Noch immer ist mein Hals so rau, dass ich Angst habe, einen Hustenanfall zu bekommen, sobald ich die Stimme hebe.

Ich spüre, wie mich etwas am Finger berührt, dann warme Haut in meiner Handfläche.

»Schade, dass Sie es nicht zur Beerdigung geschafft haben«, sagt Ludwig, der den Bilderrahmen unter den linken Arm geklemmt hat. Dabei macht er einen großen Schritt nach vorne. Verunsichert schaut die Frau uns beide an. Hannah. Hannah ist ihr Name.

»Nun, gut. Es war schön, dich getroffen zu haben«, sagt sie in einem unverbindlichen Tonfall. Unschlüssig dreht sie sich um, ruft: »Ach, da ist er ja.« Sie winkt einem jungen

Mann, der genervt dreinblickt und die Arme in die Luft wirft, als wolle er sagen: *Wo warst du? Ich habe dich die ganze Zeit in diesem dämlichen Kaufhaus gesucht!*

Die Frau folgt dem Mann, in die Schreibwarenabteilung. Wir schauen ihr nach, beobachten, wie das Kaufhaus sie verschluckt, als hätte es sie nie gegeben. Kurz taucht ihr schwarzes Haar im Menschengewühl noch mal auf, dann verschwindet sie endgültig. Plötzlich zieht sich etwas in meinem Magen zusammen. Ich muss mich nach vorne beugen und ringe nach Luft.

»Alles in Ordnung?«

Ludwigs große Augen schauen mich fragend an. Ich spüre seine kleine, warme Hand in meiner. Etwas zu warm, leicht verschwitzt. Schnell ziehe ich meine zurück.

»Ja. Alles in Ordnung.«

Bloß weg hier.

Ich schiebe Ludwig Richtung Kasse.

Nachdem ich den schwarzen Bilderrahmen bezahlt habe, treten wir an die frische Luft. Oder auch nicht, denn wir befinden uns im Raucherbereich des Einkaufszentrums. Ludwig hustet gekünstelt und hält sich die Nase zu. Seine Familie muss noch spießiger sein, als ich gedacht habe. Ich verdrehe die Augen.

»Krieg dich mal wieder ein. Von dem bisschen Rauch werden wir schon nicht sterben.«

»Das macht Krebs. Und Krebs ist tödlich«, entgegnet er nur und zieht mich weiter.

In diesem Moment bemerke ich ihn.

Jegor. Er steht vor einem Schmuckgeschäft, ein paar Meter von uns entfernt. Während Ludwig mich weiter aus dem Raucherbereich zieht und wir uns im Strom der gehetzten Menschen bewegen, bin ich mir sicher, ihn gesehen zu haben. Er ist schließlich nicht gerade unscheinbar mit seinen weißblonden Haaren. Wahrscheinlich leuchtet er selbst im Dunkeln. Ich steuere Ludwig in jene Richtung.

Eine laute, schimpfende Frau hechtet an uns vorbei. Mit ihrer Hand umfasst sie den Arm eines Kindes, vermutlich ihrer Tochter. Das Kind, ein Mädchen, fällt fast über meine Füße. Kurz blicke ich in ihr Gesicht. Sie trägt einen Pony, der ihr verschwitzt und strähnig an der Stirn klebt.

Schnell schaue ich wieder nach vorne, da habe ich Jegor aus den Augen verloren. Mein Blick sucht die Stelle ab, an der ich Jegor vor weniger als drei Sekunden noch gesehen habe. Wo ist er nur so schnell hin?

Ich kann ihn nirgends mehr entdecken. Gerade will ich aufgeben, da treffen sich unsere Blicke.

Sofort schaut Jegor zu Boden.

Tut er etwa gerade so, als würde er mich nicht kennen?

Ich hebe meine Hand, um ihm zu winken, da ist er schon wieder im Getümmel verschwunden.

DER SCHWARZE PLATZ UND EIN TROLL

»Was willst du eigentlich am Schwarzen Platz? Wir haben weder ein Skateboard noch einen Ball dabei.«

»Überlass das mal mir. Lass uns einfach nur schnell vorbeischauen.«

»Nö«, sagt Ludwig und bleibt stehen.

»Was soll das denn heißen?«

»Zuerst sagst du mir, was wir da machen!«

Das hatte mir gerade noch gefehlt, dass der Kurze jetzt anfängt zu rebellieren. Da ich keine Lust auf eine anstrengende Diskussion mit einem Kind habe, sage ich die Wahrheit.

»Ich treffe da eine Freundin aus der Schule. Wird auch nicht lange dauern.«

Okay, die halbe Wahrheit. Denn weder ist Gesa meine Freundin, noch sind wir verabredet. Aber wenn es stimmt, was Q gesagt hat, würden wir sie da treffen. Zumindest scheint Ludwig die Aussage zu reichen. Fröhlich läuft er voraus, Richtung Ausgang.

»Ach, Ludwig!«, rufe ich. Der Kurze bleibt stehen und dreht sich zu mir um.

»Hä?«, sagt er. Ich habe Lust, ihn zu korrigieren und zu sagen: *Das heißt: »Wie bitte«!* Aber das würde zu sehr nach großer Schwester klingen. Das muss nun wirklich nicht sein.

Also sage ich: »Danke wegen vorhin.«

Erst scheint er nicht zu verstehen, er kneift die Augen zusammen, als würde ihm das auf die Sprünge helfen. Dann hellt sich sein Gesicht auf und er nickt. Er dreht sich um und läuft los.

Nachdem wir eine schäbige Brücke überquert haben, die das Einkaufszentrum mit einer großen Parkanlage verbindet, erreichen wir eine Wiese. Gleich daneben befindet sich ein menschenleerer Kinderspielplatz. Die Sonne steht niedrig am Himmel und blendet uns. Ich schaue auf die Uhr. Fast halb sechs.

Ich kneife die Augen zusammen und suche den Park nach Gesa ab. Ich kann aber weder sie noch einen Platz ausmachen. Ehe ich Google Maps öffnen kann, zieht Ludwig mich weiter, an dem Spielplatz vorbei.

Am Ende des Parks, unmittelbar an einer stark befahrenen Straße, befindet sich ein Basketballfeld. Ein paar Jugendliche liefern sich ein Match. Sie müssen etwa siebzehn oder achtzehn Jahre alt sein. Eine Gruppe Mädchen sitzt am Spielfeldrand und unterhält sich. Ab und an rufen sie den Jungs ein paar aufmunternde Sprüche zu. Ich suche im Mädchenhaufen nach Gesa, kann sie aber nirgends entdecken. Gerade als wir am Feld vorbeilaufen, wirft einer von den Typen einen Korb. Der Kerl ist ziemlich groß, breit gebaut, und jault wie ein Wolf. Als er uns bemerkt, macht er einen Rückwärtssalto aus dem Stand. Offensichtlich will er seinen neuen Zuschauern imponieren. Eines der Mädchen blickt kurz über die Schulter. Wir sind wohl nicht interessant genug, denn sie schaut sofort wieder aufs Spielfeld.

Ludwig bleibt stehen und staunt. Ich gähne.

Als der Typ das bemerkt, macht er eine seltsame Pose und zwinkert mir zu.

Ich bemerke, wie meine Wangen zu glühen beginnen, und hole reflexartig mein Handy aus der Tasche. Der soll bloß nicht denken, dass mir so was Bescheuertes imponiert.

Ludwig stupst mich in die Seite und deutet nach rechts. »Das ist der Schwarze Platz.«

Etwa fünfzig Meter weiter gleiten zwei junge Männer mit ihren Skateboards über eine betonierte Rampe. Sie haben keine Zuschauer in ihrem Alter, was mich nicht wundert, denn sie liefern eine eher mittelmäßige Show ab. Nur eine alte Oma im Rollstuhl blickt gedankenverloren in ihre Richtung. Sie sitzt neben einer Parkbank, vor einem vertrockneten, verwachsenen Gebüsch.

»Das ist der Schwarze Platz? Der ist ja weder cool noch schwarz«, merke ich an.

»Das sagt man auch nur so«, antwortet Ludwig.

Enttäuschend. Das habe ich mir aufregender vorgestellt. Bis auf ein paar Testosteronschleudern, eine Gruppe Mädchen und eine alte Oma gibt es nichts Spannendes zu entdecken. Vor allem keine Gesa.

Bevor ich aufgebe, entscheide ich, eine Runde um den Platz zu drehen. Schließlich sind wir den weiten Weg vom Westend in die Nordweststadt gefahren, und vielleicht taucht Gesa ja doch noch auf. Ich bitte Ludwig, auf mich zu warten, und versichere ihm, dass ich gleich wieder zurück bin. Zögerlich nickt er und sagt, dass er sich solange das Basketballspiel ansehen will.

Während ich an den zwei halbstarken Skateboardern vorbeilaufe, höre ich, wie rechts neben mir etwas im Gebüsch raschelt.

Erst denke ich an ein Eichhörnchen oder einen Vogel, doch dann geschieht etwas Merkwürdiges. Ein Mädchen springt aus dem Gebüsch. Sie schaut noch einmal hinter sich, dann marschiert sie weiter. Sofort fallen mir ihre spitzen, abstehenden Ohren auf. Ich bleibe stehen. Sie scheint mich nicht zu bemerken, bleibt jedoch ebenfalls stehen. Sie fasst sich in den Schritt und mit einer schnellen Bewegung schließt sie den Reißverschluss ihrer Jeans. Dann läuft sie auf die alte Dame zu. Ich brauche ein paar Sekunden, um das Geschehene zu verarbeiten.

Soeben ist Gesa aus einem Gebüsch gesprungen. Jetzt ist sie am Rollstuhl der alten Dame angekommen. Wie selbstverständlich greift Gesa in die Handtasche der Frau, welche hinter ihr am linken Griff des Rollstuhls baumelt. Ich bin entsetzt.

Sie beklaut tatsächlich eine alte Oma?

Bei so was bin ich empfindlich. Mal ’ne Packung Kaugummi an der Kasse mitgehen lassen, okay. Mal ’ne Zeitschrift aus ’nem Kiosk klauen, auch okay. Aber einer alten, wehrlosen Frau mitten am helllichten Frühlingstag den Geldbeutel aus der Tasche ziehen?

Das kann ich nicht zulassen!

Ohne nachzudenken, beschleunige ich meine Schritte

und laufe auf Gesa zu. Meine Schuhsohlen schnalzen auf den Asphalt. Ich bin wütend. Wütend auf dieses Mädchen mit dem Trollgesicht. Ihre Sprüche mir gegenüber sind das eine, eine Oma zu berauben, das andere. Bei meinem letzten Schritt setze ich zu einem Sprung an und schlage Gesa das Portemonnaie aus der Hand.

Lautlos plumpst es in das hohe Gras.

Gesa zuckt zusammen, blickt mich an und schreit: »Sag mal, spinnst du? Bist du völlig irre?«

Die alte Frau erschrickt und schaut mit weit aufgerissenen Augen hinter sich. Zumindest versucht sie es. Offensichtlich fällt es ihr schwer, den Oberkörper zu bewegen. Dann stöhnt sie auf.

»Gesa, Schätzchen, was ist denn los?«, fragt sie.

Schätzchen?

Gesa antwortet nicht. Stattdessen bückt sie sich und hebt den Geldbeutel auf.

Mein größter Wunsch in diesem Moment, dass sich der Boden auftut und mich verschlingt, erfüllt sich leider nicht. Stattdessen stammle ich eine Entschuldigung.

Gesa beachtet mich nicht. Sie nimmt sich eine Geldkarte raus, steckt sie in die Hosentasche und stopft den Geldbeutel zurück in die Tasche. Dann reinigt sie sich mit einem Desinfektionstuch die Hände und gibt der Dame einen Schluck Tee aus einer Thermoskanne, die neben dem Rollstuhl steht. Das alles erledigt sie präzise und wie in Zeitlupe. Ich stehe daneben und fühle mich schrecklich fehl am Platz. Abwechselnd schaue ich auf Gesas schlanke Hände und verschämt zu Boden.

»Hier, Mama. Trink einen Schluck.«

Mama? Die Frau ist mindestens siebzig. Ich reibe mir die Augen.

Die Frau ist noch immer siebzig, wenn nicht älter. Das kann unmöglich Gesas Mutter sein.

Nachdem Gesa die Thermoskanne verstaut hat, wendet sie sich der Frau erneut zu. Sie flüstert ihr etwas ins Ohr und die Dame nickt. Dann sieht Gesa mich an. In einem freundlichen Singsang sagt sie: »Lass uns mal ein paar Meter spazieren gehen.«

Dabei lächelt sie so verlogen, dass ich Angst bekomme. Stumm nicke ich.

Nachdem wir schweigend ein paar Schritte gegangen sind, packt Gesa mich am Oberarm. Der feste Griff tut mir weh, ich lasse mir jedoch nichts anmerken.

»Was sollte das denn, Lara?«

Ich schüttle meinen Arm frei.

»Es tut mir leid! Es war ein Versehen. Ich dachte, du wolltest die Frau beklauen. Ich wäre nie darauf gekommen, dass du sie kennst, geschweige denn, dass sie deine Mutter ist.«

»Ich klaue nicht! So was mache ich nicht, das ist das Letzte.« Dann fügt sie hinzu: »Was machst du überhaupt hier?«

Mist. Ich wusste, dass diese Frage kommen würde. Eigentlich wollte ich mir während der Bahnfahrt einen guten Grund einfallen lassen. Leider hatte Ludwig mich davon abgehalten und ständig etwas von einem Mitschüler erzählt, der zu Hause geschlagen wird und neuerdings im Heim lebt. Seitdem hat der Junge Läuse. Dann wollte er wissen, wie es so bei mir im Heim war. Ich hatte den Plan also aufgeschoben und ein paar Horrorgeschichten erzählt, um Ludwig zu ärgern.

Gesa wiederholt ihre Frage. Gerade als es beginnt, noch unangenehmer zu werden, als es ohnehin schon ist, höre ich Ludwig aufschreien.

Irritiert schaue ich in die Richtung, aus der seine Stimme kommt. Ludwig steht auf dem Spielfeld und spielt mit den Jungs Basketball. Er und der große, breite Kerl befinden sich etwa einen Meter vom Korb entfernt. Der große Typ hat mittlerweile sein T-Shirt ausgezogen und hält Ludwig an der Hüfte fest. Sein nackter Oberkörper glänzt in der Sonne. Langsam stemmt er den Kleinen nach oben. Dabei zucken seine Armmuskeln. Ganz leicht, aber man kann es aus der Ferne erkennen. Ludwig hat nun eine optimale Wurfposition. Er hält den Basketball mit beiden Händen, holt aus und wirft … daneben.

»Lara!«, ruft er. »Eben habe ich auch mal getroffen! Hast du das gesehen?«

Danke! Der Junge rettet mich aus der peinlichen Situation mit Gesa. Nicht nur, dass er sich selbst schrecklich peinlich verhält, er ist der perfekte Vorwand, mich hier aufzuhalten.

»Wegen dem da«, sage ich nur. »Der wollte unbedingt ein paar Körbe werfen. Da habe ich ihm den Gefallen getan und bin mit ihm hergefahren.«

Gesa runzelt die Stirn. Sie scheint misstrauisch zu sein, sagt aber nichts weiter dazu. Sie dreht sich um und winkt noch einmal ihrer angeblichen Mutter zu.

Dann zieht sie mich weiter.

»Das, was du Montag auf der Toilette gesehen hast, darfst du niemandem sagen, verstehst du?«

Ich nicke.

»Seit wann machst du das?«

Gesa zieht eine Zigarette aus der Innentasche ihrer Jacke und zündet sie an. Sie bietet mir eine an, aber ich lehne ab. Keine Lust auf Stress mit dem Kurzen. Wortlos stopft sie die Packung in ihre Innentasche zurück.

»Seit das mit meiner Mum wieder schlimmer ist.«

»Das ist wirklich deine Mum?«

»Du guckst vielleicht blöd aus der Wäsche. Noch nie was von Social Freezing gehört?«

Da ich wirklich noch nie etwas davon gehört habe, sage ich nichts, sondern nicke nur.

Sie zieht an der Zigarette und spricht, ohne den Rauch auszuatmen, weiter.

»War ein Witz, Lara. Meine Mum war fünfzig, als sie schwanger wurde. Eigentlich wollte sie keine Kinder. Doch dann kam ich. Ein klassischer Unfall.«

Gesa atmet den Rauch aus und schnippt ihre erst halb fertig gerauchte Kippe weg.

»Jetzt ist sie auch noch krank, hat irgendwas mit den Venen, ich blicke da nicht mehr durch. Ich fahre sie nach der Schule oft hier raus, sonst würde sie nur vor dem Fernseher rumhängen.«

»Was ist denn mit deinem Vater?«

Etwas in Gesas Augen verändert sich. Kurz dreht sie den Kopf weg und schnalzt mit der Zunge.

Als sie mich wieder anschaut, ist ihr Blick leer.

»Der liegt auf der Couch, ist ein verdammter Säufer.«

Gesa und ich laufen näher zum Basketballplatz und setzen uns ins Gras. Wir reden und feuern Ludwig beim Spielen mit den Großen an. Immer wieder hallt sein helles Lachen über den Platz. Er scheint ein glückliches Kind zu sein.

Ohne etwas zu sagen, steht Gesa auf. Dann nimmt sie die Geldkarte aus der Hosentasche und läuft zu einem Zigarettenautomaten am Rande des Parks. Geübt zieht sie sich eine neue Packung. Als sie sich wieder auf die Wiese fallen lässt, ist sie für ein paar Sekunden still.

Ein bisschen seltsam ist sie ja schon.

Kurz bevor unser Schweigen unangenehm wird, beginnt sie zu erzählen. Ihre Worte überschlagen sich fast. Sie spricht hastig, als hätte sie zu lange warten müssen, bis sie endlich jemand nach ihrem Vater fragt.

Sie erzählt mir, dass ihr Vater schon immer gern einen über den Durst getrunken, sich aber lange Zeit im Griff hatte. Er war beruflich erfolgreich und investierte mit seinem Bruder in Frankfurter Bauprojekte.

Vor drei Jahren zerstritt er sich mit seinem Bruder, verlor seinen Job und kurz darauf wurde ihre Mutter krank.

Zu Beginn ihrer Krankheit hatte er sich noch um eine Versorgung gekümmert. Zumindest indirekt. Er schickte Gesa vor, um sich Geld von seinem Bruder zu pumpen. Dafür war er sich noch nie zu schade, meinte sie. Er sprach zwar kein Wort mehr mit ihm, aber solange er davon profitierte, schluckte er seinen vermeintlichen Stolz herunter. Und ihrem Onkel lag etwas an ihrer Mum. Also bezahlte er eine Pflegerin, Frau Meier.

Frau Meier schaute täglich vorbei und half Gesa ab und an sogar bei den Hausaufgaben. Irgendwann hatte ihr Dad dann Frau Meier im Suff begrapscht. Seitdem ist sie nie wieder aufgetaucht. Als Gesa sich daraufhin bei ihrem Vater nach einer neuen Unterstützung erkundigte, teilte er ihr mit, dass er sich jetzt selbst darum bemühen würde.

»Dass ich nicht lache«, sagt Gesa, »als hätte er sich um irgendwas gekümmert, seit er zu Hause herumliegt! Ich wusste, das wird nichts.«

Seit einem halben Jahr kümmert Gesa sich um ihre Mutter. Da ihr Vater mittlerweile von Hartz IV lebt, haben sie kaum Geld. Als ich sie frage, wie sie sich von Hartz IV den Platz an einer Privatschule leisten kann, grinst sie. Ihr Onkel hat es mit Immobilieninvestitionen zu einem Vermögen geschafft, wollte aber den versoffenen Bruder loswerden. Seitdem bezahlt er ihre Schulgebühren, weigert sich jedoch, ihren Vater weiterhin zu unterstützen.

»Er ist mein Patenonkel und hängt an mir. Bildung ist ihm scheißwichtig. Aber mehr als Geld fließt da nicht. Bis vor ein paar Monaten besuchte er mich noch ab und an, aber seit meine Mutter im Rollstuhl sitzt und mein Vater trinkt, scheint es ihm unangenehm geworden zu sein. Wenn du mich fragst, ist er in Wahrheit ein Mistkerl.«

Gesa sagt das so trocken, als hätte sie mir gerade den Wetterbericht vorgelesen.

Ich schlucke. Mir fällt auf, wie tief ihre Schultern hängen, als würden zwei schwere Steine darauf lasten. Ich will irgendwas Tröstendes sagen, mehr als »Das wird schon wieder« oder »Halte durch!«. Ich durchforste mein Gehirn nach etwas Brauchbarem.

»Aber er kann dich doch damit nicht einfach allein lassen. Das kannst du doch unmöglich schaffen! Dafür gibt es ausgebildete Leute. Vielleicht solltest du ihn noch mal um Hilfe bitten.«

Ich finde meinen Ratschlag gar nicht so schlecht, doch Gesa winkt ab.

»Du hast keine Ahnung, was ich alles schaffen kann. Und meinen Onkel brauche ich nicht dazu. Solange der meine Schulgebühren bezahlt, bin ich zufrieden. In vier Jahren mache ich Abi, dann suche ich mir einen guten Job und ziehe mit meiner Mutter in eine schöne Wohnung.«

Sie steht auf und klopft sich Gras von der Hose.

»Ich fahr sie jetzt heim. Bis morgen.«

Ich verabschiede mich und schaue ihr nach. Sie löst die Bremsen des Rollstuhls und streicht ihrer Mutter über das Haar. Sie wirkt liebevoll und zerbrechlich, ganz anders als heute Morgen in der Schule.

Als wäre ihr plötzlich etwas eingefallen, wühlt sie hektisch in ihrer Handtasche. Sie nimmt einen Zettel und einen Stift heraus und kritzelt eine Notiz darauf. Dann rennt sie zu mir und drückt mir den zerknüllten Zettel in die Hand.

»Hier, meine Nummer.«

Schnell stecke ich ihn in meine Hosentasche.

»Danke!« Mehr fällt mir nicht ein, dann: »Gesa?«

»Ja?«

»Warum erzählst du mir das alles? Du kennst mich erst seit ein paar Tagen.«

Sie wirkt überrascht und ich muss daran denken, was Leo am Montag gesagt hat: Sie ist fast schon etwas zu vertrauensselig.

»Menschenkenntnis«, antwortet sie. Dann dreht sie sich um und läuft zu ihrer Mutter.

In diesem Moment klingelt mein Handy. Ich ziehe es

aus dem Rucksack und schaue auf den blinkenden Bildschirm.

Julia Wagner leuchtet auf.

Ein Blick auf die Uhr. Fast halb sieben.

Verdammter Mist. Ich glaube, wir bekommen Ärger.

LASAGNE

Euch hätte etwas zustoßen können. Du hättest wenigstens einen Zettel hinterlassen können. Oder einfach mal eine SMS *schicken. Nicht umsonst haben wir dir das Handy geschenkt.*

Das war, grob zusammengefasst, der Monolog, den Julia am Telefon gehalten hat. Die Info, dass man heutzutage keine SMS mehr schreibt, habe ich mir gespart.

Nachdem ich das Gespräch mit »Verstehe schon, kommen jetzt« beendet habe, schnappe ich mir den Kurzen und laufe mit ihm Richtung U-Bahn. Die Alte soll bloß nicht denken, dass sie mit mir reden kann, als wäre ich ihre Untergebene, ihr Kind oder die Babysitterin von Ludwig.

Ihre schrille Stimme dröhnt noch in meinem Ohr, als die U-Bahn einfährt.

Ludwig und ich steigen ein und setzen uns wortlos auf zwei freie Sitzplätze. Seit wir uns auf den Heimweg gemacht haben, ist er ungewöhnlich still. Kurz überlege ich, ob ich fragen soll, was mit ihm los ist, entscheide mich aber dagegen. Ich meine, was soll schon los sein? Er hat wahrscheinlich Schiss, dass seine Mami sauer auf ihn ist.

Am Ende heult er sonst die gesamte Rückfahrt noch rum.

Hab ich keinen Bock drauf. Also lehne ich meinen Kopf an die vibrierende Scheibe und hänge meinen eigenen Gedanken nach.

Obwohl ich von Julias Kontrollanruf genervt bin, fühlt sich ein Teil von mir irgendwie … schuldig. Ich hätte erwartet, dass ihre Vorwürfe an mir abprallen, mir gleichgültig sind. Doch irgendwie nervt das.

Dreißig Minuten später betreten wir die Wohnung. Es duftet nach gebackenem Käse. Bei dem Geruch zieht sich mein Magen zusammen. Ludwig und ich haben seit Stunden nichts gegessen. Wenn Julia das erfährt, lässt sie mich bestimmt nie wieder mit ihm rausgehen.

Nicht, dass ich das wollen würde.

Langsam öffnet Ludwig die Küchentür. Gemeinsam betreten wir den Raum.

Julia sitzt am Tisch. Ihre Arme sind vor der Brust gekreuzt und ihre Stirn liegt in Falten. Die sonst perfekt gestylten Haare haben sich aus den Klammern gelöst. Was am Morgen noch eine schicke Hochsteckfrisur war, sieht mittlerweile wie ein Gestrüpp vertrockneter Blumen aus. Ich muss lachen.

»Was ist denn so lustig?«, blafft sie mich an und scheint es sofort zu bereuen. Nervös massiert sie mit den Fingern ihre Schläfen und atmet tief ein und aus.

»Sei mal locker, Mama. Wir hatten richtig Spaß! Ich habe Basketball gespielt. Mit den ganz Großen!«

Ludwig setzt ein gekonntes, selbstsicheres Lächeln auf.

Belustigt sehe ich zu ihm rüber. Er erwidert meinen Blick und zwinkert.

Perplex sieht seine Mutter ihn an.

Erst zögert Julia, dann spricht sie mit ruhiger Stimme weiter: »Das freut mich, mein Schatz. Lässt du mich mal kurz mit Lara allein, bitte? Geh dir doch schon mal was Sauberes anziehen. Ich rufe dich gleich zum Essen. Es gibt Lasagne.«

Ludwig nickt und läuft in sein Zimmer. Kurz bleibt er stehen. Er blickt über seine Schulter und versucht, mir erneut zuzuzwinkern. Diesmal klappt es nicht. Sein rechtes Auge zuckt, als hätte er einen seltsamen Tick. Ich schüttle den Kopf und setze mich zu Julia.

Viel ist von dem sonnigen Frühlingstag nicht übrig. Mittlerweile hat sich die Dunkelheit über die Stadt gelegt und es hat zu regnen begonnen.

Ich starre aus dem Fenster auf die gegenüberliegenden Häuser. Über ihnen lauern dichte schwarze Wolken. Plötzlich wirkt diese sonst so strahlende Wohngegend bedrohlich. Dicke Regentropfen prasseln auf die Dachziegel ein und rinnen an ihnen herunter.

Julia räuspert sich, dann spricht sie mit ungewohnt sanfter Stimme zu mir.

»Manchmal werde ich etwas aufbrausend, wenn es um Ludwigs … um eure Sicherheit geht. Das meine ich nicht böse.«

Ich bemerke, wie sie *eure* absichtlich betont, beschließe aber, es zu ignorieren. In der Ferne leuchtet ein Blitz auf.

»Kannst du mich bitte ansehen?«

Ich drehe meinen Kopf in ihre Richtung. Seit ich bei dieser Familie wohne, habe ich ihr noch nie in die Augen geschaut. Ich halte meinen Blick gesenkt, schaue auf den dunklen Holztisch, sehe, wie ihre langen, schlanken Finger darauf trommeln.

Nun gut.

Es kostet mich Überwindung, ein kurzes Zwicken im Bauch, dann hebe ich meinen Kopf. Als sich unsere Blicke treffen, fällt mir auf, dass Julia freundliche Augen hat. Sie sind hellbraun mit goldenen Sprenkeln und von dichten, schwarzen Wimpern umrandet. Ihre Augenbrauen sind dunkel und etwas buschig. Gar nicht so perfekt. Gar nicht so bedrohlich.

Dann sage ich: »Es tut mir leid.«

Ihr schmaler Mund verzieht sich zu einem Lächeln. Gerade will sie zu einer Antwort ansetzen, da bricht es aus mir heraus. Ich weiß nicht, was in mich gefahren ist. Die Wörter fließen einfach, als hätte ich Jahre nicht gesprochen, als hätten sie verzweifelt darauf gewartet, ausgesprochen zu werden.

Ob es Gesa vorhin so ähnlich ging? Ob es manchmal egal ist, wie lange man jemanden kennt? *Wenn Worte rausmüssen, müssen sie nun mal raus.* Ich glaube, das hat meine Oma einmal gesagt. Oder jemand im Fernsehen. Weiß nicht mehr. Ist aber wahr!

Also erzähle ich.

Ich erzähle Julia von den ersten Tagen in der neuen Schule. Ich erzähle ihr von den Kindern aus dem *Club der wütenden Fünf*, von Rolf und dem Mädchen, das aussieht wie ein Troll. Und dass ich die Aufgabe bekam, sie zu unterstützen, und keine Ahnung habe, wie ich das anstellen soll. Davon, dass ich Ludwig überredet habe, mit mir zum Schwarzen Platz zu fahren, um Gesa zu finden. Ich erkläre ihr Gesas Umstände und dass ich mich, obwohl sie so verkorkst wirkt, auf eine seltsame Art mit ihr verbunden fühle. Das Detail von Gesas selbst zugefügten Verletzungen lasse ich sicherheitshalber aus. Das geht dann doch etwas zu weit. Außerdem habe ich versprochen, es für mich zu behalten. Und ich halte mich an meine Versprechen.

Als ich meinen letzten Satz beendet habe, klopft es an der Küchentür.

Es ist Ludwig, der fragt, wann die Lasagne fertig sei. Er betont, er habe Hunger. Ich schaue rüber, zu Julia. Bei dem Wort *Lasagne* verändert sich etwas in ihrem Gesicht. Sie springt auf, greift nach zwei Topflappen, die neben der Spüle liegen, und läuft zum Ofen. Als sie ihn öffnet, strömt schwarzer Qualm in die Küche.

Es riecht nach angesengtem Käse. Ludwig hustet. Ich stehe auf und öffne ein Fenster.

Hastig zieht Julia die Überreste der verkohlten Lasagne aus dem Ofen und stellt die Backform in die Spüle.

»Lieferdienst *Bella Italia*?«, fragt Ludwig.

»Aber dort bestellen wir doch sonst nur, wenn wir etwas zu feiern haben«, antwortet Julia.

Da fällt es mir ein.

»Aber das haben wir doch!«

Ich schaue rüber zu Ludwig und forme mit meinen Lippen das Wort *Urkunde*.

Da dreht er sich um und rennt in sein Zimmer. Als er mit seiner eingerahmten Auszeichnung wiederkommt, strotzt er nur so vor Stolz.

»Den Rahmen hat Lara mir geschenkt«, sagt er, als er ihn seiner Mutter überreicht.

»Das ist ja fantastisch!«

Julia wirft die Arme um ihn. Zu sehen, wie fest sie Ludwig an sich drückt, versetzt mir einen Stich. Plötzlich fühle ich mich schrecklich fehl am Platz.

Ich verziehe mich lieber.

Vorsichtig quetsche ich mich an den beiden vorbei, um in mein Zimmer zu flüchten. Da spüre ich, wie jemand an meinem T-Shirt zieht und mich zurückhält.

Es ist Julia.

»Schau doch mal bitte im Flur an die Pinnwand, dort hängt die Speisekarte des Lieferdienstes.«

Sie lächelt.

Eine knappe Stunde später betrete ich vollgefressen und müde mein Zimmer. Und doch fühle ich mich seltsam leer. Julia war weder auf meine Erzählung eingegangen, noch hatte sie mich nach dem Essen darauf angesprochen. Habe ich mir das etwa erhofft? Bin ich etwa enttäuscht?

Während wir die gelieferte Pizza aßen, sah sie mich nur ein paar Mal aus dem Augenwinkel an. Als Jörg dann nach Hause kam, erwähnte sie unseren Ausflug mit keinem Wort. Sie zeigte ihm lediglich Ludwigs Urkunde und strich ihrem Mann dabei über das Haar. Ludwig hätte das logische Denken von ihm, neckte sie Jörg und der lachte. Dabei wurde Julias Blick so seltsam weich.

Ich musste wegsehen, ich fühlte mich wie ein unberechtigter Zuschauer. Als hätte ich eine Show besucht und nicht bezahlt. Ich war dabei, staunte über die Darsteller und fragte mich, ob sie bemerken würden, wenn ich einfach aufstehen und den Platz in der ersten Reihe verlassen würde.

Ich schiebe die enge Hose meine Beine hinunter und werfe sie über den Stuhl. Mir fällt die zerknüllte Notiz ein. Ich greife wieder nach der Jeans und krame in den Hosentaschen. Ich kann den verdammten Zettel nicht finden und ziehe die Taschen auf links. Da fällt er lautlos auf den Boden.

Mit geschwungener Schrift stehen zwölf Ziffern darauf. Gesas Handynummer.

Soll ich ihr schreiben? Es ist ja nicht so, dass man schlau aus ihr wird. Im Club hatte sie mich noch provoziert, am Schwarzen Platz dann in ihre Familiengeheimnisse eingeweiht. Fast so, als wären wir alte Freundinnen, die sich einfach eine Weile aus den Augen verloren und wieder getroffen haben. Und eigentlich gibt man seine Nummer nur Leuten, von denen man auch angerufen werden will. So mache ich es zumindest.

Ich tippe Gesas Nummer ein und speichere sie unter *Troll*. Dann lösche ich *Troll* und speichere sie doch lieber unter *Gesa*. Sie ist der vierte Kontakt in meinem neuen Handy. Ganz oben steht *Tina*, darunter *Julia Wagner* und dann *Jörg Wagner*.

Ich könnte Tina fragen, ob ich meine alte SIM-Karte wiederbekomme. Jetzt, wo ich wieder ein funktionierendes Handy besitze. Dann wäre Gesa nicht mein vierter Kontakt, sondern irgendwas über fünfzig. Der fünfundfünfzigste vielleicht. Oder der achtundfünfzigste. Irgendeine irrsinnig hohe Zahl, die mich trösten könnte, wenn ich mich allein fühle. So viele Leute, die ich mal kannte. Die ganzen Nummern meiner alten Klassenkameraden. Und die der Parallelklasse. Nur die der Coolen, versteht sich. Die ich nicht wirklich vermisse. Ist schon eigenartig. Eigentlich vermisse ich nur meine Oma. Und Elisa. Vielleicht auch Charlie. Zumindest ein bisschen.

Elisa war meine beste Freundin. Sie liebte Pferde und hatte ein Pflegepferd auf so 'nem Bauernhof neben der Stadt. Immer hatte sie diesen bestimmten Geruch an sich. So eine Mischung aus Abgasen und Stall.

Dann gab es noch Charlie, den Jungen, der in Chemie immer neben mir saß. Ich mochte ihn. Eigentlich schade, dass wir nie zusammen im Kino waren oder so.

Einmal traute ich mich, seine Hand zu streifen, ganz kurz, versteht sich. Lange hatte ich auf den perfekten Moment gewartet. Er bot sich, als wir endlich ein gemeinsames Experiment durchführten. Erst war Charlie zurückgezuckt, dann lächelte er und schob seine Schutzbrille nach oben. Dabei zitterten seine Finger. Als ich seine Haut mit meinen Fingern berührte, wurde mir erst heiß und dann kalt. Keiner von uns sagte ein Wort, dann grinsten wir, denn in meinem Magen randalierte die Limo, mit der ich in der Pause mein Schulbrot heruntergespült hatte. Als wir hörten, wie die Kohlensäure immer lauter rebellierte, mussten wir lachen und wurden von der Lehrerin verwarnt. Unsere beiden Namen schrieb sie mit Kreide an die Tafel, dahinter setzte sie jeweils einen Strich. Charlie und ich. Zwei Verbündete. Jetzt war es schriftlich, dachte ich.

An diesem Nachmittag rannte ich nach Hause. Ich wollte Oma alles erzählen und hatte Angst, auch nur das kleinste Detail unterwegs vergessen zu können. Nachdem ich den Ablauf, wie seine Finger meine berührt hatten, mindestens zweihundert Mal mit Elisa durchgegangen war, war alles klar: Ich war in Charlie verliebt.

Oma wusste bereits alles über ihn. Sie kannte seine Augenfarbe, den Klang seiner Stimme, die Kreideallergie, wegen der seine Finger rote Pusteln bekamen und er niemals an die Tafel musste. Doch selbst die hässlichsten Pusteln konnten ihm nichts von seinem Charme nehmen, denn Charlie war selbstbewusst und stark. Er war der Erste aus der Klasse, der eine feste Freundin hatte, Dina aus der 8b. Doch mit Dina war mittlerweile Schluss und meine Zeit gekommen.

Das alles wollte ich Oma erzählen, ich musste es tun, ich hatte Angst, ansonsten einfach zu platzen.

Ich lief den vertrauten Heimweg entlang, über eine kleine Mauer, vorbei am heruntergekommenen Altenheim, über die große, grüne Wiese mit dem »Betreten verboten«-Schild. Als ich endlich vor der Haustür stand, war ich völlig aus der Puste. Ich stellte meinen Rucksack auf den Boden und wühlte nach dem Schlüssel, da fiel mir ein, dass ich einfach klingeln konnte, statt meine Zeit mit Suchen zu verschwenden. In dem Moment öffnete sich die Haustür von innen. Ein paar braune Augen schauten mich an. Ein Mann mit wuscheligem, fast schwarzem Haar stand im Türrahmen. Papa. Dachte ich für eine Sekunde und schämte mich sofort dafür.

»Bitte treten Sie zur Seite«, sagte er. Ich freute mich über das Siezen, darüber, dass er mich für älter hielt, als ich war. Zuvor hatte er seinen Kopf gedreht, über die Schulter geblickt und jemandem etwas zugerufen. Er solle vorsichtig sein, gleich käme eine hohe Stufe.

Erst als die beiden Männer meine Oma an mir vorbeitrugen, fiel mir der Krankenwagen auf, der mit Blaulicht gegenüber in der Einfahrt lauerte. Wie versteinert stand ich vor dem Hauseingang und blickte auf das blaue, lautlose Licht, dass mich immer wieder streifte, als wollte es mich trösten.

Ich öffne den Messenger und schreibe Gesa. Genauer gesagt tippe ich etwas in das leere Feld und lösche es wieder. Keine Ahnung, was ich schreiben soll.

Also verwerfe ich die Idee und gehe schlafen.

REGENBLAU

Ich öffne die Augen und schaue an die Parmesan-Decke. Die Bettdecke fühlt sich drückend schwer an, wie eine Schicht zu viel auf der Haut. Mit beiden Händen werfe ich sie zurück. Heute ist Freitag. Noch vor wenigen Monaten hätte ich mich über einen Freitag gefreut und dem Wochenende entgegengefiebert. Doch alles hat sich verändert. Jeder Tag fühlt sich gleich an, wie grau eingefärbt. Als hätte jemand eine schwarze Socke zu meiner gesamten Weißwäsche in die Waschmaschine gestopft. Alles ist überzogen von einem steingrauen Schleier.

Gestern habe ich mich das erste Mal im Unterricht gemeldet.

Ich weiß nicht mehr, ob ich was Dummes gesagt habe oder was echt Geistreiches. Aber alle haben mich angestarrt, als hätte ich einen riesigen Popel im Gesicht. Den Rest des Tages habe ich mich zurückgehalten.

Ich stehe auf, ziehe meine Klamotten aus dem Schrank und gehe ins Bad. Es bringt ja doch nichts, einfach liegen zu bleiben und nachzudenken. Davon hat sich noch kein Leben zum Besseren gewendet, da wette ich drauf.

»Guten Morgen, Lara!« Julia klingt gut gelaunt.

Sie steht am Herd. Ich schaue an ihr vorbei zum Fenster. Der Himmel da draußen hat es noch nicht ganz zur Farbe Blau geschafft, eher zu einem hellen, blassen Grau. Es riecht gut, nach Butter und Zucker. Niemand sonst ist in der Küche. Ich lausche und höre Wasser im Badezimmer laufen. Während Julia mich begrüßt, sieht sie mich nicht an, sondern spricht zu den drei runzligen Teigklecksen, die vor ihr in der Pfanne backen.

»Es gibt Pfannkuchen«, kommentiert sie, als sie geschickt einen von ihnen in der Pfanne wendet. Ich spare mir ein »Sehe ich.« Weiß auch nicht, warum, habe irgendwie keine Lust dazu. Also sage ich nichts, bleibe stehen und warte.

Endlich dreht Julia sich zu mir. Sie sieht hübsch aus. Die Haare trägt sie heute offen. Glatt und glänzend fallen sie auf ihre Schultern. Sie umranden ihr Gesicht, und irgendwie wirkt sie jünger.

»Ich habe gestern etwas Interessantes im Briefkasten gefunden. Das hatte ich ganz vergessen zu erwähnen. Es liegt an deinem Platz.«

Sie deutet auf ein gefaltetes Blatt Papier, das auf dem gedeckten Küchentisch liegt. An meinem Platz.

»Was ist das?«

»Lies es. Ich glaube, das könnte etwas für dich sein. Nach allem, was du von diesem Projekt im Club erzählt hast.«

Geschickt lässt Julia den kleinsten Pfannkuchen auf einen Teller gleiten. Dann ruft sie nach Ludwig.

Ich setze mich und nehme den Zettel in die Hand. Meine Finger streichen über das dünne Papier, spüren eine Unebenheit, die ich mir genauer ansehe. Es ist ein Wasserzeichen in Form eines Emblems. *Seniorenresidenz im Frankfurter Westen* ist in das Papier eingestanzt. Ich falte es auseinander und lese die schnörkelige Überschrift: »Verantwortungsvolle Schüler*innen gesucht«.

Ich überfliege den weiteren Text: »… für ein Ehrenamt in unserer Seniorenresidenz … Schüler*innen, die sich zutrauen, Zeit mit unseren Bewohner*innen zu verbringen. Der offene Nachmittag für Interessierte findet statt am …

»Das ist ja schon heute!«

»Dann schau doch mal vorbei!«, sagt Julia. Dabei guckt sie so komisch, so erwartungsvoll.

»Warum sollte ich das tun?«

Sie legt mir einen Pfannkuchen auf meinen Teller und bemerkt, dass an meinem Platz eine Gabel fehlt. Hastig dreht sie sich um und öffnet ruckartig die Besteckschublade, sodass es scheppert. Sie zieht eine Gabel heraus, dann ist es still.

»Es ist schon okay, Lara«, sagt sie so sanft, dass es mich verunsichert.

»Was ist okay?«

»Du musst dich nicht verstellen. Tina hat es mir erzählt.«

Okay. Jetzt checke ich gar nichts mehr. Und Julia guckt schon wieder so. Als warte sie darauf, dass ich endlich verstehe, auf was sie hinauswill. So einen Blick wünsche ich echt niemandem. Man fühlt sich absolut dämlich. So wie während einer Mathearbeit. Du bist fest davon überzeugt, das Richtige gelernt zu haben. Dann liest du Aufgabe Nummer eins, verstehst gar nichts und fragst dich, was mit dir nicht stimmt.

»Na, das mit der Wohngruppe«, sagt sie, viel zu laut.

Schwerhörig bin ich ja nun wirklich nicht. Das ist der zweite Satz, den ich mir heute Morgen verkneife.

»Und ehrlich gesagt ist es nicht sonderlich schwer zu bemerken, dass du so schnell wie möglich wieder weg möchtest.«

»Oh«, kommt aus mir raus.

»Wir haben dich sehr gern hier bei uns. Ich dachte …« Julia macht eine kurze Pause, fährt sich durchs Haar. »Vor allem Ludwig freut sich, dass du da bist. Er wirkt viel fröhlicher als sonst.«

Ich kann mir gar nicht vorstellen, dass ein Kind wie Ludwig mal nicht gut drauf sein kann. Der hat doch alles. Ein großes Zimmer, schicke Klamotten, reiche Eltern. Moment, hat sie gerade gesagt, dass sie mich gern bei sich haben?

Ich frage mich, ob Julia gerade rüberschaut. Ob sie lächelt? Aber ich traue mich nicht, hochzusehen. Unschlüssig beobachte ich den nackten Pfannkuchen, der vor mir liegt. Jetzt legt sie wortlos eine Gabel neben meinem Teller ab.

»Vielleicht schaue ich später mal in dieser Residenz vorbei«, sage ich, nur um irgendwas zu sagen.

In Wahrheit weiß ich gar nicht, warum. So richtig Lust habe ich nicht drauf. Wer weiß schon, was man da alles für gruselige Dinge tun muss. Alten Leuten die Sabberfäden vom Kinn wischen oder schlimmer noch: Windeln wechseln!

Andererseits kann ich Tina davon erzählen. Das ist ja schon obergenial für meine Sozialpunkte bei ihr, so ein Ehrenamt. Wenn sie *das* nicht für sozial und verantwortungsvoll hält, weiß ich auch nicht. Doch so richtig obergenial fühlt es sich gerade nicht an. Eher nur halbgenial. So wie Toast ohne Nutella oder Sommer ohne Ferien.

Julia bleibt still. Ich sage auch nichts mehr. Man hört Ludwigs schnelle Schritte auf dem Laminat. Da steht er schon in der Küche und strahlt mich an.

»Guten Morgen«, sagt er.

»Da bist du ja, dein Pfannkuchen wird kalt«, sagt Julia, bevor ich ihm antworten kann. Ludwig drückt sich an mir vorbei, streift meine Beine, fast sitzt er für einen kurzen Moment auf meinem Schoß. Ich stöhne auf, halb im Spaß und halb ernst, denn sein Fuß stößt gegen mein Schienbein. Er lacht und ich fast auch, schubse ihn rüber auf seinen Platz.

»Bin nicht gewohnt, dass dort jemand sitzt«, sagt er und schüttet eine Menge Ahornsirup über seinen Pfannkuchen.

»Gib mal her.« Ich greife nach der Flasche. Er versucht, den Sirup wegzuziehen, doch ich bin schneller.

Zwanzig Minuten später sitze ich auf dem Beifahrersitz des roten Wagens, neben mir Jörg. Er trägt eine blaue Krawatte zu einem weißen Hemd. Immer trägt er Hemden. Heute hat er auch noch ein dunkelblaues Sakko übergezogen. Das Sakko sieht richtig edel aus. Es ist aus einem Stoff, der glänzt, wenn er sich im Sonnenlicht bewegt.

»Die Farbe nennen sie tatsächlich Regenblau«, scherzte er, als wir vorhin noch alle vier in der Küche standen. Das hätte der Verkäufer ihm erklärt. Für mich ist Regen dunkel, mehr schwarz als blau. Und glänzt niemals. Trotzdem hatte ich aus Höflichkeit gelacht. Dann hat er mir einen Kakao gemacht und ein Brot für die Schule.

Ich schaue in den Seitenspiegel, beobachte Ludwig, wie er gemütlich auf das Gelände der Grundschule schlendert.

Langsam rollt das Auto an. Jörg setzt den Blinker. Wir

biegen ab und Ludwig verschwindet aus meinem Blickfeld. Im Auto riecht es noch nach seinem Pausenbrot. Zu sehr nach Wurst. Ich öffne das Fenster und spüre den Fahrtwind in meinem Gesicht. Er weht mir eine Strähne ins Auge, die sich bereits beim Einsteigen aus meinem Zopf gelöst hatte.

Jörg sagt nichts. Die Stille hier ist erdrückend. Vielleicht, weil Ludwig nicht mehr mitfährt, vielleicht auch, weil Jörg das Gleiche denkt wie Julia.

Dass ich gar nicht bei ihnen sein will.

Sie haben recht, glaube ich.

Das Schweigen macht mir schlechte Laune.

Und ich ärgere mich über Tina. War ja klar, dass sie den Erwachsenen von der Wohngruppe erzählt. Ich dachte, sie muss sich an so etwas wie eine Schweigepflicht halten.

Ich lasse meine Hand in die Hosentasche meiner Jeans gleiten. Ich spüre den Zettel von der Seniorenresidenz, der zerknickt mit mir zur Schule fährt. Meine Chance. Meine Chance, um Tina zu beweisen, dass ich es kann. Ein paar Wochen in diesem Club in der Schule mitmachen, nachmittags ein bisschen mit alten Leuten sprechen. Dann bin ich frei.

Kann mir ja eigentlich auch total egal sein, was Jörg und Julia denken.

YOU ARE ENOUGH

Ich betrete den Club.

Alle sind anwesend, bis auf Rolf. Die anderen vier hängen schlapp auf ihren Stühlen, die wie vorgestern im Halbkreis stehen.

Es hat wieder zu regnen begonnen. Nicht stark, aber stark genug, dass die Luft im Raum feucht ist und Gesas Haare sich kräuseln. Sie flucht und kämmt sie mit ihren Fingern stramm nach hinten, macht einen engen Dutt. Hier drinnen riecht es nach nassen Socken und irgendwie stört das.

Rolf schlendert in den Raum, begrüßt uns und zieht seinen Stuhl lautlos hinter sich her in den Halbkreis.

»Guten Morgen«, begrüßt er uns.

»Morgen«, sagt Jegor. Er trägt ein weißes Baumwollhemd, in dem er vor lauter Blässe fast verschwindet. Doch irgendwie betont es seine hellen Augen, die rüber zu Gesa blicken. Seine bleichen Lippen formen sich zu einem Lächeln. Irritiert schaue ich zu Gesa, die auch lächelt. Das passt gerade genauso wenig hier rein wie dieser abstoßende Geruch.

Q nickt Rolf zu, Leo bringt ein freundlichen »Guten

Morgen« raus. Gesa zuckt mit den Schultern, lächelt weiter rüber zu Jegor. Ich räuspere mich: »Guten Morgen.«

»Möchte jemand von euch etwas berichten? Vielleicht etwas, was mit der Challenge zu tun hat?«

Rolf legt die Hände auf seinen Oberschenkeln ab und blickt erwartungsvoll in die Runde. Er trägt schon wieder diese Hippie-Hose. Zumindest das T-Shirt hat er gewechselt. An seinem dünnen, langen Oberkörper schlabbert ein Baumwoll-Shirt mit der Aufschrift: *You are enough.*

Du bist genug. Ich fühle mich überhaupt nicht genug. Eher zu wenig.

Das hier ist also mein Leben. Ich allein, in einer Familie, die mich mag, aber nicht meine ist. Allein in einem Club mit vier seltsamen Teenagern.

Jörg wiederholt seine Frage. Vielleicht will er glauben, dass wir ihn einfach nicht gehört haben. Dann hängt er noch »Wer mag zuerst?« dran. Leo meldet sich, doch er war schon gestern der Erste. Also schüttelt Rolf den Kopf.

Na gut.

Wortlos falte ich das zerknitterte Stück Papier aus meiner Hosentasche auseinander und halte es in die Luft, schwenke meinen Arm, sodass alle einen kurzen Blick darauf werfen können. Gesa runzelt die Stirn. Qs Gesicht ist ein einziges Fragezeichen und Jegor reagiert überhaupt nicht, starrt stattdessen gedankenverloren ins Leere. Nur Leo antwortet.

»Was ist das?«

»Eine Stellenausschreibung für Schüler. Für ein Ehrenamt. War gestern in meinem Briefkasten.«

»Jetzt ist es schon *dein* Briefkasten. Ich dachte, du willst da nicht mal wohnen«, wirft Gesa ein. Sie streckt ihre Beine aus, lässt sich tief in den Stuhl sinken und schaut triumphierend zu mir rüber.

Ich ignoriere sie.

Leo schaut auf den Zettel und liest laut: »Ehrenamt in der Seniorenresidenz im Frankfurter Westen? Das …«

»Das ist ja ein Zufall«, unterbricht Gesa, »kaum bekommen wir so eine Aufgabe, und einen Tag später hast du diesen Zettel im Briefkasten«, spottet sie und blickt zu Rolf, als wolle sie hinzufügen: *Siehst du, doofe Challenge.*

»Zeig mal her.« Q steht auf und läuft rüber. Er nimmt mir den Zettel aus der Hand.

»Hey, Jegor. Ist das nicht das Altenheim, in dem deine Mutter arbeitet?«

Bei dem Wort »Mutter« zuckt Jegor zusammen. Purpurfarbene Adern pulsieren plötzlich auf seiner Stirn, unter dem Kinn, bis zum Hals. Sie drücken sich gegen die dünne Haut, dehnen sie auseinander, ziehen sie wieder zusammen.

»Was?«

»Sag mal, schläfst du, Bruder? Na, das hier.« Q deutet auf das Emblem des Altenheims.

»Meine Mutter arbeitet derzeit nicht«, sagt Jegor trocken. Im Augenwinkel bemerke ich, dass Gesa erschrocken zu ihm rüberguckt.

Rolf gibt Q ein Zeichen. Der setzt sich wieder auf seinen Platz.

»Das klingt nach einer guten Gelegenheit, um etwas für andere zu tun. Um Verantwortung zu übernehmen. Ist das etwa nichts für dich, Lara?«, fragt Rolf.

»Tina weiß Bescheid. Wenn ich nicht mitmache, behauptet sie am Ende wieder, dass ich nicht *sozial genug* bin.«

Bei »sozial genug« versuche ich Tina nachzuäffen. Es gelingt mir nicht sonderlich gut. Meine Stimme klingt viel zu hoch, viel zu aufgeregt und irgendwie weinerlich. Jetzt schauen mich alle an, das nervt.

»Das ist keine Antwort auf meine Frage.«

Plötzlich werden meine Beine schwer und ich lasse mich auf meinen Stuhl gleiten. Ich starre auf meine Füße, auf die alten, ausgelatschten Sneakers. Am linken bröselt schon die Sohle ab. Vor meinem inneren Auge sehe ich die faltigen, knittrigen Hände der alten Leute, öde Strickjacken mit Zopfmuster, und rieche einen erdrückenden Geruch nach Krankheit und Schweiß.

»Ich mag keine alten Menschen«, sage ich.

»Das sah gestern noch ganz anders aus«, mischt sich Gesa ein, »schließlich dachtest du, dass ich eine alte Frau beklaue! Das war echt daneben, wie du da regiert hast. Wenn ich so darüber nachdenke … ich glaube, das Ehrenamt ist genau das Richtige für dich.«

Sie grinst.

Dann sagt Leo etwas.

»Für mich hört sich das nach einem wunden Punkt an.«

»Ich wusste gar nicht, dass du jetzt auch noch Psychologie studierst«, antworte ich. Und bereue es. Denn Leo scheint wirklich ein netter Kerl zu sein. Ich hebe die Hand, um ein »Sorry« anzudeuten und er nickt mir zu. Glaube, er hat es verstanden.

S-BAHN-GESPRÄCHE

Endlich Schulschluss. Obwohl die Sonne scheint, weht mir ein kühler Wind entgegen. Ein kurzer Blick nach oben. Seltsam, keine Wolken zu sehen. Ich ziehe meine Lederjacke über, schultere meinen Rucksack und trabe zur S-Bahn-Station. Mal wieder allein. Ist mir auch recht. So habe ich meine Ruhe und kann über dieses bescheuerte Ehrenamt nachdenken. Weiß auch nicht, warum ich da so zurückschrecke. Besonders schwer kann es nicht sein, wenn sie Schüler dafür suchen. Im schlimmsten Fall muffeln die Alten und sind langweilig. Warum es also nicht einfach durchziehen?

Ich erkenne ihn von Weitem. Und zwar daran, dass man ihn gar nicht wirklich erkennen kann. Versunken in dunkelgrauem Sweatstoff, hebt er sich kaum vom Straßengrau ab.

Ein Hipster mit grünem Brillengestell im Gesicht redet auf Q ein. Er lacht auf und wirft dabei den Kopf so ruckartig in den Nacken, dass sich seine Brille einen kurzen Moment von der Nase hebt. Dann schaut er Q wieder an, die Brille rutscht in ihre alte Position zurück. Der Hipster reicht ihm die Hand, sagt etwas zum Abschied und steigt in die S2 ein. Q nicht, er wartet auf die S6.

Er zieht sein Handy aus der Hosentasche. Mit dem Daumen wischt er über das Display und drückt sich das Telefon ans Ohr. Er dreht seinen Kopf zur Anzeigetafel, da bemerkt er mich. Q nickt mir zu und ich nicke zurück. Als ich neben ihm stehe, spricht er in sein Telefon.

»Hey! Heute, sechzehn Uhr, ich hol dich ab.«

Pause.

»Keine Widerrede.«

Ohne sich zu verabschieden, legt er auf. Er steckt sein Handy wieder ein, diesmal in die andere Hosentasche, und schaut mich an.

»Hey, Lara.«

»Hast du später ein Date?«, versuche ich ihn zu necken, doch es klingt zu ernst.

Q lacht.

»Wärst du dann enttäuscht?«

Es wäre gut, wenn mir etwas Schlagfertiges einfallen könnte. Am besten sofort.

»Nein« wird es schließlich. Und schnell schiebe ich hinterher: »Wenn du so mit Frauen redest, bin ich nicht traurig, wenn du eine andere triffst.«

»Ich hole später Leo ab. Zum Sport machen. Der Junge hat eindeutig zu viel Speck auf den Rippen und braucht einen Trainer«, erklärt er.

»Nett von dir«, kommentiere ich noch. Dann wird es laut. Wind strömt mir ins Gesicht, wirbelt meine Haare auf, fast weht er Qs Kapuze vom Kopf. Doch seine Hand schießt rechtzeitig in die Höhe, um sie festzuhalten. Instinktiv treten wir ein Stück zurück, hinter die weiße Markierung.

Die Tür der S6 öffnet sich und wir schauen in ein leeres

Abteil. Q läuft vor, geht drei große Schritte nach rechts und setzt sich in einen Vierer. Ich lasse mich gegenüber von ihm in den Sitz fallen. Wortlos bietet er mir seinen letzten Kaugummi an, den ich dankend annehme und schweigend kaue.

»Hast *du* denn ein Date?«, fragt er so unvermittelt, dass ich rot werde. Ein kurzes Grinsen verrät, dass er es bemerkt hat.

»Wenn du damit Brettspiele mit Senioren meinst, dann ja.«

»Das ist doch genau das, was du willst, oder nicht? Fleißig sozial rüberkommen und dann in diese Wohngruppe ziehen.«

Ich nicke. »Ja, schon. Aber …«

»Irgendwas hält dich zurück«, stellt er fest.

»Das *meinst* du.«

»Das *weiß* ich. Deine Körpersprache verrät dich. Du hast Schiss.«

Das nervt gewaltig. Dass er nie was von sich erzählt und gerade so tut, als würde er mich besser kennen als ich mich selbst. Und ich kenne nicht mal die Herkunft seiner Narbe. Wenn ich jetzt so darüber nachdenke, finde ich das ziemlich ungerecht. Und dazu arrogant. Er schaut mich nicht mal richtig an. Eher schräg nach unten, auf meine Sneakers. Sicher bin ich mir aber nicht, denn die Kapuze verdeckt das meiste von seinem Gesicht. Nur sein dunkler, stoppeliger Bartansatz schaut raus, wie so ein Stück schlecht gemähten, ausgedörrten Rasens. Sagen tut er auch nichts mehr, also lege ich nach.

»Du weißt nicht das Geringste über mich. Du hast absolut keine Ahnung von dem, was ich durchgemacht habe. Weißt du, was richtig nervt, Q? Dass du nie etwas preisgibst. Setzt immer nur die Kapuze auf, schirmst dich ab. Also ich glaube, wenn jemand Schiss hat, dann *du.*«

Treffer! Ich bin sicher, bemerkt zu haben, wie er eben zusammengezuckt ist.

Die S-Bahn rast durch einen Tunnel. Im Augenwinkel sehe ich mein Spiegelbild im Fenster. Mein Körper ruckelt hin und her, meine Knie schlagen kurz aneinander. Ich stelle meinen Rucksack zwischen meine Beine.

Warum sagt Q denn jetzt nichts? Diese Stille nervt.

Also spreche ich es einfach aus.

»Vielleicht hast du recht. Ich habe Schiss. Vor dem erdrückenden Geruch der alten, kranken Menschen. Es ist ein Muffeln, das kann man sich kaum vorstellen. Als müsste man dringend einmal durchlüften. So roch es immer, wenn es Oma schlecht ging. So roch es ganze vierzehn Tage, bevor sie starb.«

Während ich diese Worte ausspreche, hämmert mein Herz. So laut, dass Q es unmöglich überhören kann.

»Wusste ich es doch«, sagt er. Diesmal gar nicht so arrogant, eher anders. Freundlich.

Er lehnt sich zurück, dabei stößt sein Hinterkopf gegen das Sitzpolster. Seine Kapuze rutscht noch ein Stück weiter in sein Gesicht. Anstatt sie abzunehmen, beugt er sich wieder nach vorne. Diesmal näher zu mir. Seine dunklen Augen fixieren mich. Das Licht verändert sich. Die Bahn verlässt den Tunnel, fährt langsam in den Bahnhof Eschersheim ein. Hier ist Q gestern ausgestiegen.

Der Fahrer bremst ruckartig und ich rutsche ein Stück über meinen Sitz, näher zu Q. Der steht auf, schnappt sich seinen Rucksack und drückt sich an mir vorbei. Gerade will ich den Kopf heben und mich verabschieden – er soll jetzt bloß nicht denken, dass ich eingeschnappt bin –, da berührt er mich plötzlich am Arm.

»Komm mal mit.«

»Was?«

Q zieht mich am Ärmel zur Tür.

»Was soll das? Ich muss noch weiterfahren.«

Er antwortet nicht, schüttelt nur den Kopf. Das schrille Piepen ertönt, er drückt auf den Tür-öffnen-Knopf, zieht mich hinter sich her auf den Bahnsteig.

»Q!«, rufe ich. »Was soll das, verdammt noch mal?«

»Ich will dir etwas zeigen«, sagt er nur.

»Habe ich da kein Mitspracherecht?«

»Keine Sorge, ich setze dich rechtzeitig bei den Alten ab. Versprochen. Mein Fahrlehrer Bernd hat sicher nichts dagegen.«

Q macht mich echt wahnsinnig. Meinen Pulloverärmel in seine linke Faust geklemmt, zieht er mich den Bahnsteig entlang. Ich muss mich ganz schön anstrengen, um mitzuhalten und nicht hinzufallen. Wir laufen an einer vollgesprayten Treppe vorbei. Es stinkt nach Urin. Da liegt überall Müll. Fast trete ich auf eine Pommes, die in einer Pfütze Ketchup in einer Pappschale liegt.

»Jetzt schau mal!«, sagt er.

Er lässt meinen Ärmel los und stellt sich hinter mich. Q legt seine Hände auf meine Schultern. Sie fühlen sich warm an und groß. Zuerst dreht er meinen Oberkörper, dann meinen Kopf. Dabei fasst er mich am Kinn. Richtet mich aus wie ein Zielfernrohr. Bis ich auf die vollgesprayte Treppe schaue. Ich warte darauf, dass sich seine Finger von meiner

Haut lösen. Ich spüre meinen Puls, spüre, wie er feste pocht. Gerade, als ich fragen will, was das soll, fragt er zuerst: »Was siehst du?«

»Was?«

»Na, was befindet sich in deinem Blickfeld.«

»Äh … eine Treppe?«

»Und rechts daneben?«

»Ein Zaun.«

»Und was noch?«

»Nichts?«

»Schau genauer hin!«

Ich fixiere den dunklen Schatten zwischen der Treppe und dem Zaun. Ich sehe eine Wäscheleine. Sie ist dünn, fast unsichtbar zwischen die Treppe und einen breiten Ast gespannt, der durch den Zaun gewachsen ist. An der Leine hängen ein Paar schmutzige Socken, eine ausgeleierte Sporthose, eine Bluse. Auf dem Boden liegt ein ordentlich zusammengerollter Teppich. Er ist unpassend sauber und viel zu schön für diesen Ort.

»Wohnt dort«, fange ich an, »wohnt dort ein Mensch?«

Q löst seine Finger von meinem Kinn. Er atmet laut aus, so als wäre er erleichtert.

»Siehst du, Lara. Manchmal muss man in die dunklen Ecken sehen.«

»Was meinst du damit …«

Er läuft an mir vorbei auf den Teppich zu.

»Q! Bist du es?«, ruft eine raue Stimme. Die Stimme klingt weder alt noch jung. Ich glaube, es ist eine Frau.

Q sagt etwas auf Arabisch. Dann tritt jemand in die Sonne.

BORDSTEINKANTE

Es ist vierzehn Uhr. Irgendwo schlägt eine Kirchturmuhr. Autos rauschen vorbei, jemand hupt. Die Stimmen der Menschen, die eben noch mit uns aus der S6 strömten, verebben allmählich im Straßenlärm. Und wir stehen einfach nur so da. Q mit den Händen in den Hosentaschen. Die Frau leicht gekrümmt. Ihre eine Schulter hängt tiefer als die andere, als würde sie jemand an einer imaginären Schnur nach unten ziehen. Sie hat keine Schuhe an. Vor ihren nackten Füßen hüpft eine fette Taube herum. Das Tier hat ein gesundes und ein verkrüppeltes Bein. Eines ist seltsam zur Seite abgeknickt. Doch irgendwie lässt es mich kalt.

Ich blicke von der Taube hoch auf diese Frau, die aus dem Schatten auf den Bahnsteig getreten ist wie durch eine unsichtbare Tür.

Sie schaut uns freundlich an.

Ihre langen Haare trägt sie zu einem Zopf geflochten, der seitlich über ihre gesunde Schulter fällt. Weiße Strähnen durchziehen ihn, so glänzend wie Glas in der Sonne. Ihr Blick wandert von mir rüber zu Q. Dann kurz auf den Boden, auf die Taube, die versucht, das letzte Stück Pommes aus der Pfütze Ketchup zu ziehen. Jetzt hebt die Frau den Kopf.

»Q«, sagt sie. Dabei strahlen ihre Augen. Sie streckt ihm ihre Arme so weit entgegen, wie es möglich ist. Q macht einen Schritt auf sie zu, damit ihre Fingerspitzen auf seinen Schultern aufliegen können. Er geht ganz leicht in die Hocke, sodass sie auch den tiefer liegenden Arm auf seiner Schulter ablegen kann.

Ich bin mir nicht sicher, was ich hier sehe. Das letzte Mal habe ich mich so auf einem Schulausflug im Kunstmuseum gefühlt. Man steht vor einem Gemälde und sieht etwas. Man versteht nur einfach nicht, was.

»Geht es dir gut?«, fragt Q mit einer Stimme, die so gar nicht nach ihm klingt. Eher wie eine sanftere Version von ihm.

»Wen hast du da mitgebracht?«, fragt die Frau zurück. Sie nimmt ihre Hände wieder von seinen Schultern, lässt sie an den Seiten herunterbaumeln.

»Ich bin Lara«, stelle ich mich vor und winke ihr zu.

Und komme mir dabei lächerlich vor. Ich male mir aus, was für ein Bild wir wohl abgeben, so wie wir hier stehen. Unter uns der dreckige Asphalt. Ein Junge versunken in einem Kapuzenpullover, eine barfüßige Frau mit hängender Schulter. Daneben ich. Dazu der Gestank der Straße und der von Urin. Ein wunderliches Dreiergespann einzigartiger Seltsamkeit.

Unschlüssig schwebt meine Hand in der Luft. Da macht die Frau einen großen Schritt auf mich zu. Sie umfasst mit beiden Händen die Finger meiner winkenden Hand.

Ihre Hände sind warm und trocken. Ich frage mich,

wann sie zuletzt eine Möglichkeit hatte, sie zu waschen. Ich widerstehe dem Drang, sie wegzuziehen.

»Das ist Aliya«, kommentiert Q das Ganze nebenbei.

»Ich war sein erstes soziales Projekt«, sagt sie und lacht. Noch immer hält sie meine Hand. Q sieht mich an. Ich versuche, ihm so etwas mitzuteilen wie: *Warum zur Hölle hält sie meine Hand?* Und irgendwie versteht er es auch. Er tätschelt Aliyas Arm, als würde er sie beruhigen wollen. Endlich lässt sie los. Erleichtert atme ich aus. Ich habe gar nicht bemerkt, dass ich die Luft angehalten hatte.

»Dein Q hat mich oben an der Bordsteinkante aufgelesen«, erzählt sie. Sie macht eine Bewegung mit ihrem Kopf hoch zur Treppe.

Ich beschließe, das »dein Q« zu ignorieren. Will jetzt auch nicht auf Einzelheiten rumhacken. Zumindest nicht hier.

»Einfach aufgetaucht ist er da und hat mich auf Arabisch angesprochen. Gefragt hat er, ob ich einen trockenen Ort zum Pennen habe. Woher wusstest du eigentlich, dass ich Arabisch spreche, Q?«

»Deine Augen und dein Teppich. Habe eins und eins zusammengezählt. Am Ende war es wahrscheinlich Zufall.«

Plötzlich wirkt Q richtig entspannt. Er schiebt seine Kapuze in den Nacken. Sein kahler, brauner Schädel kommt zum Vorschein. Quer darüber, in dunklem Lila, verläuft die Narbe. Sie erscheint so viel feiner als das erste Mal, als ich sie gesehen hatte. Fein wie ein Sichelmond. Nein, fast wie ein Lächeln.

Q plaudert drauflos.

»Ich wollte sie zu der Obdachlosenunterkunft am Hauptbahnhof bringen, in der ich damals ausgeholfen habe. Aber die Wildkatze hier«, er zwinkert Aliya zu, »lässt sich schwer bändigen.«

»Er wusste bereits nach wenigen Minuten, dass ich nicht mitkommen würde. Eine Wildkatze lässt sich nicht einsperren. Hier draußen bin ich zu Hause. Hier bin ich frei und sehe die Sterne, wann immer ich will.«

Q dreht sich zu mir. »Sie philosophiert gern.«

»Du scheinst das Mädchen wirklich zu mögen, dass du dich traust, sie hierherzubringen!«

Plötzlich macht Aliya erneut einen Schritt in meine Richtung. Ihre dunklen Augen schauen mich an, rasen von links nach rechts, als würde sie einem überschnellen Pendel folgen. Dann halten sie an. Ich spiegle mich in ihren Augäpfeln.

»Mädchen, Mädchen. Deine Augen sind hart. Was verbirgst du?«

Hilfe suchend schaue ich zu Q. Doch der zuckt diesmal nur mit den Schultern und grinst.

»Ich sehe genau, was du mit dir herumträgst«, spricht Aliya weiter.

»Ach ja? Was denn?«

Lautstark atmet sie aus.

»Du hast etwas verloren. Und nun hast du Angst.«

»Angst? Vor was? Ich meine … ich habe keine …«

»Vor dem, was das Leben dir schenken will.«

»Was soll das denn heißen?«

Aliya zuckt mit den Schultern. Dann presst sie ihre Lippen aufeinander und dreht sich weg.

DRIVE EASY

Noch immer bitzelt meine Hand an der Stelle, die Aliya berührt hat. Ich balle sie zur Faust, bohre die Fingernägel in die Handfläche und lasse sie wieder locker. Sieht gar nicht mehr wie meine Hand aus, eher gekrümmt wie eine Saurierhand. Kribbelt aber noch immer.

Aliya hat gar nichts mehr gesagt. Sie ist einfach stumm geblieben und zurück in ihre Höhle gelaufen. Dann hat Qs Fahrlehrer angerufen und wir sind schnell die Treppe hoch.

Mit verschränkten Armen steht der mit dem Rücken an die Beifahrertür seines Wagens gelehnt und ruft: »Jetzt leg mal einen Zahn zu. Wir haben heute noch eine Autobahnfahrt vor uns.«

Q nickt und läuft mit Riesenschritten auf das schwarze Auto mit der neongelben Aufschrift *Drive easy* zu. Ich kann kaum mithalten, muss bei jedem zweiten Schritt einen richtig großen Sprung machen. Kurz blickt Q über seine Schulter, bremst ab, bis wir fast Schulter an Schulter laufen.

»Ist das echt okay, dass ich bei euch mitfahre?«

»Klar«, sagt Q, da stehen wir schon vor dem Auto und der Mann reicht Q und mir nacheinander die Hand.

Anstatt seinen Namen zu nennen, sagt er: »Na endlich.«

Der Mann ist klein und kräftig, kaum größer als ich. Er hat dunkle, dünne Haare und trägt eine beige Weste mit drei Kugelschreibern in der Brusttasche.

Q öffnet mir die hintere Autotür und schaut mich an. Für einen Augenblick zögern wir beide. Ich glaube, dass er will, dass ich irgendetwas sage, ich weiß aber nicht, was.

»Das mit der Hand macht Aliya immer. Keine Ahnung wieso«, flüstert er noch. Dann steige ich ein.

Bernd lässt sich seufzend auf den Beifahrersitz fallen.

Er klappt irgendein Heft auf und fährt mit seinen dicken Fingern über eine Seite. Kurz dreht er sich zu mir um.

»Dass du dich mit dem ins Auto traust.« Bernd lacht jetzt und stupst Q an der Schulter an. Der sagt: »Deine Witze waren schon mal besser, Bernd. Schnall dich lieber an.«

»Mein lieber Scholli. Frech isser!«, meint Bernd.

Wieder dreht er sich zu mir um.

Ich nicke.

»Wo soll es denn hingehen, junge Dame?«

»Zur Seniorenresidenz im Frankfurter Westen.«

»Das ist eine Ausnahme, alles klar? Ich will keinen Ärger kriegen. Kannst nicht einfach so mir nichts, dir nichts hier unversichert mitfahren. Ich bin kein Taxiunternehmen. Auch, wenn der hier das gerne hätte.«

Wieder stupst er Q an. Und ich nicke.

Dann Bernd wieder: »Seniorenresidenz! Wohnt da jemand, den du kennst?«

»Nein.«

»Lara interessiert sich für ein Ehrenamt«, erklärt Q, während er den Rückspiegel einstellt. Er klingt fast ein bisschen stolz. Kurz treffen sich unsere Blicke. Schnell schaut er weg, verstellt die Höhe des Lenkrads. Ein mechanisches Summen erklingt und der linke Außenspiegel bewegt sich.

»Das ist eine feine Sache, so ein Ehrenamt«, sagt Bernd. »Deine Eltern sind bestimmt stolz auf dich.«

Ich sage nichts und Q auch nicht. Bernd redet einfach weiter. Jetzt stößt er Q mit dem Ellbogen an.

»Der hier is' ja auch so ein Sozi. Jede Woche muss ich den hier einsammeln, als hätte er kein Zuhause!«, scherzt er und Q zuckt nur mit den Schultern. Er setzt den Blinker.

»Schulterblick nicht vergessen«, sagt Bernd. Dann greift er in seine Brusttasche, zieht einen Kugelschreiber heraus und notiert etwas in das Heft.

HAUSNUMMER 36

Danke fürs Fahren.«

Q nickt mir im Rückspiegel zu. Er schaut mich so komisch an, viel länger als sonst.

Bernd sagt »Ciao« und »Viel Spaß«.

Ich steige aus und schließe die Autotür. Der Himmel ist so richtig klar und leuchtend blau, sodass ich einen Moment stehen bleibe und nur andächtig nach oben schaue.

Der Motor des schwarzen Wagens röchelt neben mir. Ein Geräusch wie ein Husten, dann ein Ruckeln, ich drehe mich um und das Auto würgt ab. Jetzt wieder der Motor. Ein kräftiges Brummen, dann bewegt sich der schwarze Kasten. Bernds Arm hängt schlaff aus dem Fenster, über dem Y von easy.

36. Ich schaue erneut auf den Zettel in meiner Hand. Dann wieder auf das Haus. Tatsächlich. Das Anwesen mit der Hausnummer 36 sieht aus wie ein Schloss und erinnert mich ein bisschen an den Reichstag. Ich war mal mit meiner alten Schulklasse in Berlin. Elisa und ich hatten ungefähr zweihundert Fotos vor der breiten Treppe des Reichs-

tags gemacht. Nur, dieses Haus hier ist viel kleiner und hat keine gläserne Kuppel. Die Fassade ist weiß, so weiß, dass das ganze Gebäude in der Sonne leuchtet.

Ob hier wirklich Senioren wohnen? Das Einzige, was hier schrecklich alt aussieht, ist der Pförtner in einem Glaskasten vor dem gewaltigen Tor der Residenz. Hockt in einem hohen Bürostuhl an einem kleinen Tisch. Gebeugt hängt er über einer Zeitung. Seine grauen Hände ruhen leblos auf ihr.

Ich blicke ihn durch die Glasscheibe an.

Seine Augen sind geschlossen. Seine schlaffe Haut ist mit einem runzligen Wellenmuster überzogen. Überall sind da Flecken, braune und schwarze und einige in Ocker. Sieht aus wie die Farben aus meinem alten Farbkasten – die, die keiner schön findet und die daher immer wie neu aussehen.

»Hallo!«, rufe ich. Keine Reaktion.

Vorsichtig klopfe ich gegen das Glas. Der alte Mann bleibt regungslos.

Wahrscheinlich ist er taub. Mein Blick wandert zu einer seiner Hände. Sie ist nicht nur grau, sondern auch ziemlich fahl, fast wie abgestorben.

Oh Gott, ist er etwa …

Ich klopfe noch mal gegen die Scheibe. Erst fester, dann panisch. Zu meiner Überraschung verursacht mein Klopfen nur ein leises, gedämpftes Geräusch.

Da bewegt sich ein Finger! Jetzt die ganze Hand und … blättert eine Seite der Zeitung um.

»Hallo!«, rufe ich erneut.

Den Kopf noch immer gesenkt, rollt er seine Augäpfel nach oben. Kurz sieht er mich an, dann wieder auf die Zeitung vor sich. Wortlos betätigt er einen Knopf. Die kleine Lampe der Sprechanlage leuchtet grün.

»Ich bin wegen dem Infonachmittag hier.« Mit leerem Blick mustert er mich. »Für das Schüler-Ehrenamt«, füge ich hinzu. Endlich setzt er sich aufrecht hin. Er hat helle Augen, das eine sieht aus wie ein Glas Milch.

»Was sagen Sie das mir, junges Fräulein. Sehe ich aus wie die Personalabteilung? Gehen Sie da durch. Ich sage hinten Bescheid, dass Sie kommen.«

Sein Kopf deutet zum großen Tor, das sich kreischend öffnet, sodass wir beide kurz zusammenzucken.

Instinktiv halte ich mir die Ohren zu, drücke meine Hände gegen die Ohrmuscheln. Ich spüre meinen Puls. Seltsam, dieses Pochen. »Ist gleich vorbei«, ruft er durch die Sprechanlage.

WILLKOMMEN

*Infonachmittag für Schüler*innen,* das steht auf einem großen Plakat im Eingangsbereich. Da hat sich niemand Mühe gegeben. Die Schrift ist klein, kantig und krumm, in Druckbuchstaben geschrieben. Eindeutig schwarzer Edding. Dann ein Pfeil, auch in Schwarz, der nach links zeigt. Blöd nur, dass links eine Wand ist.

Vor mir befindet sich ein großer, heller Saal. Ein riesiges, hohes Fenster lässt das Sonnenlicht hineinfallen. Der Boden glänzt frisch gebohnert. Auf ihm stehen mehrere Tische mit gehäkelten Deckchen darauf, die bis zu den Sitzflächen der Stühle reichen, die dicht an die Tische geschoben sind. Auf jedem Deckchen steht mittig eine schmale, durchsichtige Vase mit einer einsamen Blume darin.

Nur zwei Menschen sind zu sehen. Ein Mann in Cordhose. Er sitzt am Fenster und starrt in den gegenüberliegenden Park. Eine alte Frau hockt verkrümmt an einem Tisch in der Mitte des Saals. Alle vier Stühle sind ein Stück weggerückt, als erwarte sie jeden Moment Besuch oder als wäre eine Gruppe Besucher gerade aufgebrochen. Es riecht nach Duftkerzen, nach Vanille. Nicht billig und nicht zu süß.

Am Eingang des Saals steht schon wieder ein Glaskasten. Darüber ein Schild aus Plexiglas mit der Aufschrift *Anmeldung.*

Zum zweiten Mal innerhalb von fünf Minuten stehe ich also vor einem Glaskasten. Nur diesmal hängt kein alter Mensch darin, der aussieht wie ein Gürteltier, sondern nur ein weiteres Schild: *Derzeit nicht besetzt.*

Ich schaue mich um. Eine Frau mittleren Alters läuft auf mich zu. Sie macht weite, große Schritte, fast scheint es, als würde sie über den hellen Holzboden schweben. Sie hat die Haare zu einem engen Dutt im Nacken gebunden, trägt ein weißes Baumwollkleid und darüber eine weiße Kellnerinnenschürze mit Puffärmeln. Wie eine flauschige Wolke schwebt sie auf mich zu. Sie beschleunigt ihre Schritte. Ich setze zu einem freundlichen Lächeln an. Die Frau schnauft. Sie beschleunigt nochmals und hechtet an mir vorbei. Dabei streift sie kurz meinen Arm, dreht sich um und ruft: »Entschuldigung!« Sie verschwindet durch eine Tür mit der Aufschrift *Personal.*

Eine weitere Frau durchquert den Saal. Auf ihrem Namensschild steht *Theodora.*

Theodora stützt einen alten Mann, der bei jedem Schritt immer nur ein Bein anhebt. Das andere hängt leblos herunter, schleift über den Boden.

»Entschuldigung«, rufe ich ihr zu. Der alte Mann an ihrem Arm schaut auf. Obwohl sein Blick leer ist, lächelt er.

Auch Theodora lächelt mich an, sagt aber nichts.

»Ich suche den Treffpunkt für Schüler, für den Infonachmittag. Da vorne ist ein Schild, aber der Pfeil ...«

Der Mann an ihrem Arm kichert.

»Wilhelm! Hast du schon wieder den Pfeil verdreht?«

Theodora lacht und richtet sich und Wilhelm auf. Mit der einen Hand streicht sie ihre Schürze glatt, mit der anderen stützt sie den Mann. Jetzt, wo sie so gerade steht, fällt mir auf, wie hübsch sie ist. Theodora ist kaum geschminkt, trotzdem sind ihre Wangen gerötet, was höchstwahrscheinlich daran liegt, dass sie den alten Wilhelm durch den Saal ziehen muss. Sie hat hohe Wangenknochen, doch die lassen sie nicht streng wirken, eher stark.

»Er macht sich einen Spaß daraus, uns Streiche zu spielen. Dabei habe ich keine Ahnung, wie er das überhaupt schafft.« Sie tätschelt Wilhelms Arm und deutet auf sein Bein. Wilhelm kichert noch immer, aber lautlos. Nur sein Mund ist zu einem Lächeln verzogen und zuckt.

»Du interessierst dich also für das Ehrenamt?«

Theodora schaut mich so freundlich an, dass ich in ein überschwängliches Nicken verfalle.

Freudig nickt auch sie.

»Das ist toll! Du bist die Einzige, die bisher gekommen ist. Am besten gehst du direkt auf die Menschen zu. Es kostet die meisten Leute zu Beginn etwas Überwindung, aber es lohnt sich.«

Moment. Ich bin die Einzige?

Wir drehen uns um. Theodora deutet auf die zwei einsamen Gestalten, die noch immer allein an ihren Tischen sitzen.

»Das ist Emma.« Sie zeigt auf die Frau in der Mitte des Raums. »Emma raucht zu viel. Wir lassen sie ausschließlich im Garten rauchen, um es ihr abzugewöhnen. Denn raus geht sie nicht gern. Sie mag Unterhaltungen. Spielen ist nicht ganz ihre Sache, wenn, dann nur *Mensch ärgere dich nicht.* Sofern sie gewinnt, macht es auch für den anderen Spaß.« Theodora zwinkert mir zu.

Jetzt schwenkt sie ihren Arm durch den Raum, deutet auf den Mann in Cordhose.

»Das ist Carmine. Er mag die Natur und sitzt meistens dort am Fenster mit Blick in den Grüneburgpark. Carmine hat eine Form der Demenz. Manchmal versucht er auszubüxen.« Als sie meinen panischen Blick sieht, lacht sie.

»Keine Sorge! Hier kann nichts passieren. Falls du ihn ansprechen möchtest, nur zu. Er kann sehr freundlich sein. Wenn er versucht abzuhauen, dann rufst du einfach nach einer von uns.«

Ein bisschen erinnert mich das alles an eine Kleintierhandlung. Man steht vor einem muffigen Gehege und bekommt die süßen Kaninchen gezeigt, die sich in ihrem Häuschen verstecken. Nur, dass das hier alles andere als süß ist. Ich habe die Wahl zwischen einer Frau, die nicht verlieren kann und zu viel raucht, und einem Naturliebhaber, der gern ausreißt. Mir kommt Tante Frieda in den Sinn und ich frage mich, ob sie mittlerweile auch in einem Altenheim lebt oder noch immer allein in dem großen, efeubedeckten Haus. Ich würde ihr wünschen, dass sich jemand um sie kümmert. Jemand, der klaglos ihr lautes Husten aushält.

Ich deute auf Emma.

EMPFINDLICHES ORGAN

Seit über sieben Minuten sitze ich hier. Bereits zweimal habe ich gefragt, wie es ihr geht. Ich habe zum Fenster gedeutet und versucht, ein Gespräch über das Wetter anzufangen. Dann habe ich mehrfach offensichtlich auf die große Uhr im Saal geglotzt und mit den Augen gerollt. Schwer ein- und ausgeatmet. Doch nichts tut sich.

Warum habe ich nur Emma ausgewählt? Sie riecht nach Toilette und hat eine gruselige Zahnlücke. Außerdem schmatzt sie ständig auf Kautabak rum, als wäre es Kaugummi. Pausenlos kaut sie den dunklen, nassen Klumpen, führt ihn durch eine geschickte Bewegung ihres Kiefers von einer Wange zur anderen. Dabei blitzt er immer wieder durch ihre Zahnlücke hindurch. Sie schaut rüber, ohne ihren Kopf zu bewegen. Stechende, helle Augen. Ich frage mich, ob Theodora die Wahrheit über Emmas Gesprächsbedarf gesagt hat oder ob die Frauen in den Schürzen nur so etwas behaupten, damit man sich höflich neben die Bewohner setzt.

Jetzt spiele ich meine letzte Karte aus: »Möchten Sie eine Runde *Mensch ärgere dich nicht* spielen?«

Die Bewegung ihres Mundes friert ein. Sie dreht ihren Kopf zu mir. Sommersprossen. Überall Sommersprossen. Auf den Wangen, zwischen den Augen, die ganze Stirn ist voll von ihnen. Obwohl sie nicht lächelt, wirkt Emma durch sie um einiges freundlicher.

»Hat die Kleine dir das erzählt?« Ihre Stimme klingt tief und rau.

»Meinen Sie Theodora? Ja, sie sagte, dass Sie das Spiel mögen.«

»Mögen. Ha! Weißt du, was ich mag?«

Da sie nicht weiterspricht, schüttle ich den Kopf.

»Meine Zigaretten. Doch die nehmen sie mir meistens weg!«, schimpft sie und beginnt erneut auf dem nassen Tabak herumzukauen. »Aber um deine Frage zu beantworten, Mädchen. Ich spiele nur mit Leuten, die ich kenne. Und von dir weiß ich nichts. Kenne nicht mal deinen Namen. Setzt dich hier hin und starrst mich an, als säße ich in einem Affenhaus!«

Sie knallt beide Hände flach auf den Tisch und obwohl die Tischdecke das Geräusch dämpft, zucke ich kurz zusammen.

»Entschuldigung«, stammle ich. Warum stammle ich denn jetzt? Ich bin schließlich hier, um *ihr* Gesellschaft zu leisten. Kann ja auch einfach wieder gehen, wenn ich will.

»Ich bin Lara.« So, das klang jetzt schon selbstbewusster.

»Hallo, Lara«, sagt sie. Und lächelt. Ihre Zahnlücke ist riesig. Sieht eher aus wie zwei Zahnlücken. Unten rechts.

»Was führt dich hierher?« Sie führt eine Handbewegung aus, die mich an einen Pfarrer erinnert, der die Gemeinde begrüßt. War erst zweimal in einer Kirche. Und das ist hängen geblieben, dieses ständige Fuchteln mit den Händen.

Weiß gar nicht, was ich jetzt sagen soll. Schließlich bin ich hier, um so bald wie möglich in die Wohngruppe zu kommen, weiß nicht, was Emma davon halten könnte.

»Ich möchte mich gern ehrenamtlich engagieren.«

Ist schließlich was dran.

Emma schiebt die Unterlippe nach vorne und nickt nachdenklich.

»Warum bist du wirklich hier?«, fragt sie.

»Ich weiß nicht, was Sie meinen.«

»Du siehst aus, als würdest du etwas mit dir herumschleppen. Als hättest du ein schlechtes Gewissen.«

Nicht schon wieder.

»Warum meinen heute nur alle zu wissen, was mit mir los ist?«, sage ich. Etwas zu laut.

»Schon einmal darüber nachgedacht, dass da etwas dran sein könnte, wenn alle das sagen?«

Wortlos stehe ich auf und laufe zu dem Regal mit den Spielen. Mit dem *Mensch ärgere dich nicht* unter dem Arm komme ich zurück. Ich lege den Deckel auf einen freien Stuhl und baue das Spielbrett auf.

»Welche Farbe möchten Sie?«

»Du!«

»Also gut, welche Farbe möchtest du?«

»Nein, Mädchen. Du wählst zuerst.«

Ich atme tief ein und aus. Ich wähle die schwarzen Figuren. Konzentriert beobachtet sie, wie ich meine Spielfiguren in das Start-Häuschen stelle. Ihr stechender Blick verfolgt jede einzelne meiner Bewegungen.

Langsam hebt sie ihre Hand aus dem Schoß und sammelt die roten Figuren auf. Sie lässt sie auf die Handfläche ihrer anderen Hand fallen. Alle vier rollen in eine tiefe Furche.

Dann stellt sie zwei Figuren auf das Brett. Nun die dritte. Und jetzt endlich die vierte.

Ohne etwas zu sagen, greift sie nach dem Würfel.

Sie beginnt.

»Mit Schmeißen, alles klar?«

Ich glaube, das ist keine wirkliche Frage, und ich nicke.

Sie würfelt eine Vier. Dann zweimal eine Zwei. Ich bin dran.

Theodora kommt vorbei. Sie lächelt mal wieder und stellt eine Schüssel mit Keksen neben das Spielbrett. Dann lässt sie uns allein.

»Du hast meine Frage nicht beantwortet.«

Emmas Stimme klingt belegt. Sie hustet kurz und Carmine schaut rüber.

»Ich habe kein schlechtes Gewissen«, sage ich und gebe den Würfel an sie weiter. War wieder keine Sechs dabei. »Sie kennen mich nicht mal. Genauso wenig, wie Aliya mich kennt.«

»Aliya?«

Ich deute auf den Würfel. Noch immer liegt er vor ihr.

»Heute habe ich schon mal mit einer Frau gesprochen, so … ähnlich wie mit Ihnen. Die hat auch so etwas gesagt. Sie sagte irgendwas davon, dass ich Angst habe, oder so.«

»Na, Kindchen, das liegt daran, dass man es dir ansieht. Wie du hier schon hereinspaziert bist. Als würdest du vor etwas davonlaufen.«

»Ich laufe nicht davon«, sage ich. »Sie sind dran.«

Emma würfelt eine Sechs. Sie kichert und zieht eine Figur auf das Feld. Sie würfelt erneut. Wieder eine Sechs. Zwei rote Figuren stehen auf dem Spielfeld. Ich würfle eine Fünf. Emma sagt: »Das war Kippe.« Ich würfle erneut. Dann endlich, eine Sechs. Ich ziehe meine schwarze Spielfigur auf das Feld.

»Mmh«, macht sie. Dabei schaut sie mit ernster Miene aus dem Fenster. Sie kneift die Augen zu Schlitzen zusammen, als fixiere sie etwas. Automatisch folge ich ihrem Blick nach draußen. Nichts. Da ist nichts, nur eine zu glatt gemähte, trockene Wiese. Stellenweise gelb.

Ich schaue wieder auf das Spielbrett.

»Sie sind dran, Emma.«

»Mmh. Da kann man nichts tun«, meint sie, während sie noch immer auf das trockene Gras schaut.

Emma ist eindeutig seltsam. Wahrscheinlich kommt das mit dem Alter. Ich nehme den Würfel und lege ihn in ihre Hand.

Jetzt nickt sie und zieht die Ärmel ihres Pullovers hoch. Sie zieht sie bis in die Armbeugen, als würde sie sich für etwas bereit machen. Was sie dann sagt, höre ich gar nicht mehr wirklich. Irgendwas von »Carmine« und »blöder Mistkerl von Mann«. Ich schaue nur auf die unzähligen Striche. Wie die wilde Zeichnung eines verrückten Künstlers verlaufen sie über Emmas linken Arm. Beginnend an ihrem Handgelenk bis hoch in die Armbeuge. Cremefarbene, rosafarbene und weiße runzlige Linien. Alles Spuren. Alles Narben.

Als sie meinen Blick bemerkt, wird sie stumm. Mit einer

schnellen Bewegung zieht sie beiden Ärmel wieder nach unten und umklammert die Säume mit den Fingerkuppen.

»Das Herz einer Frau ist ein empfindliches Organ«, sagt sie, »ebenso wie das eines Kindes.«

Ich habe nicht die geringste Ahnung, was das bedeuten soll. Ich halte die Luft an und kann nichts tun, als auf ihre Fingerkuppen zu starren, die den dünnen Stoff ihres Pullovers krampfhaft versuchen, über ihren Handgelenken zu halten.

»Hör auf, so zu glotzen. Da gibt es nichts zu sehen! Uns Alte sollte man als junger Mensch nicht so anstarren, hörst du!«

Ich nehme wahr, wie sich mein Stuhl über den Holzboden schiebt, wie sich das Geräusch im Saal ausdehnt. Ich drücke meine Knie durch, stelle mich aufrecht hin. Carmine, der noch immer am Fenster sitzt, zuckt zusammen. Er blickt mich wütend an.

Rückwärts laufe ich aus dem Saal. Dabei stößt mein Oberschenkel an einen Tisch. Ich ignoriere den stechenden Schmerz und drehe mich erst in der Eingangshalle um.

Die hübsche Theodora kommt mir entgegen und fragt: »Geht es dir gut?«

Ich schüttle den Kopf und laufe los. An der Anmeldung vorbei. Noch immer hängt dort das Schild *Derzeit nicht besetzt.* Ich renne hinaus. Fast stoße ich mit einem Besucher zusammen, der gerade durch das geöffnete Tor auf den Hof läuft. Rechtzeitig bremse ich ab. Der zuckt zusammen und guckt mich nur an. Ich hebe die Hand als Geste der Entschuldigung und hetze weiter. Am Glaskasten des Gürteltiers vorbei, noch immer hängt es gekrümmt über der Zeitschrift. Es ist warm. Nur eine Wolke am Himmel und die ist grau.

Ich renne weiter. Nach Hause. Wo auch immer das ist.

Ich lasse die Wohnungstür hinter mir ins Schloss fallen und drücke meinen Rücken gegen das Holz. Mein Herz hämmert in meiner Brust. Ich spüre es schlagen, fühle ein Pochen im Ohr. Ich atme tief ein und schließe die Augen. Versuche, mir den Strand vorzustellen und den kühlen Sturm. Ich atme in den Bauch. Das Bild will einfach nicht auftauchen. Meine Hände sind feucht, immer wieder wische ich sie an meiner Jeans ab.

»Na, wie war's?«, ruft Julia. Ihre Stimme kommt aus dem Wohnzimmer. Ich streife meine Schuhe ab und lasse meinen Rucksack auf den Boden gleiten. Dann gehe ich zu ihr rüber.

Sie sitzt auf der Couch. Hinter ihr das große Fenster und – wie eingerahmt – der Frankfurter Himmel. Ein Teil ist bereits zitronengelb. Der Commerzbank Tower durchsticht den letzten schmalen blauen Streifen.

Ich suche das Zimmer nach Ludwig ab. Julia verzieht ihr Gesicht zu einem Lächeln.

»Jörg ist mit Ludwig im Kino.«

»Ach so.«

Sie klopft auf den freien Platz neben sich und ich lasse mich auf das cremefarbene Polster fallen. Ich sitze das erste Mal auf der Couch. Ist bequem.

»Erzähl«, fordert Julia mich auf. Sie setzt sich aufrecht hin, stützt ihren Unterarm auf der Lehne ab und sieht mich aufmerksam an. Obwohl sie in ihrem Wohnzimmer ist, trägt sie ein dünnes Halstuch. Feiner Stoff, fast durchsichtig.

»Ehrlich gesagt war es furchtbar.«

»Oh«, sagt sie nur. Kurz schaut sie zu Boden, dann wandert ihr Blick wieder zu mir.

Etwas drückt in meiner Kehle, ich räuspere mich, habe das Gefühl, etwas verschluckt zu haben.

»Haben sie so gestunken, wie du befürchtet hast?«

»Schlimmer! Eine alte Frau war ein richtiges Monster. Sie hat ständig schmierigen Tabak gekaut und so seltsame Dinge gesagt. Ich habe etwas an ihrem Arm gesehen. Dann bin ich einfach abgehauen.«

Ich stöhne auf und lasse mich tiefer in die Couch sinken, lege meinen Kopf in den Nacken. Fühlt sich komisch an, irgendwie haltlos.

Es tut gut, die Wahrheit zu sagen. Obwohl jetzt bestimmt eine nervige Ansage kommt. Ist ja nur logisch, dass Julia so oberkluge Erwachsenendinge sagen wird. So etwas wie: *Habe ich doch gleich gedacht, das ist nichts für dich. Und das ganze Theater nur, weil du in diese Wohngruppe willst. Und einfach abhauen und eine alte Frau sitzen lassen? Das geht gar nicht!*

Ich blicke zu ihr rüber. Sie schaut auf den Fußboden. Jetzt hebt sie wieder den Kopf, dreht ihn zu mir. Etwas blitzt in ihren Augen auf und sie öffnet ihr Halstuch.

»Ich denke, das klingt nach Schokolade und einer Tasse Tee.«

Sie lächelt.

»Geht auch Kakao?«

Kurze Zeit später kommt Julia mit einem Tablett zurück. Vorsichtig stellt sie es auf dem Couchtisch ab. Nimmt sich ihre Tasse Tee. Bestimmt Kamille oder so. Es riecht so, wie es bei Oma roch, wenn ich Bauchschmerzen hatte.

Sie reicht mir den Kakao.

»Vorsichtig, heiß.«

»Danke.«

Ich nehme den Kakao in meine rechte Hand. Vorsichtig puste ich in die Schokoladenmilch. Tippe mit meiner Zunge die Oberfläche an. Ich will nicht, dass sich eine klebrige Haut um meine Zunge legt. Doch zum Glück passiert nichts. Ich nehme einen großen Schluck. Ist gar nicht zu heiß.

»Möchtest du mir erzählen, was so schlimm war heute Nachmittag? Was mit ihrem Arm war?«, fragt Julia jetzt.

»Ich glaube …«, setze ich an. »Ich glaube, mir ist das alles zu viel.«

Julia sagt nichts. Sie legt ihre Hand auf meine, die entspannt neben meinem Oberschenkel liegt. Sie ist warm. Instinktiv umgreife ich mit der anderen Hand fester die Tasse. Spüre das Porzellan, die Wärme des Kakaos. Ich schaue runter, auf Julias Arm. Ihre Haut ist leicht gebräunt, fast golden. Vor meinem inneren Auge sehe ich Gesas Arm. Und den von Emma. Ich kann mir nicht vorstellen, mich selbst zu verletzten, und trotzdem frage ich mich, ob es mir auch passieren könnte.

»Die Frau im Altenheim hatte Narben am Arm.«

Ich nehme einen weiteren Schluck Kakao. Julias Hand liegt noch immer auf meiner. Jetzt ganz leicht, ich spüre sie kaum.

»Wurde sie verletzt?«

»Ich glaube, dass sie sich das selbst angetan hat.«

Julia seufzt. Jetzt zieht sie die Hand weg, stellt die Teetasse auf das Tablett und verschränkt die Arme.

»Es war bestimmt nicht leicht, so etwas zu sehen. Vor allem kennst du die Frau kaum. So ein Ehrenamt ist wirklich eine große Verantwortung. Aber das ist doch genau das, was du suchst. Und übrigens auch das, was ich dir zutraue.«

Ich schlucke. Ich kann Julia gerade nicht ansehen, weiß nicht warum.

»Willst du der Sache noch eine Chance geben? Gehst du noch mal zu ihr?«

Ich zucke mit den Schultern. »Ich glaube nicht. Sag mal?«, frage ich stattdessen. Julia zieht die Augenbrauen hoch, schaut mich abwartend an. »Kann ich noch für ein, zwei Stunden rausgehen? Muss da jemanden treffen. Es ist wichtig.«

»Hat das was mit dieser Frau zu tun?«

»So ähnlich.«

Julia greift nach einem Couchkissen. Klopft dagegen, formt es sich zurecht, steckt es zwischen sich und die Rückenlehne. Sie lehnt sich zurück. Ihre Stirn liegt in Falten, sie schaut auf ihre Füße. Das hat sie gestern schon getan und da war sie sauer. Bestimmt sagt sie Nein.

»Rufst du an, wenn es länger dauert?«

Ich spüre, wie sich meine Mundwinkel nach oben ziehen. Ich kämpfe dagegen an, dabei beginnt meine rechte Wange zu zucken. Keine Ahnung warum.

WASSERFALL

Eine große Familie hat am anderen Ende der Wiese mehrere Decken ausgebreitet. Ihre Stimmen dringen bis zu uns. Sie lachen laut. Frikadellen, Salate, Plastikteller und Unmengen an bunten Servietten liegen rum. Da sind einige Jugendliche dabei, vielleicht in unserem Alter. Drei kleine Kinder rennen über die Wiese. Ein dicker Mann sitzt in einem Campingstuhl. Er ruft der Frau etwas zu, die gerade ein Stück Brot aus einem Korb zieht.

Ein anderer Mann geht Gassi, quer über die Wiese. Trägt so eine Rentnermütze, tief ins Gesicht gezogen. Bleibt ein paar Meter entfernt von uns stehen und glotzt die Leute an, während sein Hund das Bein hebt. Er schüttelt den Kopf. Über seinen Hund oder über die Menschen, ich weiß es nicht. Leute schütteln über so vieles den Kopf.

Gesa und ich sitzen uns im Schneidersitz gegenüber. Sie ging sofort ans Telefon. Klar habe sie Zeit. Sie müsse sowieso etwas mit mir besprechen. In dreißig Minuten am Schwarzen Platz. Das war keine Frage, sondern eine Ansage. Typisch Gesa.

Gesa nimmt einen tiefen Zug aus ihrer Zigarette. Als sich

ihre Lippen vom Filter lösen, öffnet sie den Mund, nur ein kleines bisschen, gerade so, dass sie den austretenden Qualm durch die Nase einziehen kann.

»Den Trick nennt man Wasserfall«, sagt sie.

Ich gehe nicht darauf ein. Plötzlich stört es mich, dass sie so viel raucht. Es ist ungesund und es stinkt.

»Wie war's im Altenheim?«

»Ich habe heute die uralte Version von dir kennengelernt. Wirklich schrecklich alt. Nikotinsüchtig, übellaunig, dazu faltig. Und hatte ich schon erwähnt, extrem schlecht gelaunt«, erzähle ich ihr.

»Klingt tatsächlich nach mir. Du machst mir richtig Lust aufs Altwerden.«

»Sie hat das auch getan. Das mit dem Ritzen.«

Ich glaube, es vergeht nicht mal eine Sekunde, ehe mich ihr kalter Blick streift. Ihr Hals macht eine so ruckartige Bewegung, dass sich ein paar Strähnen aus ihrem Dutt lösen.

»Was soll das?«, fragt sie.

»Was soll was?«

»Na, diese Anspielung.«

»Das ist keine Anspielung, Gesa. Du bist nicht allein, es geht auch anderen so.«

»Ja, einer alten, schrumpeligen Oma! Wahrscheinlich ist sie dement und weiß nicht, was sie da redet. Du glaubst aber auch jeden Mist, Lara. Und außerdem bin ich nicht süchtig!«

»Süchtig nach was?«

»Na, das mit dem Rauchen. Kann jederzeit aufhören.«

Demonstrativ wirft sie die Kippe weg. Steht auf, tritt die Glut aus.

»Ich haue jetzt ab. Bis morgen!«

Eingeschnappt läuft sie über die Wiese.

»Jetzt warte doch mal!«

Die Hände in die Hüften gestemmt schaut sie mich an. Sie öffnet ihren Dutt. Die Haare fallen ihr über die Schulter. Auf beiden Seiten ragen die Spitzen ihrer langen Ohren heraus, durchstoßen ihre dunklen Haare.

»Warum sollte ich bleiben? Bin schließlich nicht gekommen, um mir deine Klugscheißer-Sprüche anzuhören. Sondern um etwas mit dir zu besprechen.«

Ich winke sie zu mir und deute auf den Boden. Setz dich endlich wieder, soll das heißen. Gesa zögert. Sie blickt irgendwohin in die Ferne. Dann wieder zu mir. Sie macht ein paar Schritte auf mich zu und lässt sich schnaufend zurück auf die weiche Wiese sinken.

»Erzähl, was ist los?«, frage ich.

Gesa antwortet mit einer Gegenfrage: »Hast du Jegor gezogen?«

»Nein.«

»Weißt du, wer ihn gezogen hat?«

»Woher sollte ich das wissen? Darüber habe ich mit niemanden gesprochen.«

Sie rollt mit den Augen und lacht auf.

»Dass du dieses alberne Spielchen von Rolf tatsächlich ernst nimmst. So wie Q. Der geht ständig mit Leo joggen. Glaubt anscheinend, dass das ihm hilft. Ich habe Q gezogen und das weiß er auch. Hab ihm gesagt, dass ich da nicht mitmache. Von mir braucht er nichts zu erwarten.«

Gesa lacht.

»Na, dann musst du ja nur eins und eins zusammenzählen, damit du weißt, wer dich gezogen hat, Gesa.«

»Schon klar. Deswegen versuchst du mich die ganze Zeit zu bemuttern.«

»Und wenn schon. Ich mache es nicht nur, weil ich dich gezogen habe.«

»Also ist es wahr.« Gesa zündet sich eine neue Zigarette an und meint: »Dann kann nur Leo Jegor gezogen haben.«

»Warum willst du das so dringend wissen?«

»Was?«

»Na, wer Jegor gezogen hat.«

»Weil eben.«

Ich bohre nicht nach. Gesa schnalzt mit der Zunge, weicht meinem Blick aus. Sie schaut rüber, zu der Familie, die jetzt einen Grill aufbaut. Ich drehe meinen Kopf in die Richtung, in die der Rentner mit dem Hund verschwunden ist. Wenn der das mit dem Grill mitkriegt, gibt's bestimmt Ärger. Doch er ist nicht mehr zu sehen.

»Stehst du auf Jegor?«, frage ich sie.

»Viel mehr als das! Wir waren zusammen. So richtig, weißt du. Und jetzt … jetzt ist irgendwas anders. Ich weiß nicht, was los ist, aber er geht mir aus dem Weg.«

»Und du dachtest, wenn du weißt, wer ihn gezogen hat, kannst du die Person auf ihn ansetzen?«

»Korrekt. Wenn ich das mache und er rausbekommt, dass ich nicht ihn, sondern Q gezogen habe, denkt er noch, ich stalke ihn oder so was.«

»Warum fragst du ihn nicht einfach, was los ist?«

Gesa greift sich an die Stirn. Sie stöhnt auf, diesmal so laut, dass es mich ärgert.

»Verstehst du denn überhaupt etwas von Liebe, Lara? So einfach ist das alles nicht.«

Ich traue mich nicht, Gesa die Wahrheit zu sagen. Die Wahrheit, dass ich noch nie einen Jungen geküsst habe. Nicht mal Charlie.

»War schön, mit dir gequatscht zu haben«, sagt Gesa, während sie aufsteht und sich Gras von der Hose zupft.

»Bist du etwa schon wieder eingeschnappt?«

»Ich muss zu meiner Mum. Bis morgen«, antwortet sie.

Jetzt rennt sie. Ihre Lackschuhe glänzen im Sonnenlicht.

Ich bleibe noch einen Moment sitzen.

SCHULTERZUCKEN

Ein paar Minuten später überquere ich die Wiese. Ich laufe bis zu der Stelle, an der der asphaltierte Weg anfängt, der neben ein paar traurigen, grauen Häusern vorbeiführt. Ich gehe weiter, Richtung U-Bahn.

Plötzlich ein Geräusch. Ich glaube, da weint ein Kind. Erst sehe ich es nicht. Jetzt steht da eine Frau, die Mutter, bestimmt. Sie tritt aus dem Schatten einer Häuserwand. Eine Handtasche baumelt in ihrer Armbeuge. Mit der anderen Hand zieht sie ein Mädchen am Ärmel. Das Kind ist fünf oder sechs Jahre alt, schätze ich.

Sie redet auf das Mädchen ein. Laut und schnell und in einer Sprache, die ich nicht verstehe. Das, was ich vom Gesicht der Mutter erkenne, leuchtet rot. Sie drückt den Arm der Kleinen, so fest, dass die kurz aufheult. Dann dreht sie das Mädchen herum, sodass es ihr den Rücken zukehrt. Als Nächstes hebt die Mutter ihren Arm. Sie will bestimmt die Tasche hoch auf ihre Schulter ziehen, damit sie nicht länger störend in der Armbeuge baumelt. Doch sie holt nur aus und haut zu. Auf den Rücken des Mädchens. Das ruft etwas. Tränen rinnen seine Wangen herunter.

Ich laufe in die Richtung der beiden. Als ich nur noch wenige Schritte von ihnen entfernt bin, sehe ich, dass die Hose des Mädchens schmutzig ist. Sie ist vollgeschmiert mit Erde. Die Frau sieht mich kommen, jetzt lächelt sie, wechselt in einen anderen Modus.

»Sind sie etwa deswegen wütend auf sie?« Ich zeige auf die Hose.

»Ach, das ist nicht schlimm. Das passiert mal.«

Die Frau versucht, den Dreck von den Beinen des Kindes zu entfernen. Fast schon sanft klopft sie den Schmutz herunter. Das Mädchen weint noch immer. Sie scheint mich nicht zu bemerken.

Ich will noch etwas sagen. So etwas wie *»Ich habe es gesehen, sie haben das Kind geschlagen«* oder *»Man darf keine Kinder schlagen«*, wobei ich nicht mal weiß, ob das stimmt. Die Frau schaut mich kurz an, dann redet sie freundlich auf das jetzt stumme Kind ein.

Das ist wirklich ein komisches Gefühl. Das Gefühl, nicht zu wissen, was zu tun ist, aber zu wissen, dass man etwas tun muss. Die Frau setzt sich in Bewegung. Das Kind hält sie jetzt an der Hand. Sie dreht sich kein einziges Mal mehr um.

Und ich laufe weiter, Richtung U-Bahn.

HALBMONDLÄCHELN

Die Tür fällt hinter mir ins Schloss. Ich rufe »Hallo«, aber niemand antwortet. Nur undeutliches Gelächter. Der Fernseher im Wohnzimmer läuft. Langsam gehe ich rüber, streife unterwegs meine Schuhe ab.

Ludwig liegt wie ein ganz Großer auf der Couch. Die Arme hinter dem Kopf verschränkt, das eine Bein über das andere geschlagen. Fasziniert schaut er in den Fernseher. Ich sehe nur zitternde Lichter, die sich auf dem Laminat spiegeln. Höre Stimmen, die lachen. Dann ein Klatschen vom Band, es ist wohl irgendeine alte Sitcom. Ludwig kichert, als würde er mich nicht bemerken. Dann huschen seine Augen zu mir rüber, leuchten kurz auf. Er setzt sich aufrecht hin und klopft mit seinen rosa Händen auf den freien Platz neben sich. So wie seine Mutter vorhin.

»Wo sind denn alle?«, frage ich und lasse mich in die Kissen sinken. Ich lege meine Füße auf dem Couchtisch ab, da zuckt Ludwig zusammen. Ich nehme sie wieder runter. Jetzt sitze ich viel zu aufrecht, kein Mensch sitzt so auf einer Couch. Ein bequemer Schneidersitz wird es dann.

»Mama macht Yoga und Papa ist einkaufen.«

»Wie war's im Kino?«

»Gut.«

»Was guckst du da?«

Anstatt zu antworten, schaltet er den Fernseher aus und steht auf.

»Ich habe etwas für dich gemacht.«

Ich zucke mit den Schultern. »Was denn?«

Ludwig tippelt auf Zehenspitzen davon. Ich höre seine Zimmertür, die leise quietscht. Jetzt wieder ein Tippeln. Er versteckt etwas hinter dem Rücken.

Ich ziehe die Augenbrauen hoch und er grinst.

»Tada!«, ruft er und hält mir ein Bild vor die Nase.

Es ist mit Filzstiften gemalt. Da ist ein kleiner Junge drauf, mit schulterlangen, braunen Haaren. Er trägt eine Brille. Das ist eindeutig Ludwig. Ein Mann, das soll wohl Jörg sein, steht hinter ihm und berührt seine Schulter. Mit der Nase hat Ludwig es gut gemeint. Ein gemeiner Zinken in einem zu grellen Rosa stößt fast an die Augen. Man erkennt Jörg eher an der Krawatte. Ludwig hat ihm auch noch schicke Schuhe gemalt. In Schwarz. Neben Jörg steht eine Frau. Julia, ist klar. Sie hat lange, gelbe Haare. Dazwischen steht ein Mädchen. Die Haare: schwarze Striche. Sie hängen bis über die Schulter. Das Mädchen lächelt. Ein roter Halbmond unter einem senkrechten Strich, der Nase. Auf jeder Wange ein großer Tupfer in Rosa.

Ich spüre, wie Ludwig mich beobachtet. Er deutet auf das Papier.

»Das sind Mama, Papa und ich. Und das bist du.«

Seine Fingerspitze berührt meinen schwarz gestrichelten Kopf.

»Danke«, sage ich. Mein Blick wandert dabei weiter über das Bild. Seine fünf Finger sind nur ein paar dünne Striche, die an seinem Arm kleben. Gegen Ende wurde er offensichtlich nachlässig, denn meine Hand hat bis auf den Daumen überhaupt keine Finger mehr. Sie sieht aus wie ein Fäustling. Und der Fäustling hält Ludwigs Hand.

Ich stehe auf. Als er plötzlich die Arme um meine Hüften schlingt, werde ich steif. Vorsichtig lege ich eine Hand auf seinen Kopf. Der ist ganz warm, seine Haare ganz weich, fühlen sich an wie frisch gewaschen. Da höre ich den Schlüssel im Schloss und Jörgs Stimme. Ruckartig ziehe ich meine Hand zurück. Ludwig löst sich von mir und lässt mich allein stehen. Er tippelt erneut in den Flur. Auch Julia kommt aus ihrem Zimmer. Sie begrüßt Jörg und wirft einen Blick in die Einkaufstüte. Sie verkündet: »Heute gibt es Lasagne. Diesmal wirklich.«

Ich falte das Bild zusammen und stecke es in meine Hosentasche.

DiE ÜBERGABE

Es ist sieben Uhr früh. Ich bin gerade aufgewacht. Mein Puls rast. Jemand spielt Xylofon.

Ludwig!

Wer sonst veranstaltet zu so einer unmenschlichen Zeit einen derartigen Krach? Ich kann ihn deutlich vor mir sehen, wie er mit seinen kleinen Patschhändchen die Holzschlägel schwingt. Sich mit der Zunge über die Lippen fährt, während er eine Abfolge durchdringender Töne auf seinem Glockenspiel hämmert.

Warum sagt keiner was? Wo sind Julia und Jörg?

Ein paar Sekunden vergehen, bis ich begreife, dass es Montag ist und der Klang aus dem Lautsprecher meines Handys kommt. Hektisch wische ich über den blinkenden Bildschirm. Endlich gibt der Xylofon-Wecker Ruhe.

Mein Kopf dröhnt. Eindeutig zu wenig Schlaf. An solchen Tagen ist echt jedes Flüstern zu laut.

Am Wochenende durfte ich so lange Filme im Wohnzimmer schauen, wie ich wollte. Das hatte ich natürlich ausgenutzt. Und dann musste ich auch noch zu unmenschlichen Zeiten frühstücken, nur weil Jörg mit Ludwig frische Brötchen geholt hatte.

Gestern Abend saßen wir dann noch lange in der Küche. Ludwig und Jörg machten ununterbrochen Quatsch und Julia hat sich nicht mehr eingekriegt vor Lachen. Dabei sah sie ständig zu mir rüber. Dann musste Ludwig ins Bett und wir tranken noch einen Tee. Julia sagte, dass Tina bei ihr angerufen und nach mir gefragt hätte.

»Ich schreibe Tina mal«, sagte ich. Hab ich aber nicht getan. Weiß auch nicht, wieso.

Ich stehe auf und schlurfe ins Bad.

Als ich nach zwanzig Minuten in die Küche komme, sitzt Ludwig bereits vor seinem Kakao und grinst mich an. Ich bin wütend auf ihn, weil er mich geweckt hat. Dabei ist er unschuldig, doch so richtig kann ich es nicht glauben. So wie er dasitzt, in seiner schicken Jeans und seinem glatt gebügelten Hemd, als wäre er auf den Weg ins Büro statt in die Schule.

»Morgen«, murre ich und deute auf den Kakao, »kann ich auch so einen haben?«

»Steht in der Mikrowelle bereit«, sagt Jörg, der gerade in die Küche kommt und seine Aktentasche auf einen Stuhl fallen lässt.

Ich stelle die Mikrowelle auf eine Minute ein und setze mich neben Ludwig. Der schaut mich nur stumm an.

»Ist was?«

»Nein.«

Er wendet sich ab und pustet in seine Tasse.

»Julia ist schon weg, sie hat ein wichtiges Meeting. Wir

müssen uns auch beeilen, Lara, ich habe einen frühen Termin. Füll einfach deinen Kakao hier rein, dann fahren wir los.«

Jörg reicht mir einen Thermobecher, dann eilt er in den Flur.

Zwanzig Minuten später und dreißig Minuten zu früh betrete ich den Schulhof. Außer mir sind noch fünf weitere Schüler auf dem Gelände. Alle schauen mit leerem Blick auf ihr Handy. Sie gucken nicht mal hoch, als ich an ihnen vorbeilaufe. Wie Zombies sitzen sie in der Morgendämmerung. Die glatten Gesichter leuchten in bunten Farben, angestrahlt durch irgendeine App, in die sie versunken sind. Ich suche nach einem bekannten Gesicht, kann aber keins entdecken. Also setze ich mich auf eine Bank neben dem großen Tor zum Schulhof. Gerade will ich in meine Tasche greifen, um mich den Smartphone-Zombies anzuschließen, da höre ich meinen Namen.

Ich drehe mich um. Die Stimme kam eindeutig vom Parkplatz. Ich stehe auf, um eine bessere Sicht zu haben. Meine Augen suchen den Asphalt ab. Bis auf ein heranfahrendes Auto kann ich niemanden entdecken. Ein Mercedes hält am Tor, ein dünnes Mädchen mit blauen Haaren steigt aus und steckt sich Kopfhörer in ihre Ohren. Ihre Mutter ruft ihr noch etwas nach, doch das kann sie schon nicht mehr hören. Kurz schaut sie mich an, dann auf ihr Handy, dabei trabt sie über den Schulhof.

»Psst! Lara!«

Da ist es wieder.

Gesa?

Etwas trifft mich am Arm und fällt zu Boden. Ein Kieselstein bleibt vor mir liegen.

»Hier bin ich!«

Endlich sehe ich sie. Gesa kniet zusammengekauert in einem Erdloch zwischen dem Schulparkplatz und dem Zaun zum angrenzenden öffentlichen Park. Sie hält einen weiteren Stein in der Hand, er ist mindestens doppelt so groß wie der, der vor mir liegt, und ich bin froh, dass sie sich für die kleinere Variante entschieden hat.

»Was zur Hölle machst du da? Warum sitzt du in einem, äh … Loch?«, rufe ich.

Statt mir zu antworten, winkt Gesa mich mit ihren Armen zu sich.

Also gut. Ich stöhne mit Absicht laut auf und gehe über den Schulhof. Sie soll ruhig merken, dass ich genervt bin. Langsam überquere ich den Parkplatz und bleibe neben dem Erdloch stehen. Hastig zieht sie mich nach unten. Dabei verliere ich das Gleichgewicht und muss mich mit den Händen abstützen, um nicht in die Grube zu fallen.

»Na ganz toll, Gesa! Jetzt habe ich auch noch Dreck unter den Fingernägeln. Ist ja widerlich.«

Ich klopfe den restlichen Schmutz von meinen Händen ab. Es riecht nach Erdboden, Moos und Abgasen. Alles in allem ziemlich eklig.

»Jetzt halt doch mal die Klappe!«, zischt Gesa und deutet zum Park rüber.

Ich folge ihrem Zeigefinger, schaue durch Äste, Blätter, und einen in die Jahre gekommenen, drahtigen Zaun hindurch. Da entdecke ich einen Mann. Seine Haare sind schwarz und glatt nach hinten gekämmt. Er muss ein spezielles Gel verwenden, denn sie glänzen unnatürlich, als hätte er sie in Öl getaucht. Der Mann trägt eine altmodische Fliegerjacke, wie man sie aus Filmen kennt, die in den 20er- oder 30er-Jahren spielen. Zumindest glaube ich das, ich habe nämlich keine wirkliche Ahnung von Filmen aus dieser Zeit. Er hat ein kantiges Gesicht und eine lange, hervorstehende Hakennase, die einem sofort ins Auge fällt. Er sieht verkrampft aus, irgendwie angespannt. Freundlich wirkt der Typ auf jeden Fall nicht. Viel mehr kann ich nicht von ihm erkennen. Mein Sichtfeld ist dafür zu eingeschränkt.

Ich schaue zu Gesa rüber. Plötzlich komme ich mir lächerlich vor, was wahrscheinlich daran liegt, dass wir uns zu zweit in einem Erdloch verstecken und einen Mann im Park beobachten. Wäre die Situation anders rum, wäre es eklig. So ist es einfach nur peinlich.

»Wer ist der Typ?«, frage ich.

»Ich habe keine Ahnung. Das sollten wir aber herausfinden.«

»Okay. Und warum?«

»Weil Jegor offensichtlich unsere Hilfe braucht.«

Warum denn jetzt Jegor? Und was soll das *Unsere?*

Als hätte sie meine Gedanken gelesen, stößt Gesa mir mit dem Ellbogen in die Seite und deutet weiter nach links, ein paar Meter von dem Mann in der Fliegerjacke entfernt.

Der strahlend weiße Jegor sitzt auf einer Parkbank und zählt Geldscheine. Es ist schwer zu erkennen, wie viele Scheine er in der Hand hält, es sind aber definitiv keine zehn oder zwanzig, sondern ein ganzer Batzen. Ich schlucke. Irgendein verborgenes Alarmsystem beginnt sich in mir zu regen. Es sagt mir, dass es keine gute Idee war, sich zu Gesa in dieses Erdloch zu setzen, um kurz darauf einen seltsamen, grimmigen Typen mit Jegor und einer Menge Geld im Park zu beobachten.

Als Jegor fertig gezählt hat, nickt der schmierige Typ mit der Hakennase, als wäre er überaus zufrieden. Jegor geht auf ihn zu und übergibt ihm die Scheine. Hakennase steckt sie in seine Hosentasche. Daraufhin fasst er in die Innentasche seiner Jacke und holt eine kleine, schwarze Ledertasche heraus.

»Was ist da drinnen?«, flüstere ich.

»Das werden wir wahrscheinlich gleich sehen.«

Tatsächlich greift der Mann nun in die Ledertasche. Er trägt Handschuhe.

»Warum trägt der bei diesem Wetter Handschuhe? Wir haben fast zwanzig Grad«, frage ich, und Gesa hält mir den Mund zu. Mit beiden Händen umschließt sie meine Lippen.

Während ich in Gesas Handfläche atme und innerlich beginne, erneut ihren Verstand anzuzweifeln, öffnet der Typ in der Fliegerjacke den Reißverschluss der Tasche. Er schaut sich nach allen Seiten um, dann nickt er zufrieden und zieht eine schwarze, glänzende Pistole heraus.

»Ach du Scheiße!«, hauche ich in Gesas Hand.

Komischerweise fällt mir, bis auf diesen Ausruf, nichts anderes als albernes Zeug ein. *Die Waffe glänzt genauso wie sein schmieriges Haar.* Oder: *Schade, dass Jegor sterben muss, war ja echt ganz nett.* Keine Ahnung, was mit mir nicht stimmt, aber jetzt muss ich auch noch lachen. Das kann ein Schock sein, zumindest habe ich davon mal gelesen, dass manche Menschen in angsteinflößenden Situationen lachen müssen.

Ich drehe den Kopf und blicke in Gesas Gesicht. Noch immer hält sie mir den Mund zu. Ihre Augen sind geweitet und ihr Blick zeigt all das, was ein Blick in dieser Situation zeigen sollte: Schrecken und Entsetzen.

Plötzlich beginnt mein Herz wie wahnsinnig zu klopfen. Was, verdammt noch mal, macht Jegor mit einer Waffe, mehr Geld, als ich je besessen habe, und einem kuriosen Typen in Fliegerjacke und Handschuhen im Frühling um 7.30 Uhr in einem Park?

DIE FÜNF

D*er Club der wütenden Fünf findet heute im Schulgarten statt.* Das steht auf dem Schild. Handgeschrieben von Rolf klebt es an der Tür des leeren Klassenraums 111.

»Na, ganz toll!«, meckert Gesa und führt eine Bewegung mit den Händen aus, als wolle sie einen imaginären Rolf erwürgen. »Hätte ich das gewusst, wäre ich heute nicht gekommen. Jetzt müssen wir wieder irgendwelche bescheuerten Blumen pflanzen.«

»Blumen pflanzen?«, frage ich.

Gesa nickt nur und rollt mit den Augen. Da kommen auch schon Q und Leo den Flur entlang. Leo kaut an einer Karotte.

Schon wieder meckert Gesa: »Bist du jetzt auf gesund umgestiegen oder was soll das Grünzeug?«

Leo bleibt cool. »Ist nicht grün, sondern orange.«

»Und Teil des Ernährungsplans, den ich für Leo personalisiert habe«, fügt Q hinzu. Leo klopft ihm auf die Schulter.

Gesa deutet auf das Schild.

»Was soll das denn?«, fragt Q.

»Erinnerst du dich noch, als wir damals diese Tulpenzwiebeln in die Erde setzen mussten?«, sagt Gesa. Dabei berührt sie Qs Schulter.

»Stimmt!« Jetzt lacht er. Seine weißen Zähne kommen zum Vorschein. Er verschränkt die Arme und lehnt sich lässig mit dem Rücken an die Wand. Er trägt heute einen dünneren Pullover. Keine Kapuze. Aber eine Base Cap, die seine Narbe verdeckt. Gesa stimmt jetzt in sein Lachen mit ein. Q sagt noch etwas von »Weißt du noch …« und »Rolf mit seinen Ideen« und dann »Hahaha«. Das nervt schon etwas, wie die beiden so tun, als würden sie sich ewig kennen.

Leo sagt gar nichts, sondern beißt weiter in sein Gemüse.

»Wo ist eigentlich Jegor?«, fragt er jetzt und schaut Gesa an. Ich werfe ihr einen Blick zu: *Sollen wir es den anderen sagen?*

Sie versteht sofort und zischt mir ein »Psst« zu, was Q und Leo natürlich bemerken. Zum Glück gucken sie nur irritiert und fragen nicht weiter nach.

»Lasst uns mal in den Schulgarten gehen. Keinen Bock auf Stress, wenn wir zu spät kommen«, sagt Leo. Q nickt und zupft kurz am Ärmel meines T-Shirts. Ich spüre, wie meine Wangen zu glühen beginnen. Gesa sieht mich von der Seite an. Schnell blicke ich zu Boden.

»Kein Wort zu niemandem«, zischt sie mir ins Ohr. Dann marschiert sie los, durch den Flur, an uns vorbei, aus dem Gebäude.

Rolf steht schon bereit. Den Ellbogen auf den Griff der Schaufel abgelegt, die andere Hand in die Hüfte gestemmt, die Füße in Gummistiefeln. Er trägt kurze Hosen. Seine Beine sind so weiß, sie ragen wie zwei Kohlrabistücke aus den braunen Shorts. Wie immer trägt er ein T-Shirt. Diesmal eins ohne Aufschrift, es ist hellgrau. Unter seinen Achseln bilden sich löffelförmige Schweißflecken.

Hinter ihm befindet sich ein leeres Blumenbeet. Er winkt uns zu sich und zeigt uns, wie wir uns um das Beet herumstellen sollen, sodass wir alle genug Platz haben. Er hat fünf Löcher gegraben.

»Da Jegor heute krankgemeldet ist, arbeiten wir erst mal mit den vier Löchern.« Mit der Schaufel deutet Rolf auf die ersten vier in der Reihe, in das fünfte Loch schiebt er etwas Erde.

Ein kurzer Blick rüber zu Gesa. Ihre Augen sind geweitet, rote Flecken bilden sich an ihrem Hals. Krankgemeldet? Schnell schaue ich wieder zu Rolf. Jetzt bloß nichts anmerken lassen.

»Warum müssen es denn fünf sein?«, frage ich.

»Na, weil ihr fünf Menschen seid.«

»Ja. Nein. Ich meine, warum sind wir exakt fünf Menschen im Club? Warum nicht vier oder sechs?«

Leo schaut mich an und ergänzt: »Das würde mich auch interessieren. Bisher hast du es nie wirklich erklärt, Rolf.«

Rolf hebt seine Hand und spreizt die Finger auseinander.

»Schaut euch das an«, sagt er. Q blickt zu mir rüber. Ich schaue zu Leo. Der zuckt nur mit den Schultern. Gesa schnauft.

»Siehst du etwas, was wir nicht sehen, Rolf?«, fragt Gesa. Sie schaut in die Runde, als würde sie auf unterstützendes Gelächter warten. Aber alle sind still und beobachten Rolf, der seine Hand in den Himmel hält.

Er nickt uns ermutigend zu. Streckt noch einmal seinen

Arm durch, als würden wir seine Hand dadurch deutlicher erkennen.

»Na, was seht ihr? Los, traut euch. Sagt einfach das, was euch als Erstes in den Sinn kommt.«

»Besser nicht«, sagt Leo und alle müssen lachen. Leo wird rot. Er sieht ein bisschen stolz aus.

»Deine Hand«, sage ich. »Wir sehen deine Hand.«

»Genau!« Rolf fährt zu mir herum. Die linke Hand noch immer nach oben gestreckt, die Finger gespreizt.

»Und aus was besteht eine Hand?«

Gesa muss lachen und dreht sich weg.

»Aus fünf Fingern?«, fragt Leo.

»Korrekt, Leonard. Aus fünf Fingern. Eine Hand besteht aus fünf Fingern. Und was sie alles damit kann! Greifen, graben«, er deutet auf die Erde, dann auf mich, »und anderen die Hand reichen. Auch, wenn die Gefahr besteht, dass sie ausgeschlagen werden kann. Die Fünf riskiert also auch was!«

»Fünf Säulen hat der Koran«, sagt Q und alle schauen jetzt zu ihm.

»Das ist richtig! Wem fällt noch etwas ein?«

»Meine Fünf in Mathe«, sagt Gesa.

Rolf lacht, geht aber nicht darauf ein.

»Es gibt fünf Elemente«, wirft Leo ein.

Jetzt ist Rolf richtig aufgedreht.

»Genau!«

»Fünf Sinne!«, ruft Q.

»Guter Einfall!«

Rolf holt tief Luft und stellt sich aufrecht hin. Wieder streckt er eine Hand aus. Diesmal gerade nach vorne, sodass wir alle in seine Handfläche schauen können.

»Seht ihr. Die Fünf hat viele Bedeutungen und für jeden von euch kann sie eine andere haben. Denkt, was ihr wollt, aber für mich seid ihr wie die Finger an einer Hand. Verbunden, aber dennoch unabhängig voneinander. Doch wer wärt ihr, ohne die jeweils anderen?«

»Ich brauche keine fünf Finger. Ich komme ganz gut allein zurecht«, wirft Gesa ein, ihre Stimme ist plötzlich ganz dünn.

Rolf deutet mit seinem Zeigefinger auf sie. »Das glaubst du jetzt. Das habe ich als junger Mensch auch gedacht. Doch ich musste schnell lernen, dass eine ganze Hand besser an Dingen festhalten kann als ein einziger Finger.«

»Was meinst du damit?«, fragt Leo.

Rolf deutet zu einer Bank. »Setzt euch.«

Leo wischt mit der Hand über das dunkle Holz. Er mustert seine Handfläche, dann lässt er sich vorsichtig auf die Bank gleiten. Q hockt sich neben ihn. Ich schaue Gesa an, sie zuckt mit den Schultern.

»Ihr passt alle vier auf die Bank«, wirft Rolf ein, seine Stimme so ruhig wie immer. Ich setze mich neben Q. Sein Kopf dreht sich zu mir. Ich kann seinen warmen Atem an meiner Wange spüren. Ich schaue zu Boden, auf meine Füße, wippe sie auf und ab. Gesa bleibt stehen.

»Als ich so alt war wie ihr, da lebte ich mit meinen vier Pflegebrüdern bei meiner Mutter. Ich war das einzige leibliche Kind meiner Eltern. Doch sie hatten immer das Gefühl, nicht komplett zu sein. Viele Leute hatten ihnen damals davon abgeraten, so viele Kinder in Pflege zu nehmen. Doch sie hörten nicht auf sie. Als mein Vater starb – ich war damals sechzehn Jahre alt, meine vier Brüder alle jünger –, lief meine Mutter Gefahr, ihre zwei jüngsten Kinder wieder zu verlieren. Wir hatten plötzlich wenig Geld. Meine Mutter arbeitete nicht viel, sie musste sich um meine jüngeren Geschwister kümmern. Da machte das Amt es ihr nicht leicht.«

Gesa schnauft. »Und was hat das alles mit uns zu tun, Rolf?«

Rolf lässt sich nicht aus der Ruhe bringen. Er spricht weiter.

»Meine Mutter begann, sich zu verändern. Erst verlegte sie nur Dinge. Sie suchte ständig nach ihnen, nach Schlüsseln, nach ihrer Brille, nach meinem Vater.«

Rolf senkt den Blick. »Dann begann sie unsere Namen zu verwechseln. Wir spürten, dass etwas nicht stimmte, manchmal erkannten wir sie gar nicht wieder. Sie schüttete frische Milch in die Tonne und füllte stattdessen trocknen Reis in unsere Müslischalen. Irgendwann wussten wir es dann, ohne es auszusprechen. Und uns war klar: Wir durften sie nicht verlieren. Sie war die Person, die uns fünf zusammenhielt. Also begannen wir, die Dinge zu vertuschen. Wir schirmten sie vor den Nachbarn ab und wenn jemand vom Amt vorbeikam, redeten wir alle fünf ohne Unterlass auf die erwachsene Person ein. Meine Mutter saß daneben und lächelte.«

Rolf schüttelt den Kopf, dann schaut er nach oben in den knallblauen Himmel. »Wir waren doch nur Kinder.«

»Wann flog die Geschichte auf?«, fragt Q.

»Glaubst du die Geschichte etwa?« Alle starren Gesa an. »Nichts für ungut, Rolf, aber für mich klingt das alles nach einem Märchen.«

Rolf stellt sich aufrecht hin. Er rollt seine Schultern nach hinten und sieht uns alle nacheinander an.

»Wie gesagt. Für jeden bedeutet die Fünf etwas anderes. Für manche bleibt sie eben doch nur eine Zensur in Mathe.«

Dreißig Minuten später wundere ich mich noch immer über Rolf und die Aufgabe im Schulgarten. Eigentlich hat er die ganze Zeit über nur geredet. Am Ende der Stunde legte er uns dann Sonnenblumensamen in die Handflächen.

»Pflanzt die Saat ein, wenn ihr den Garten am Ende des Schuljahres blühen sehen möchtet. Es ist eure Entscheidung.«

Dann steckte er Q die Schaufel in die Hand und ließ uns stehen.

Jetzt sitze ich im Spanischunterricht. Wobei man es nicht wirklich Unterricht nennen kann.

Seit Beginn der Stunde steht Frau Mazur mit dem Rücken zur Klasse und versucht den Overhead-Projektor in Gang zu bringen. Immer wieder drückt sie auf die Fernbedienung des Geräts. Ihr Daumen ist schon ganz rot. Sie wirkt nervös. Niels, ein Typ aus der ersten Reihe, konnte es sich nicht verkneifen, ihr den Tipp zu geben, dass fester Drücken nichts nützt. Das hat nicht geholfen.

Verzweifelt wirft Frau Mazur die Arme in die Luft und sagt: »Dann eben nicht. Schlagt bitte alle euer Buch auf Seite 312 auf.«

Ein genervtes Stöhnen hallt durch den Raum. Einige packen gehorsam ihre Bücher aus, andere versuchen noch zu protestieren. Zwecklos.

Ich nutze die Gelegenheit, um den zerknüllten Zettel

auseinanderzufalten, den Gesa mir eben nach hinten durchgegeben hat.

Komm später zum Schwarzen Platz. Fünfzehn Uhr.

Ich schreibe darunter: *Okay.*

Dann zische ich dem Mädchen, auf dessen Hinterkopf ich starre, zu, sie soll den Zettel an Gesa zurückgeben. Genervt stöhnt sie auf und rollt mit den Augen. Den Zettel nimmt sie trotzdem, wirft ihn auf Gesas Tisch. Dann schaut sie wieder auf Seite 312.

In der Regel machen mich solche streberhaften Wesen aggressiv, doch seltsamerweise ist mir ihr genervtes Augenrollen egal. Ich habe echt andere Probleme.

Gesa sitzt zwei Reihen vor mir und starrt genauso gedankenverloren aus dem Fenster wie ich. Wahrscheinlich denkt sie an Jegor.

In was habe ich mich bloß reinziehen lassen? Was dreht Jegor bloß für krumme Dinger?

DiE NEUE

Es ist 12.30 Uhr und Schulschluss. Mathe fällt aus.

Gesa hat laut gejubelt und ist, ohne sich zu verabschieden, zum Bus gerannt. Noch über zwei Stunden bis zu unserem Treffen am Schwarzen Platz. Langsam schlendere ich zum Bahnhof.

Da stehen zwei Gruppen von Schülern. Vermutlich Sechst- oder Siebtklässler. Auf jeden Fall verhalten die sich total kindisch. Ich stelle mich zwischen sie. Es sind jeweils um die sechs, sieben Leute. Die einen glotzen auf ein Handy, das ein Junge in die Mitte hält, und lachen. Die anderen gucken so bedauernswert, als wollten sie gern zu der lachenden Truppe dazugehören. Der Hipster mit der grünen Brille ist auch wieder da. Er steht bei den Fröhlichen. Jetzt ruft er etwas rüber zu dem traurigen Trupp. Ein Mädchen löst sich aus dem Kreis. Sie lacht aufgesetzt, so piepsig, läuft auf ihn zu und begrüßt ihn überschwänglich. Kurz treffen sich unsere Blicke, doch sie scheint mich gar nicht wirklich zu bemerken, wie ich so stumm zwischen den beiden Gruppen stehe.

Die S6 erscheint auf der Anzeigetafel.

Jetzt muss ich an Q denken. Wieso, weiß ich auch nicht, kann mir ja egal sein, was der macht. Hat bestimmt noch regulär Unterricht und langweilt sich in Politik rum, oder so.

Die Bahn fährt ein. Sie rauscht und pfeift beim Stehenbleiben. Die Türen öffnen sich und ich steige ein.

Schwer zu sagen, was ich bis fünfzehn Uhr tun soll. Ich könnte in die Seniorenresidenz fahren. Mich bei Theodora entschuldigen, dafür, dass ich einfach so abgehauen bin. Dann rüber in den Saal zu Emma gehen. Ihr was Nettes sagen, oder so. Wahrscheinlich sind beide sauer auf mich und schicken mich gleich wieder weg. Dafür muss ich da nun wirklich nicht hin.

Schwer zu sagen, was ich tun würde, wenn ich nicht die Lara von heute wäre. Wenn ich *die* Lara wäre, die ich geworden wäre, wenn es Oma noch gäbe. Keine Ahnung, ob man das verstehen kann. Das ist ungefähr so ein Gefühl, als wäre ein Teil von mir nicht mehr da. Als würde etwas fehlen. Nur ein Schnipsel, ein Erinnerungsfetzen. Wie, wenn man ganz feste nachdenkt und einem ein einfaches Wort nicht einfallen will.

Die Bahn rast am Frankfurter Berg vorbei. Sie wird jetzt langsamer und schleicht in den Bahnhof Eschersheim ein.

Und urplötzlich muss ich an Aliya denken. Was sie wohl macht? Ich öffne meinen Rucksack und taste hinein. Da ist es, das Schulbrot von Jörg. Keine Ahnung, was die alte Lara gemacht hätte. Die Neue steigt aus.

Die Tür öffnet sich und ich trete auf den Bahnsteig.

Das Gleis wirkt fast wie ausgestorben. Auf der gegenüberliegenden Seite steht eine Frau, die einen Kinderwagen hin-

und herschiebt, als wolle sie ein Baby beruhigen. Doch da ist gar kein Kind drinnen. Sie schiebt Leergut durch die Gegend. Ich laufe Richtung Wäscheleine. Heute ist sie leer. Vielleicht ist Aliya gar nicht da. Vielleicht besorgt sie sich ein Mittagessen. Wo sie das wohl herbekommt?

Die Pappschale liegt noch auf dem Bahnsteig. Nur die Pommes ist weg. Ich trete dagegen, sie schleift ein paar Zentimeter über den Boden. Unter der Pappe befand sich noch ein Haufen Ketchup. Das ist jetzt über den Asphalt verteilt, so bumerangmäßig, fast in Regenbogenform.

»Q?«

Aliya tritt aus dem Schatten. Mein Herz pocht. Sie sieht anders aus, so fahl. Unter ihren Augen hängen steingraue Halbmonde. Sie kommt noch ein Stück näher auf mich zu.

»Wer bist du?«, fragt sie.

»Ich bin es, Lara. Ich war letzte Woche hier.«

Als sie nicht reagiert, füge ich hinzu: »Mit Q.«

Bei dem Namen Q huscht etwas über ihr Gesicht, sie streicht sich mit der Hand durch die Haare. Heute trägt sie sie offen. Sie sind fettig, hängen schwer und strähnig an ihrem Kopf herunter.

Ich weiß jetzt gar nicht, wie ich mich verhalten soll. Wie hat sie mich so schnell vergessen können?

Sie stößt auf. Dann lacht sie. Ihr Lachen vermischt sich mit einem Schluckauf.

Eine Weile sagt keiner von uns beiden was.

Dann greife ich in meinen Rucksack und hole das Schulbrot hervor.

»Ich dachte, das kannst du gebrauchen.«

Wie ein argwöhnischer Vogel beobachtet sie das in Papier verpackte Brot.

»Weiß nicht, was drauf ist. Aber du kannst davon ausgehen, dass es bio ist.«

Aliya lächelt heute nicht.

Vorsichtig streckt sie ihre Hand aus und zieht an dem Brot. Langsam löst sich das Papier aus meiner Hand. Ich lasse los. Sie klemmt sich das kleine Paket unter die linke Achsel und wackelt zu ihrer Höhle zurück. Sie dreht mir den Rücken zu und geht in die Knie, um das Brot in einer Ecke zu verstauen. Ihre Bluse rutscht nach oben, legt ein Stück ihres unteren Rückens frei. Die Haut ist bunt. Ein grünes Auge blitzt hervor, dann ein zweites. Dazwischen ein zitronengelbes Maul, leicht geöffnet. Spitze Zähe.

Drachenaugen. Drachenzähne. Ein Drachenmaul mit Feueratem!

Aliya stellt sich aufrecht hin und zieht ihre Bluse zurecht. Sie nimmt ihre strähnigen Haare in die Hände und beginnt, einen Zopf zu flechten. Etwas in ihren Augen verändert sich. Sie macht einen Schritt auf mich zu.

»Ich erinnere mich an dich. Du bist das Mädchen mit dem schweren Herzen.« Sie beginnt eine Melodie zu summen, die mir bekannt vorkommt.

»Du hast ein Drachen-Tattoo auf dem Rücken?«

»Ein Andenken an meine Hamburger Jahre. Weißt du, früher habe ich auf dem Kiez gelebt. Ist lange her. Drachenkämpferin hat man mich genannt.«

»Q nennt dich Wildkatze.«

»Ja. Das tut er. Das tat er schon, bevor er mit dem Drachen Bekanntschaft gemacht hat.«

Ein Gefühl macht sich in mir breit. Schwer und dumpf liegt es mir im Magen.

»Was?«

»Der Drache wurde zornig.« Sie sagt es fröhlich, fast kindlich. Gleichgültig zuckt sie mit den Schultern und geht ein paar Schritte auf die Gleise zu.

»Hier wurde er zornig.« Sie deutet hinter die weiße Linie, auf die Kante des Bahnsteigs.

»Wer wurde zornig, Aliya? Redest du von Q?«

Sie fährt herum. Ihr Blick trifft mich wie ein Faustschlag. Ihre aufgerissenen Augen drücken ihre dunklen Tränensäcke nach unten, noch tiefer Richtung Wangen.

»Na, der Drache!«, sagt sie nur. Und wieder: »Der Drache wurde zornig. Genau hier.«

Jetzt weint sie. Erst verstehe ich nicht, dass es ein Weinen ist. Ihre Schultern hüpfen. Sie lässt ein seltsames Geräusch los, eine Art Schluckauf, der sich mit einem Wimmern abwechselt. Meine Finger werden ganz warm. Als ich hinunter auf meine Hände schaue, bin ich überrascht. Sie haben sich zu Fäusten geballt. Meine Fingernägel bohren sich in die Handflächen. Schweiß bildet sich auf meiner Stirn.

»Was ist passiert?«

Doch sie antwortet nicht mehr. Ich mache einen Schritt auf sie zu. Sie macht einen weiteren Schritt Richtung Schienen. Aliya steht jetzt hinter der weißen Linie. In der Ferne höre ich einen Zug rauschen.

»Komm zurück, vor die Linie«, rufe ich.

Es ist bestimmt ein Schnellzug. Für eine S-Bahn ist er zu laut. Eine heftige Windböe zieht durch den Bahnhof, dabei ist der Zug noch gar nicht zu sehen.

Aliya schaut mich nur an. Mit leeren Augen. Dann lächelt sie. Ich will mich bewegen. Einfach einen Schritt auf sie zu gehen. Ihren Arm greifen, sie zurückziehen. Was ist, wenn sie stolpert? Oder schlimmer: Wenn ich sie zum Stolpern bringe, wenn ich versuche, sie zu berühren?

Ich höre ein lang gezogenes Dröhnen. Es kommt von dem Zug. Ist das ein Warnsignal?

Jetzt schreie ich, richtig laut: »Aliya! Komm sofort auf meine Seite der Linie!«

Eine Welle aus Luft wirbelt in den Bahnhof und bläst ihre Bluse nach oben, legt ihren nackten Bauch frei. Der schuppige, giftgrüne Schwanz des Drachens schlängelt sich über die Hüfte nach vorne, endet in einer Speckfalte.

Der Zug rast an Aliya vorbei. Der Bahnhof bebt, fast scheinen sich die Bodenplatten zu bewegen, so mächtig ist die Kraft des Zuges. Er fliegt an uns vorbei, bringt alles zum Vibrieren. Aliya schaut mich nur an. Wenn sie die Hand heben und nur ein kleines bisschen ausstrecken würde, sie könnte den Zug berühren.

Als der letzte Waggon den Bahnhof verlässt, bleibt nichts zurück außer Stille und einem quälenden Pfeifen in meinen Ohren.

Eine S6 fährt in den Bahnhof ein. Seit ein paar Minuten sitzt Aliya jetzt gedankenverloren unter der Wäscheleine, summt wieder diese Melodie.

Ohne mich zu verabschieden, steige ich ein. Ich drehe mich nicht mehr um, laufe zu einem freien Platz am Fenster. Ich lasse mich in den Sitz sinken, strecke meine Beine aus und stelle meine Füße unter den gegenüberliegenden

Sitz. Meine Haare kleben an meiner Stirn, immer wieder muss ich sie mir aus dem Gesicht streichen, klemme sie mir hinter die Ohren. Dann suche ich mein Haargummi im Rucksack und binde einen engen Zopf. Mein Herz hämmert. Was war bloß mit Aliya los? Und was hat das mit dem Drachen zu bedeuten?

Ich schließe die Augen und lasse den Kopf gegen die kühle Scheibe sinken. Ludwig würde mir sagen, dass man das lieber nicht tun sollte. Zu viele Bakterien.

Weiß nicht, warum ich jetzt an den Kurzen denken muss.

BORDER COLLIE

Gerade öffne ich die Haustür, da rennt mir Ludwig schon entgegen. Seine schulterlangen Haare wippen dabei auf und ab. Er erinnert mich an einen aufgeregten Border Collie.

»Hallo, Lara!« Er ist außer Puste, hechelt so richtig.

»Warum denn so aufgeregt?«, frage ich.

»Warum sagst du denn nicht einfach mal Hallo?«

»Was meinst du mit: Warum sagst du nicht einfach mal Hallo. Mache ich doch!«

Dabei laufe ich in die Küche und öffne den Vorratsschrank. Ich brauche unbedingt Kohlenhydrate. Irgendetwas, das mich sofort mit Energie versorgt. Ich weiß nicht, wie viel Adrenalin vorhin durch meinen Körper gepumpt wurde. Jetzt ist es wieder weg. Versickert in meinem Inneren, verwandelt in pure Müdigkeit.

»Nein, eben nicht! Du bist immer erst mal unfreundlich! Dabei habe ich dir gar nichts getan!«

Jetzt muss der Kleine auch noch anfangen zu jammern.

Bevor ich ihm etwas wirklich Fieses an den Kopf werfe, schmiere ich mir ein Nutellabrot und setze mich an den

Tisch. Ich beiße hinein. Mmh. Ich spüre, wie die cremige Nuss-Nugat-Masse an meinen Vorderzähnen kleben bleibt, und lecke sie mit der Zungenspitze ab. Sofort geht es mir besser.

»Das ist aber kein gesundes Mittagessen.«

Boah. Der nervt. Ehrlich.

»Warum gehst du nicht spielen? Ich muss sowieso gleich wieder los.«

Fehler. Ich muss mir unbedingt abgewöhnen, laut zu denken.

»Warum? Wo gehst du hin?«

Und schon hat Ludwig sich neben mich an den Tisch gesetzt. Mit großen Augen schaut er mich an.

Sag ich doch, Border Collie.

»Zum Schwarzen Platz. Treffe Gesa«, kaue ich ihm vor. Dabei fallen ein paar Krümel auf den Küchenboden. Keiner von uns beiden hebt sie auf.

Dann sagt er: »Cool! Darf ich mitkommen?«

»Nein.«

Schockiert öffnet er den Mund und eine kleine rosafarbene Zunge kommt zum Vorschein.

»Warum darf ich nicht mitkommen?«

»Hast du keine Freunde in deinem Alter?«

»Doch, aber mit denen muss ich mich vorher verabreden. Und dafür muss Mama erst mal bei deren Eltern anrufen und …«

»Okay, okay, verstehe schon. Das ist wahrscheinlich so ein Spießerding. Als ich noch bei meiner Oma lebte, durfte ich einfach spontan nach draußen spielen gehen. Die war superentspannt.«

Ich schlucke den letzten Bissen Nutellabrot runter und stehe auf.

»Vermisst du deine Oma?«, fragt Ludwig.

Da, wo eben noch cremige Haselnusscreme meinen Rachen hinunterglitt, sitzt plötzlich ein schwerer Kloß.

»Was?«

Verlegen schaut er zu Boden.

»Ach, schon gut.«

GRUND GENUG

Am Schwarzen Platz ist nicht viel los.

Eine Gruppe Jugendlicher fährt mit ihren Boards auf einer hohen Halfpipe. Vor und zurück, hoch und runter. Wie ein Pendel gleiten sie über den mit Graffiti beschmierten Asphalt. Dabei sind sie still, schauen mit zu Schlitzen verengten Augen konzentriert auf ihre Boards, deren abgenutzte Rollen sie über die Halfpipe tragen. Einer von ihnen hat ein Radio dabei, aus dem laute Musik dröhnt.

Ich gucke auf mein Handy. 15.03 Uhr.

Ludwig zupft mich am Ärmel.

»Darf ich wieder mit den Großen Basketball spielen?«

Seine durch die Brillengläser vergrößerten Glupschaugen schauen mich bettelnd an. Das hat er tatsächlich drauf, diesen Hundeblick.

Anstatt ihm zu antworten, drehe ich mich zum Basketballfeld. Die Mädchengruppe von letztem Mittwoch steht versammelt am Platz. Sie scheinen gerade erst angekommen zu sein. Ein paar Jungs nähern sich, einer von ihnen dribbelt mit dem Basketball Richtung Spielfeld. Er beschleunigt seine Schritte. Der Ball springt auf den Boden und prallt ab.

Er nimmt ihn wieder mit einer Hand auf, vollführt eine schnelle Drehung, springt hoch und … verfehlt den Korb. Alle Mädchen bis auf eine lachen über ihn. Die, die nicht lacht, will ihn trösten und streichelt ihm zärtlich über den Kopf. Ein anderer Kerl klopft dem Fehlwerfer auf die Schulter und winkt uns zu. Ludwig winkt zurück.

»Das ist Dean, von letzter Woche.«

Mir fällt auf, wie groß Dean im Verhältnis zu den anderen ist. Außerdem hat er breite Schultern und eine leicht gebräunte Haut. Er trägt ein Tanktop, das seine muskulösen Oberarme betont.

Jetzt lächelt er und winkt schon wieder. Ich drehe mich gerade zu Ludwig, um ihm zu sagen, dass er doch einfach zu Dean laufen soll, schließlich winkt der schon zum zweiten Mal, doch Ludwig steht gar nicht mehr neben mir. Ich schaue wieder zu Dean und sehe, wie Ludwig auf ihn zuläuft. Ein anderer Junge wirft Ludwig den Ball zu. Der Ball fliegt an Ludwig vorbei. Dass er nicht mal einen Ball fangen kann, das macht mich fertig. Dean winkt noch immer. Erneut drehe ich mich um, doch da ist niemand.

Ach du Scheiße. Der meint mich.

Reflexartig hebe ich die Hand und bewege meine Finger.

»Oh Gott, Lara, wie peinlich. Du bist rot wie eine Tomate!« Gesa kommt von hinten und zieht an meinem Rucksack. »Komm, wir laufen mal eine Runde um den Platz.«

»Da bist du ja endlich!«

»Nun reg dich mal nicht auf, haben erst kurz nach. Und außerdem musste ich meine Mum zum Arzt bringen. Ich muss sie da auch in ’ner Stunde wieder abholen, hab also nicht viel Zeit.«

Sie hakt sich bei mir unter – ihr Kopf ist ganz nah an meinem – und beginnt zu flüstern.

»Ich glaube, Jegor braucht Hilfe«, sagt sie.

Ich muss lachen.

»Ach wirklich, Gesa. Meinst du?«

Gesa schnalzt mit der Zunge und zieht eine Zigarettenpackung aus der Hosentasche. Ich atme den staubigen Geruch des Tabaks ein. Er riecht alt.

»Sehr witzig, du Spaßvogel«, sagt sie dabei und zieht eine Kippe raus. Jetzt hält sie inne. Zögert. Schiebt die Kippe zurück in das Päckchen.

Ich gehe erneut auf Gesas Kommentar ein. Diesmal ernst.

»Natürlich braucht Jegor Hilfe! So verzweifelt, wie er die Waffe an sich genommen hat. Da stimmt doch was nicht. Ich meine, Gesa, eine Pistole! Will er etwa jemanden umlegen? Und dann das ganze Geld. Woher hat er das bloß?«

Die Worte sprudeln nur so aus mir heraus. Ich spüre, wie meine Wangen beginnen, stärker zu glühen. Im Augenwinkel bemerke ich, wie Dean rüberschaut.

»Jetzt beruhig dich mal! Noch ist keiner gestorben!«, sagt Gesa gequält. Kurz hält sie inne, dann fügt sie hinzu: »Zumindest nicht, dass ich wüsste.«

Sie grinst und ich schubse sie von mir weg.

»Sehr witzig!«, sage ich, weil es natürlich *nicht* witzig ist, trotzdem muss ich lachen.

Meine Beine tun weh und ich lasse mich ins Gras plumpsen. Gesa setzt sich neben mich.

»Der Typ guckt die ganze Zeit rüber«, flüstert sie.

»Stimmt gar nicht«, sage ich und ich spüre, wie ich wieder rot werde.

»Er kann uns von dort nicht hören. Du musst also nicht flüstern. Und jetzt spitz die Ohren!«

Ich nicke und höre zu.

»Ich habe dir noch nicht alles erzählt. Ich habe Jegor heute nicht zum ersten Mal im Park gesehen. Letzte Woche war er auch schon da. Weißt du, wenn ich nicht gerade zu spät in die Schule komme, bin ich viel zu früh dran. Meistens, wenn ich meine Mutter zu ihrer Physiotherapie bringen muss. Dann müssen wir immer einen superfrühen Bus nehmen. Na ja, egal. Auf jeden Fall saß ich so im Park rum und hab eine geraucht. Plötzlich habe ich ein Rascheln im Gebüsch gehört. So zwei, drei Meter von mir entfernt. Es war noch nicht ganz hell und ich hatte Schiss. Also habe ich meine Kippe ausgedrückt und bin rüber aufs Schulgelände gerannt. Von dort aus habe ich den Typ mit der Hakennase und der Fliegerjacke beobachtet. Er ist im Park rumgeschlichen, als würde er das Gebiet nach etwas absuchen.

Ich habe gerade überlegt, ihn zu melden, hab gedacht, das sei ein Triebtäter oder so was, doch dann hab ich Jegor gesehen. Ganz entspannt ist er in den Park hineinspaziert, bis er Hakennase gesehen hat. Seine Schritte wurden langsamer. Erst hab ich gedacht, Jegor hätte auch Schiss bekommen und würde überlegen umzudrehen. Stattdessen ist er geradewegs auf den Mann zugelaufen. Der schmierige Alte hat seine Hand gehoben. Kurz hab ich geglaubt, er will Jegor eine scheuern. Aber der hat nur genickt und ihn begrüßt.«

»Was ist dann passiert?«, werfe ich ein.

»Jegor hat sich auf die Bank gesetzt und in seine Schultasche gegriffen. Er hat einen Umschlag rausgezogen und ihn Hakennase gereicht. Der hat ihm dafür ein kleines Päckchen gegeben.

Hakennase hat in den Umschlag geschaut. Dann ist er einfach weitergegangen und zu einem alten, komischen Kerl, der vor dem Park auf ihn gewartet hatte, ins Auto gestiegen.«

»Was, meinst du, befand sich in dem Päckchen?«

»Keine Ahnung! Woher soll ich das wissen!«

Schon wieder zieht Gesa eine Zigarette hervor. Diesmal zündet sie sie an. Sie bläst mir den Rauch ins Gesicht und ich unterdrücke ein Husten. Ich spare mir einen Kommentar. Sie hört ja doch nicht auf mich. Gesa hört auf niemanden.

Nervös dreht sie ihre Kippe zwischen ihren Fingern. Sie wirkt angespannt.

»Du machst dir Sorgen«, sage ich.

»Vielleicht waren es Drogen«, sagt sie, ohne auf meinen Kommentar einzugehen. »Scheiße, Lara. Was macht Jegor bloß mit Drogen?«

»Das fragst du mich? Ich kenne ihn kaum! Und vielleicht waren es ja auch keine.«

Für einen Moment sagen wir gar nichts. Schweigend betrachten wir die Jungs auf dem Basketballfeld. Dean hält Ludwig hoch in die Luft und der Kleine wirft einen Korb. Stolz winkt er uns zu. Synchron winken wir zurück.

»Wir sollten Jegor helfen. Egal, wer ihn gezogen hat.«

Gesa antwortet nicht, sondern starrt ins Leere.

Dann schlage ich vor, Rolf um Hilfe zu bitten.

»Rolf?« Gesa lacht. Es ist ein helles Lachen. Sie wirkt plötzlich gelöst. »Wie soll Rolf uns denn helfen?«

»Wir könnten ihm die Sache mit Jegor erzählen. Ich

meine, er ist Sozialarbeiter. Helfen die nicht andauernd irgendjemandem?«

»Und was soll Rolf genau machen? Mit Hakennase *reden?«*

»Gesa. Im Ernst. Wenn Jegor wirklich mit Drogen und Waffen zu tun hat, dann sollten wir uns Unterstützung holen. Wenn nicht von Rolf, dann von der Polizei!«

»Hmm. Vielleicht hast du recht.«

Ich nicke erleichtert.

»Als Erstes berufen wir den Club ein!«, beschließt Gesa.

»Was?«

Sie zieht ihr Handy aus der Tasche und tippt auf dem Bildschirm herum.

»Natürlich ohne Rolf!«, fügt sie hinzu.

Als sie fertig ist, schaut sie mich zufrieden an. Da vibriert es in meiner Hosentasche.

»Hab eine neue Chatgruppe aufgemacht. Alles Weitere liest du dann. Ich muss jetzt los.«

Gesa springt auf, schnappt sich ihre Tasche und läuft Richtung Einkaufszentrum. Ihre langen Haare lösen sich aus ihrem Dutt und wehen um sie herum. Es ist kühl und windig geworden und ich reibe meine Hände aneinander. Mir fällt auf, wie dünn Gesa ist. Irgendwie zerbrechlich.

Dann bleibt sie stehen und dreht sich noch mal zu mir um. Ich habe das Gefühl, dabei ertappt zu werden, wie ich sie beobachte, und schaue schnell zu Boden.

»Lara!«, ruft sie.

»Ja?«

»Danke, dass du gekommen bist!«

SPAGHETTI BOLOGNESE

Das Geräusch des Schlüssels hat Julias Ankunft längst angekündigt. Ludwig grinst und beobachtet mich dabei, wie ich das rohe, glitschige Hackfleisch über das glatte Holz des Brettchens in die Pfanne schiebe. Begleitet von einem Zischen landet der Klumpen im heißen Bratfett.

Der Duft von Knoblauch und Zwiebeln durchströmt die Küche. Dampf steigt auf und lässt das Fenster beschlagen. Ich höre, wie Julias Pumps auf dem Laminat klackern. Kurz ist es still, dann knarrt die Küchentür.

»Mama!«, ruft Ludwig. Er flitzt an mir vorbei und fällt ihr in die Arme.

»Hallo, mein Schatz!«, antwortet sie.

Wieder klackern ihre Pumps. Das Geräusch kommt näher, dann wird es durch den lauten Sog der Abzugshaube übertönt.

Ich traue mich nicht, Julia anzusehen. Ich habe das Gefühl, in ihre Privatsphäre eingedrungen zu sein. Das Gefühl wurde schleichend stärker, als ich den Unterschrank nach einer ausreichend großen Pfanne durchsuchte, und erreicht seinen Höhepunkt, als sie neben mir steht und die Arbeitsplatte betrachtet, auf der die Überreste der Zwiebelschalen herumliegen.

Auf dem Heimweg hatten Ludwig und ich Hunger bekommen. Seit Langem hatte ich wieder riesige Lust auf Knödel ohne Soße, aber Ludwig wollte unbedingt Spaghetti Bolognese machen.

Aus einer Laune heraus gab ich einfach nach. Man muss ja schließlich nicht alles ausdiskutieren. Und gegen Spaghetti habe ich nichts. Also legten wir einen kurzen Stopp im Supermarkt ein und kauften Hackfleisch, zwei Dosen Tomaten, Zwiebeln und Knoblauch. Bis auf die Tomaten brät nun alles vor sich hin.

Wortlos öffnet Julia die Tomatendosen und lässt ihren Inhalt vorsichtig in die Pfanne gleiten.

»Das riecht köstlich«, sagt sie.

Ich schaue sie an. Sie lächelt. Schon wieder habe ich einen Kloß im Hals und schlucke. Leider verschwindet er nicht.

»Danke«, sage ich und rühre weiter in der Pfanne.

»Gibt es wieder etwas zu feiern?«, fragt Julia, während sie sich die Pumps von den Füßen streift.

»Ich habe zwei Körbe geworfen! Einen alleine und einen mit Deans Hilfe!«, erzählt Ludwig.

Anstatt auf seine Prahlerei einzugehen, fragt sie: »Wer ist Dean?« Dabei wirft sie mir einen seltsamen Blick zu, dem ich sofort ausweiche.

»So ein Typ vom Basketballplatz. Er hat wohl ein Herz für Kinder«, sage ich, versuche, lustig zu klingen, und wechsle das Thema. »Gesa hat mich gefragt, ob wir uns heute Abend mit ein paar Leuten aus der Schule treffen. Ich würde da gern hingehen. Sie treffen sich um zwanzig Uhr im Café Kante. Es geht um dieses Projekt im Club, von dem ich dir erzählt habe.«

Ich bemühe mich um einen freundlichen Ton.

»Äh … darf ich?«, schiebe ich schnell hinterher.

Ihre Augen verengen sich. Kurz scheint sie verwirrt zu sein. Sie guckt, als hätte ich gefragt, ob ich eben mal eine Runde auf den Mars fliegen kann.

»Lieb, dass du fragst!«, antwortet sie. »Wenn du um zweiundzwanzig Uhr zu Hause bist, ist das für mich in Ordnung.«

Ich kann nicht anders. Ich muss grinsen und sage: »Geht klar.«

IM CAFÉ KANTE

Zwanzig Uhr. Ich sitze im Café Kante. Da drinnen sieht es gar nicht aus wie in einem Café, sondern wie in einer Kneipe. Und so riecht es auch. Obwohl niemand von den wenigen anwesenden Gästen raucht und ein Rauchen-verboten-Schild angebracht ist, stinkt es nach Qualm. Gesa hat tatsächlich einen Tisch auf den Namen *Club der wütenden Fünf* reserviert.

Voll peinlich. Doch die Kellnerin lächelt nicht mal, als ich danach frage. Gelangweilt deutet sie auf einen runden Holztisch in der hintersten Ecke. Sie trägt ihre schwarzen Haare kurz rasiert und einen gigantischen Nasenring, der vibriert, sobald sie sich bewegt. Ich frage nach einem Kakao. Anstatt zu antworten, deutet sie erneut auf den runden Holztisch.

An diesem sitze ich nun. So wie Eva, Tina, Berni, Mesut und Tomboy vor mir an diesem Tisch saßen. Sie waren so nett, ihre Vornamen in das alte, verrauchte Holz zu ritzen.

Ob man tatsächlich Berni heißen kann? Und wer nennt sich bloß freiwillig Tomboy?

Ich schaue zur Bar. Ein Mann prostet mir zu. Er ist alt

und dick und sitzt ein paar Meter entfernt. Er beobachtet mich. Ich schaue weg. Langsam drehe ich meinen Kopf wieder in seine Richtung. Er beobachtet mich immer noch.

Wann, verdammt noch mal, lassen sich die anderen endlich blicken? Und wo bleibt mein Kakao? Mein Blick sucht den Raum nach der Frau mit dem Piercing ab, doch ich kann sie nicht entdecken.

In der Chatgruppe schrieb Gesa etwas von einem wichtigen Geheimtreffen, was eher lächerlich als geheimnisvoll klang.

Leo fragte nur, warum Jegor nicht im Chat dabei sei, dann schrieb er: *Okay.*

Q antwortete mit einem breit grinsenden Smiley und einem Fragezeichen. Keine Ahnung, ob das eine Zusage, geschweige denn eine Form von Antwort in seiner Sprache war.

Weiß echt nicht, wie ich ihn später auf die Sache mit Aliya ansprechen soll. Auf den Drachen und ihr seltsames Verhalten am Bahngleis. Was das alles zu bedeuten hat.

Endlich geht die Tür auf.

Ich stütze mich auf meine Ellbogen und beobachte den Eingang.

Ein alter, dicker Mann tritt ein. Noch so einer. Er wirft der Kellnerin einen grimmigen Blick zu und deutet auf einen Barhocker, der an den Tresen gelehnt steht. Ich hebe meine Hand, um die Kellnerin auf mich aufmerksam zu machen, doch sie beachtet mich nicht.

»Wie immer für dich reserviert, Henri«, sagt sie nur und wendet sich einem anderen Gast zu, der penetrant mit den Fingern nach ihr schnipst. Henri setzt sich neben den anderen Mann, der immer noch zu mir rüberglotzt, an die Bar und begrüßt ihn mit einem Handschlag.

Die Tür öffnet sich erneut. Q und Leo betreten das Café. Sie entdecken mich sofort. Das liegt wahrscheinlich an der Tatsache, dass ich der einzige Gast unter sechzig und dazu ein Mädchen bin. Um auf Nummer sicher zu gehen, hebe ich trotzdem kurz die Hand. Q trägt eine Daunenjacke, die mindestens zwei Nummern zu groß und außerdem für die Jahreszeit viel zu warm ist. Die beiden geben ein seltsames Bild ab, wie sie so nebeneinander auf mich zusteuern. Q in einer übergroßen Jacke, in der er aussieht wie eine Schildkröte, aus deren Panzer ein kleiner, ovaler Kopf hervorlugt. Dazu Leo in einem karierten Hemd und einem offenen beigen Trenchcoat.

»Hi, Lara«, begrüßen sie mich.

Leo gibt mir die Hand. Ich drücke sie. Sie ist kühl und trocken. Q guckt so komisch und setzt sich neben mich auf die Sitzbank. Da kommt Gesa in das Café. Eher: *Trampelt* in das Café. Bis über ihre Knie ragen schwarze Lederstiefel mit enormen Absätzen, die bei jedem Schritt auf den Holzboden einschlagen. Für einen Moment scheint es, als würde die Erde beben. Dann atmen alle im Café erleichtert auf, als sie sich endlich auf ihren Stuhl fallen lässt. Bevor wir etwas sagen können, hebt Gesa feierlich die Hände.

»Herzlich willkommen, Clubmitglieder. Hiermit begrüße ich euch zu unserem ersten inoffiziellen Clubtreffen. Wie euch sicher schon aufgefallen ist, fehlt einer in der Runde.«

»Was an eurem Tisch fehlt, sind Getränke. Was darf's sein?«

Mit zusammengekniffenen Augen fährt Gesa zu der Bedienung herum. Während der Nasenring vibriert, zückt die einen Stift und klopft damit auf ihren Notizblock. Die drei bestellen Bier und schauen mich erwartungsvoll an.

Sollte ich auch lieber ein Bier bestellen und der Kellnerin irgendein Zeichen geben, damit sie den Kakao von ihrem Zettel streicht? Ich zögere zu lange. Die Bedienung hat ihren Posten hinter dem Tresen schon wieder eingenommen.

»Hab schon bestellt«, sage ich in die Runde.

Gesa zuckt mit den Schultern und räuspert sich. Leo blickt sie fragend an. Q grinst. Gesa auch. Dann wird ihre Miene ernst. Sie lehnt sich nach vorne und schaut uns nacheinander fest in die Augen.

»Es geht um Jegor.«

Knapp zehn Minuten später hat Gesa ihre Rede beendet.

Keiner von uns sagt etwas. Leo setzt zu einem Satz an, wird jedoch von der Kellnerin unterbrochen. Mühelos balanciert sie ein volles Tablett durch den Raum und tritt an unseren Tisch. Begleitet von einem lauten Knall, stellt sie die Gläser einzeln vor den anderen ab. Kurz schrecke ich hoch und Q lacht. Ich ignoriere ihn.

»Drei Bier und ein Kakao«, murmelt sie, während sie etwas auf die Bierdeckel der anderen notiert und mir die Tasse rüberschiebt.

»Kakao?«, fragt Q und grinst blöd.

Schon wieder peinlich. Warum habe ich nicht einfach mit meiner Bestellung auf die drei gewartet?

Nachdem die Bedienung wieder ihren Posten hinter dem Tresen eingenommen hat, setzt Leo erneut zu sprechen an.

Diesmal unterbricht ihn Q. Leonard wirft empört, jedoch lautlos, die Hände in die Luft.

»*Never ever,* sag ich dir, Gesa. So 'nen Scheiß macht Jegor nicht. Der dreht nicht so krumme Dinger. Keine Ahnung, was du da gesehen hast. Ich glaub das nicht.« Q redet so laut, dass die Kellnerin kurz rüberschaut. Ich gebe ihr zu verstehen, dass alles in Ordnung ist, und lächle sie an. Anstatt mein Lächeln zu erwidern, greift sie nach einem Geschirrtuch und trocknet ein Bierglas ab.

»Na, danke für deine Anmerkung. Was glaubst du denn, was wir dann beobachtet haben?«, zischt Gesa über den Tisch.

Bei dem Wort *wir* zieht sie mich näher zu sich ran und umfasst meinen Arm. Dabei muss ich an die neue Verletzung an ihrem Unterarm denken und frage mich, wie sie es schafft, so leichtfertig damit umzugehen. Ob die anderen davon wissen?

»Q. Im Ernst. Wir würden nicht den Club einberufen, wenn es nicht wichtig wäre.«

Gesa nimmt einen großen Schluck aus ihrem Glas.

»Ich glaube euch«, sagt Leo, »schließlich habt ihr keinen Grund, euch so was auszudenken. Und noch dazu hat sich Jegor in letzter Zeit verändert. Das sagtest du doch auch, Q. Er ist viel ruhiger als sonst. Er scheint in größeren Schwierigkeiten zu stecken, als ich gedacht habe.«

Gesa nickt.

»Was heißt das, Leo?«, fragt Q. »Weißt du etwas?«

»Alles, was ich weiß, ist, dass es zu Hause wieder etwas schlechter läuft.«

Wir alle schauen zu Leo.

»Nachdem ich Jegors Namen gezogen hatte, ging ich nach der Schule zu seinem Haus, um zu sehen, was bei ihm so los ist. Es war seltsam. Am frühen Nachmittag waren alle Vorhänge zugezogen. Also dachte ich, niemand ist zu Hause oder seine Eltern vielleicht verreist. Doch dann bemerkte ich ein Flackern hinterm Vorhang und lief näher zum Fenster. Da habe ich deutlich einen Fernseher gehört. Also bin ich zur Tür gegangen und habe geklingelt. Erst geschah nichts. Ich wollte gerade gehen, da öffnete sich die Tür. Jegors Mutter stand im Türrahmen. Sie hatte einen Pyjama an und so leere Augen. Sie sah aus … sie sah aus wie damals, Q. Wie damals, als sie nicht mehr arbeiten konnte.«

Q weicht Leos Blick aus, schaut zu Boden. Sein Gesicht ist ausdruckslos.

»Was war denn damals?«, frage ich ihn und flüstere dabei in sein Ohr. Weiß auch nicht, warum ich das tue.

Irritiert schaut er mich an. Dann wieder zu Leo.

»Das kann nicht sein, Leo. Nicht schon wieder. Ich meine … ich kann einfach nicht glauben, dass er mir nicht erzählt hätte, wenn es seiner Mutter wieder schlechter gehen würde. Oder wenn er in Schwierigkeiten steckt. Wir sind doch Kumpels.«

Bockig tritt er mit seinen Füßen gegen den Tisch. Dann nimmt er einen Schluck Bier.

»Was stimmt denn nicht mit seiner Mutter?«, frage ich und alle schauen zu mir.

»Ihr ging es eine Zeit lang sehr schlecht«, sagt Leo. »Sie fühlt sich nicht wohl in Deutschland und will zurück nach Weißrussland, doch Jegors Vater lässt das nicht zu. Er sagt, dass sie es dort niemals so gut haben werden wie hier und dass er sein Land hasst, weil die meisten dort korrupt sind. Er wollte immer eine sichere Zukunft für Jegor und arbeitet hart, um ihm ein gutes Leben in Frankfurt zu bieten.

Irgendwann wurde Jegors Mutter dann zum ersten Mal … traurig. Jegor sagte, sie war so traurig, dass sie jeden Nachmittag, wenn er von der Schule kam, am Küchentisch saß und weinte. Und dann, von einem Tag auf den anderen, hörte sie damit auf. Sie war wie betäubt und schlief nur noch. An manchen Tagen stand sie nicht einmal mehr auf, um sich die Zähne zu putzen. Sie verlor ihre Arbeit und Jegors Vater musste extra Nachtschichten schieben, damit sie die Schule bezahlen konnten.«

»Doch dann wurde es wieder besser«, sagt Q. »Sie ging zu so einem Arzt, oder so was.«

»Psychologen«, korrigiert ihn Leo.

»Ja, dann eben zu einem Psychologen. Zumindest ging sie dann wieder arbeiten und Jegor sprach nie mehr darüber. Aber irgendeinen Scheiß mit 'ner Waffe … so was würde er nie machen. Und warum sollte er auch? Ich frage mich, was er vor uns geheim hält.«

Q wirkt enttäuscht. Er nimmt noch einen großen Schluck Bier. Etwas Schaum bleibt an seiner Nasenspitze zurück.

»Dann finden wir es eben heraus«, sage ich und berühre kurz seine Hand, die immer noch das Bierglas umklammert. Sofort schaut er mich an. Irgendwas blitzt in seinen Augen auf.

»Mir fällt da noch was ein. Ich weiß nicht, ob es wichtig ist«, sagt Leo.

»Was?«

»Seine Mutter sagte noch, dass Jegor nicht zu Hause ist, weil er sich mit Onkel Vlad trifft.«

Qs Augen weiten sich. Er lehnt sich nach vorne. Sein Gesicht ist bestimmt nur noch fünf Zentimeter von Leos entfernt.

»Bist du sicher, dass sie Onkel Vlad gesagt hat?«

Leo hält seinem Blick stand und nickt.

»Scheiße, Leo! Warum hast du das denn nicht gleich gesagt?«

Q schlägt mit der flachen Hand auf den Tisch.

»Onkel Vlad ist ein Spinner und dazu ein Verbrecher. Der dreht ständig krumme Dinger. Jegor hat ihn sogar mal im Knast besucht.«

Leo lacht nervös auf. »Na, da habe ich ja das große Los gezogen.«

Nach Leos Kommentar herrscht peinliche Stille. Ich schaue rüber zu Gesa. Die blickt ins Leere und kaut auf ihrer Unterlippe. Also ergreife ich das Wort.

»Also ist der schmierige Typ in der Fliegerjacke von heute Morgen Onkel Vlad?« Ich schaue wieder zu Gesa.

Sie zuckt mit den Schultern. »Ich habe ihn nie kennengelernt. Kann mir aber gut vorstellen, dass er es ist.«

»Warum fährt Onkel Vlad früh morgens in den Park, um Jegor zu treffen? Warum treffen sie sich nicht bei Jegor zu Hause?«

»Jegors Eltern hassen seinen Onkel. Sie wollen nichts mit ihm zu tun haben. Jeder in der Familie weiß, dass er krumme Geschäfte macht, doch keiner traut sich, zur Polizei zu gehen. Familie und so. Und vor einer Schule, so früh morgens vor Schulbeginn, fühlt er sich vielleicht unbeobachtet.«

Im Augenwinkel sehe ich, wie Gesa jetzt triumphierend in die Runde schaut. Schließlich hat sie die beiden beobachtet und wenn sie die Übergabe nicht bemerkt hätte, ja, wer weiß, was dann geschehen würde.

Auch Q scheint ihren Blick bemerkt zu haben.

»Gute Arbeit, Gesa«, sagt er. Auch Leo nickt ihr anerkennend zu.

»Eins ist sicher: Was auch immer Jegor mit der Waffe vorhat, wir müssen ihm die Sache ausreden.«

Q knallt einen Fünfeuroschein auf den Tisch. Das Signal für die Bedienung.

»Das sehe ich auch so!«, bestätigt Gesa und steht auf. »Mein Vorschlag: Lara, Q, Leo, wir treffen uns morgen früh vor der Schule und warten auf Jegor. Sobald er dort auftaucht, stellen wir ihn zur Rede.«

Bevor ich einwerfen kann, dass es morgen früh bereits zu spät sein kann, da Jegor aus uns nicht bekannten Gründen bereits eine Waffe besorgt hat, nickt Gesa zufrieden über ihre Idee und fügt hinzu: »Und jetzt muss ich erst mal aufs Klo.«

Sie dreht sich Richtung Bar, über der ein Schild mit der Aufschrift *Toilette* und einem Pfeil, der nach rechts zeigt, hängt. Plötzlich weicht ihr das Blut aus dem Gesicht. Lautlos und wie in Zeitlupe lässt sie sich auf den Stuhl zurückfallen.

»Ich dachte, du willst aufs Klo?«, fragt Q und wedelt mit dem Fünfeuroschein. Die Bedienung ignoriert ihn.

»Scheiße, Leute. Dort am Tresen sitzt der andere Kerl«, flüstert Gesa.

»Was?«, raunen wir drei anderen gleichzeitig.

»Der Mann, der im Auto auf Onkel Vlad gewartet hat. Ich bin mir ganz sicher!«

Zwanzig Minuten später folgen wir ihm.

Wir hatten unsere Getränke bezahlt und waren rausgegangen, um draußen auf den Mann zu warten. Das war weniger auffällig, als kurz nach ihm aufzustehen und aus dem Café zu stürmen. Das war Qs Idee. Und er hat recht behalten. Bis jetzt hat sich der Alte nicht einmal umgedreht. Gesa geht voran, ich einen Schritt hinter ihr. Dann Leo und Q.

Wir lassen dem Mann ein paar Meter Vorsprung. Er scheint nichts um sich herum wahrzunehmen. Er schlendert gemütlich über das schwarze Kopfsteinpflaster. Der Abend ist friedlich und der Himmel schwarz. Eine dicke Taube sitzt auf dem Bordstein und starrt auf einen Brotkrümel. Sofort muss ich an den Bahnhof, an Aliya denken. Ich lasse mich zurückfallen, bis ich neben Q bin. Leo schaut uns fragend an und läuft dann vor, zu Gesa.

»Ich war heute bei Aliya«, flüstere ich.

»Und?«

»Ich habe den Drachen gesehen.«

Q bleibt abrupt stehen und blickt mich mit großen Augen an. Er nimmt die Kapuze seiner Jacke ab und fährt sich mit der Hand über die kurzen Haare.

»Lara, was du da …«

»Ich dachte erst, sie macht einen Witz«, unterbreche ich ihn. »Die Geschichte mit dem Drachen. Hast du … hast du etwa mit Aliya gekämpft?«

Q sagt nichts, sondern läuft wieder los. Er zieht an meinem Ärmel, zieht mich mit sich.

»Willst du mir nicht sagen, was passiert ist?«

Er schaut sich um, dann bremst er wieder ab. Er legt seine Hände auf meine Schultern und sieht mich ernst an.

»Nicht jetzt, okay? Ich erzähle es dir, versprochen. Nur einfach nicht jetzt.«

Er nimmt die Arme wieder runter, hinterlässt zwei warme Stellen. Dann geht er an mir vorbei.

Der alte Mann überquert eine Straße und läuft mit gesenktem Kopf auf dem rechten Gehweg weiter.

»Gut, dass er so fett ist, so hängt er uns zumindest nicht ab«, flüstert Gesa und blickt kurz über ihre Schulter, als wolle sie sich vergewissern, dass ihre Gefolgschaft noch komplett ist.

»Sei nicht immer so abwertend, Gesa.«

Leo bremst ab und lässt sich ein paar Schritte zu Q und mir zurückfallen. Auch wir bleiben stehen. Gesa geht einen Schritt auf Leo zu. Mustert ihn. Plötzlich blitzt etwas in ihren Augen auf, als hätte sie erst jetzt bemerkt, dass auch Leo mit ein paar Extrapfunden ausgestattet ist. Sofort schäme ich mich. Schließlich habe ich vorhin auch etwas über Dicke gesagt. Oder gedacht. Reicht zumindest, um mich ertappt zu fühlen.

»Das wollte ich dir schon immer mal sagen«, fährt Leo fort. Seine Stimme klingt ungewohnt hart.

»Solche Kommentare verletzen. Und sie sagen mehr über dich aus als über die, die du damit beleidigst! Und außerdem tue ich mittlerweile etwas gegen meinen Bauch. Einen schlechten Charakter kann man nicht so leicht wegtrainieren!«

Leos Miene hellt sich kurz auf, als wäre er selbst überrascht über das, was er gerade gesagt hat.

Gesas Augen verengen sich zu Schlitzen. Langsam nähert sie sich Leo, der tapfer ihrem Blick standhält. Sie hebt ihren Arm und für einen Moment sieht es so aus, als ob sie Leo eine scheuert.

»Das ist lächerlich, Leo. Nur weil der da«, Gesa deutet mit dem Arm auf Q, »seit ein paar Tagen mit dir joggen geht …«

»Leute!«, ruft Q. »Regt euch mal ab! Wir haben Wichtigeres zu tun!«

Erleichtert atme ich auf. Nicht, dass Q immer die richtigen Worte findet, aber gerade bin ich froh, dass er die angespannte Situation aufgelöst hat.

»Der Typ ist abgebogen. Jetzt kommt schon, sonst verlieren wir ihn!«

Gesa schnalzt mit der Zunge, wendet sich ab und zieht an meinem Arm.

»Komm mit«, sagt sie zu mir und folgt Q, der längst an der nächsten Kreuzung auf uns wartet.

Ich schaue noch einmal zu Leo. Der hebt die Hände in die Luft und lässt sie wieder runterfallen. Sie klatschen auf den Stoff seines Trenchcoats, und alles, was man von ihm hört, ist dieses dumpfe Geräusch.

»Ja, ganz toll! Das hat ja fantastisch geklappt. Den finden wir nie wieder.«

Wir stehen an der Kreuzung. Onkel Vlads Kompagnon ist wie vom Erdboden verschluckt. Wütend kickt Q einen Stein über die Straße. Ein Kleinwagen nähert sich und hupt.

Das dröhnende Geräusch hallt durch die ansonsten leere Straße. Q hebt die Hand und zeigt dem Fahrer den Mittelfinger. Kurz leuchten die Bremslichter des Wagens auf. Mein Herz beginnt zu pochen und alle halten die Luft an. Dann passiert … gar nichts. Die Bremslichter erlöschen, das Auto beschleunigt und fährt davon.

»Dem hätte ich es gezeigt«, verkündet Q trotzig und ich muss lachen.

Ich sage: »Du bist ganz schön frech.« Als Antwort pikt er mich mit dem Zeigefinger in die Hüfte. Theatralisch springe ich zur Seite.

»Lass das!«, kichere ich etwas zu laut. Gesa wirft mir einen schrägen Blick zu, dann meldet sich Leo zu Wort.

»Hey, seht mal.«

Er deutet auf einen erleuchteten Hauseingang, ungefähr 150 Meter von uns entfernt.

»Meint ihr, er hat es in der kurzen Zeit dort reingeschafft?«

»Lass es uns überprüfen, Sherlock Holmes«, sagt Q und läuft los. Ohne sich umzuschauen, folgt Leo ihm den Bürgersteig entlang.

Vorsichtig drehe ich mich zu Gesa um. Seit dem Streit mit Leo hat sie kein Wort mehr gesprochen. Ich will etwas zu ihr sagen und suche nach den richtigen Worten, doch sie wollen mir einfach nicht einfallen. Ohne auf meine Bemühungen zu achten, stampft Gesa an mir vorbei und lässt mich stehen.

EIN GESTÄNDNIS

Wir stehen vor einem alten, grauen Wohnhaus. Über uns leuchtet die Hausnummer 16. Sechs Namen stehen auf den Klingelschildern.

W. Vollmer
K. M. El Ghouani
H. Schmidt
H. Heinrich
S. u. F. Milanovic
M. Mayer-Hugendorff

»Was machen wir jetzt? Einfach bei allen Bewohnern klingeln und warten, bis uns jemand öffnet?«, fragt Q.

»Und dann? Fragen, wo der dicke alte Mann wohnt und was er mit Onkel Vlad zu tun hat?«, mischt sich Gesa ein. Sie ist wieder ganz die Alte. Bei dem Wort *dick* schaut sie provozierend zu Leo, der sie gekonnt ignoriert.

»Hast du eine bessere Idee?« Q spuckt ihr die Worte fast ins Gesicht und sie weicht zurück.

Leo berührt Q an der Schulter.

»Lass gut sei, Q. Wir sind alle gerade angespannt und wissen nicht, was wir sagen.«

Während Leo auf Qs Schulter klopft, schaut er Gesa an, die offensichtlich so tut, als würde sie die Anspielung nicht verstehen. Demonstrativ blickt sie in das Licht einer Straßenlaterne.

»Wartet mal!«, rufe ich und deute auf die Klingelschilder. »Der Typ heißt Henri! So hatte ihn die Kellnerin begrüßt, als er die Kneipe betreten hat.«

»Café!«, korrigiert mich Gesa.

»Das heißt, wir können, bis auf zwei, alle anderen Hausbewohner ausschließen«, fahre ich fort, ohne auf ihren Kommentar einzugehen.

»Nicht schlecht kombiniert. Wie bist du da bloß draufgekommen«, stichelt Q und zieht eine Augenbraue hoch.

»Sehr witzig«, antworte ich und merke, dass ich rot werde. Zum Glück ist es dunkel.

Apropos. Wie spät ist es überhaupt? Ich ziehe mein Handy aus der Tasche und schalte das Display an.

»Verdammt!«, platzt es aus mir heraus.

»Was ist?«, fragt Leo.

»Ich muss in dreißig Minuten zu Hause sein, sonst bekomme ich Stress.«

Plötzlich wird es hell um uns herum und ich brauche ein paar Sekunden, um zu verstehen, dass jemand von innen das Licht im Treppenhaus angeschaltet hat.

»Achtung! Da kommt jemand«, höre ich Leo noch zischen, da spüre ich, wie Q mich zur Seite hinter die Hausecke zieht. Für einen kurzen Moment ist sein Gesicht nah an meinem und ich kann ihn atmen hören.

Die Tür öffnet sich und jemand tritt nach draußen. Ich kann nicht sehen, wer das Haus verlassen hat, nur einen langen schmalen Schatten, der sich auf dem Kopfsteinpflaster abzeichnet. Lang und schmal? Das kann nicht Henri sein, denke ich und höre Gesas Stimme, die ungewohnt grell klingt: »Was zum Teufel machst *du* denn hier?«

Q und ich treten aus unserem Versteck. Unter der beleuchteten Hausnummer 16 stehen Gesa, Leo und … Jegor.

»Jegor?«, platzt es aus Q und mir heraus.

Für einen kurzen Moment starrt uns Jegor einfach nur an. Niemand sagt ein Wort.

Dann bricht Jegor das Schweigen. »Was macht ihr hier?«

»Was *wir* hier machen? Die Frage ist doch, was machst *du* hier? Und warum kommst du aus dem Wohnhaus von diesem Henri? Und was drehst du für Dinger mit ihm und Onkel Vlad?« Gesa geht einen Schritt auf Jegor zu, der irritiert zurückzuckt und verdutzt in die Runde blickt.

»Woher kennt ihr Henri?«

Gesa lässt nicht locker und redet weiter auf ihn ein.

»Jetzt spiel hier nicht den Dummen, Jegor. Lara und ich haben dich heute Morgen gesehen! Dein Onkel hat dir eine Waffe übergeben!«

Bei dem Wort *Waffe* verzieht sie das Gesicht, als wäre ihr jemand auf den Fuß getreten. Jegor schaut mich an, als würde er Gesa nicht richtig verstehen und als müsste ich übersetzen. Kurz ist es mir unangenehm, dass sie meinen Namen erwähnt hat. Auch Gesa schaut zu mir rüber. Schnell nicke ich, um ihre Aussage zu bekräftigen.

»Ihr habt mich beobachtet?«, fragt er nur.

Jetzt mischt Q sich ein. Er tritt aus dem Schatten des

Hauses in den Lichtkegel der Straßenlaterne. Jegors Augen weiten sich, er scheint ihn tatsächlich erst jetzt bemerkt zu haben.

Q spricht laut und klar: »Ich glaube, du bist uns eine Erklärung schuldig.«

Jegor zuckt zusammen, als wäre er soeben geschlagen worden.

Ein Räuspern. Dann schaut er verzweifelt nach links und rechts, als würde er auf jemanden warten, der ihn aus dieser Situation herausholt. Gerade als die Stille erneut beginnt, unangenehm zu werden, spricht Jegor es endlich aus: »Ich werde gemobbt.«

Er sagt das so unschuldig, fast entschuldigend, wie ein Geständnis. Mit seiner Aussage verändert sich seine Körperhaltung. Jede verbliebene Spannung weicht aus ihm, als hätte man ein Ventil geöffnet, aus dem nun alle Luft strömt. Sein Rücken wird rund und krumm, seine Arme hängen leblos nach unten.

»Das ist doch Bullshit«, sagt Q und macht einen weiteren Schritt auf Jegor zu. »Du wirst doch nicht gemobbt, ich meine … wie? Und von wem?«

Jegor atmet lautstark ein und aus. Er schüttelt den Kopf.

»Nicht in unserer Schule. Von Jungs aus meiner alten Schule.«

Er lässt sich auf den Rand des Bordsteins sinken. Im unnatürlich grellen Licht der Straßenbeleuchtung wirkt er wie ein leuchtendes, übergroßes Glühwürmchen.

»Ich war vorher auf einem städtischen Gymnasium, wisst ihr doch«, er schaut Gesa, Q und Leonard an. Die drei nicken. Ich komme mir fehl am Platz vor, bemerke das unsichtbare Band, das diese Drei verbindet. Egal wie tief ich drinstecke, ich bin nun mal erst seit Kurzem im Club. Ich spüre einen Kloß im Hals und muss schlucken. Dann blickt Jegor plötzlich zu mir. Seine hellen Augen fixieren mich, er hebt das Kinn und lächelt.

Ich beschließe, auf die gleiche wortlose Art zu antworten, und setze mich neben Jegor auf die Bordsteinkante.

Q, Leo und Gesa schauen sich an, grinsen ihr gewohntes Grinsen und lassen sich mit einem Seufzer neben uns sinken.

»Ich verstehe das nicht, Jegor. Warum weiß ich nichts davon?«, fragt Gesa und stupst ihn sanft mit der Schulter an. Ihre Stimme klingt ungewohnt zärtlich. Bisher habe ich sie nur einmal so sprechen hören, und das war mit ihrer Mutter.

Ohne darauf einzugehen, erzählt Jegor seine Geschichte.

JEGORS GESCHICHTE

Vor vier Jahren sind wir aus Brest nach Deutschland gezogen. Ich bin auf ein städtisches Gymnasium gekommen. Ich war ein guter Schüler, wisst ihr. Mein Deutsch war gut, ich hatte es bereits in Belarus in der Schule gelernt. Trotzdem habe ich mich nicht getraut, ein Wort zu sagen, weil mein Akzent so stark war.

Ich erinnere mich noch genau an meinen ersten Schultag. Alle dreißig Kinder haben mich angestarrt. Es gab nur noch einen freien Platz neben einem braun gebrannten Jungen mit strubbeligen Haaren. Der Junge hieß Benjamin. Er war ein ruhiger Kerl und auch neu in der Klasse. Benjamin und ich wurden Kumpels, einfach so, wir waren eben die beiden Neuen. Manchmal sind wir nach der Schule in einen JugendClub am Ende der Straße gegangen. Dann, eines Nachmittags, haben wir dort die Jungs getroffen.«

»Was für Jungs?«, fragt Gesa.

»Timo, Can und Alexander. Die gingen auch auf unsere Schule und waren dort ziemlich angesehen. Sie bildeten eine Art Gang. Niemals sind sie allein über den Schulhof gelaufen. Niemand, wirklich niemand, wollte es sich mit ihnen verscherzen. Haben sie dich angesprochen, warst du auserkoren, mit ihnen im Park abzuhängen. Haben sie über dich gelacht, wurdest du zur offenen Zielscheibe der gesamten Schule.«

Gesa schnauft. »Und so was hat dir imponiert?«

Jegor zuckt mit den Schultern. »Sie haben uns gefragt, ob wir mit ihnen im Grüneburgpark rumhängen. Und wir waren stolz drauf. Sie haben die zwei Neuen gefragt! Tage vorher haben wir uns Geschichten überlegt, die wir erzählen konnten, nur um Eindruck zu machen.«

Jegor beginnt zu lachen.

»Wir wollten einfach dazugehören.«

Leo setzt sein verständnisvolles Gesicht auf. »Das ist doch normal. Du kanntest außer Benjamin kaum jemanden!«

»Weißt du, Leo. Zu Beginn hat es uns nicht mal gestört, dass die Gang andere Kinder beim Vorbeigehen beschimpft hat. Manchmal haben sie auch gegen Erwachsene gepöbelt, einfach, weil sie Lust dazu hatten. Das war nicht okay und trotzdem sind wir dabeigestanden. Doch irgendwann ist es mir von Treffen zu Treffen unangenehmer geworden. Aber was habe ich getan? Ich habe nichts gesagt. Ich Feigling hatte Angst, selbst Opfer ihrer Attacken zu werden. Das Gefühl, mit Timo, Can und Alexander über den Schulhof zu laufen, war zu gut. Alle hatten Respekt vor uns.«

»Das ist doch kein Respekt.« Qs Stimme kling plötzlich noch tiefer als sonst. »Ihr hattet Schiss, das ist alles. Trotzdem kann ich dich verstehen, Bruder.«

Jegor nickt und schaut auf seine Füße.

»Hast du deine alten Freunde aus Brest sehr vermisst?«, frage ich. Er schaut mich an und zuckt mit den Schultern.

»In den ersten Monaten habe ich ihnen noch wöchentlich E-Mails geschrieben. Doch schon bald ist es so … anstrengend geworden. Ihre Antworten wurden kürzer und ich habe das Schreiben irgendwann einfach bleiben lassen. In Frankfurt lief alles gut, weißt du. Ich war irgendwie glücklich. Doch der Teufel hat nicht lange auf sich warten lassen, er hatte nur Anlauf genommen.«

»Was soll das denn bedeuten?«, wirft Gesa ein.

»Alles hat begonnen, sich zu verändern, als meine Mutter zurückwollte. Sie vermisste Brest mehr als alles andere. Sie wollte zurück zu ihrer Familie, ihrer Arbeit, ihren Freundinnen. Sie hat meinen Vater angefleht. Sie haben nächtelang diskutiert. Doch mein Vater ist hart geblieben. Er wollte bleiben und er bekommt immer das, was er will. Irgendwann hat meine Mutter nachgegeben. Dann hat sie begonnen, sich zu verändern. Meistens lag sie schon schlafend auf der Couch, wenn ich aus der Schule kam. Sie wurde so müde. Und stumm.«

»Und was ist dann passiert?«, fragt Leo, als Jegor eine längere Pause einlegt. Der atmet schwer und schaut mit leerem Blick auf die Straße.

»Benjamin ist umgezogen. Und damit war mein einzig wahrer Freund weg.«

»Und was war mit der Gang, mit der ihr immer im Park gewesen seid?«

»Als Benjamin die Schule gewechselt hat, habe ich meinen letzten Halt verloren. Es war, als hätte mich alle Kraft verlassen, die Traurigkeit meiner Mutter auszuhalten. Immer wieder hat sie gesagt, dass sie zurück nach Brest will, dann hat sie geweint oder mit leeren Augen stundenlang gegen eine Wand geschaut. Dann auch noch das Schweigen meines Vaters. Das war einfach …«

Jegors Stimme bricht und Gesa legt ihm eine Hand auf die Schulter. Ermutigt durch diese Geste spricht er weiter.

»Wisst ihr, während dieser Zeit bin ich ruhiger, unsicherer geworden. Ohne meinen besten Freund habe ich mich unwohl gefühlt. Irgendwann haben sie es bemerkt. Timo zuerst. Er war schon immer der Bösartigste von ihnen und hat jede Schwäche wie ein wütender Hund gewittert. Dann hat Timo begonnen, Scherze zu machen. Erst waren sie harmlos. Er nannte mich Kohlkopf oder Albino. Manchmal hat er Witze über meine Herkunft gemacht. Manchmal hat er meinen Akzent nachgeäfft. Das war mir alles egal. Ich habe ihn ignoriert. Doch dann haben andere begonnen, darüber zu lachen. Sie haben ihm auf die Schulter geklopft, ihn bestätigt, ihn angefeuert. Also fing ich an, mich zu wehren. Ich versuchte, zu kontern, machte genauso Witze über ihn. Ich war der Meinung, wenn ich auf seine Augenhöhe zurückkehre, wenn die anderen auch über ihn lachen, bekomme ich meine alte Stellung zurück. Doch es hat nicht funktioniert. Nichts hat funktioniert. Er wurde immer stärker. Auch Can und Alex haben gelacht, wenn Timo mich beleidigt hat. Und irgendwann haben sie mir auf dem Schulweg aufgelauert. Haben Videos von mir gemacht, sie online gestellt.«

Jegor schüttelt den Kopf, als könne er es selbst nicht glauben.

»Warum hast du dir keine Hilfe geholt? Einen Lehrer eingeweiht oder so was?«

Jegor steht auf. Er zappelt unruhig mit seinen Füßen, geht ein paar Schritte nach links und rechts.

Es nervt mich, es macht mich nervös, aber ich sage nichts.

Er lacht auf.

»Lehrer! Ha! Ich habe einmal mit meinem Klassenlehrer gesprochen. Habe ihm erzählt, dass die drei mich beleidigen, mir sogar vor der Schule auflauern. Der Lehrer hat gesagt, er redet mit ihnen. Und was ist dann passiert? Es wurde schlimmer! Ich habe bereits geahnt, als ich an diesem Nachmittag nach Hause gegangen bin, dass es ein Fehler gewesen ist.«

»Was soll das heißen? Was ist passiert?«

»Am nächsten Morgen bin ich aus dem Bus ausgestiegen und zu Boden gefallen. Es ist alles so schnell gegangen, ich habe nicht verstanden, was los ist. Nach ein paar Sekunden habe ich kapiert, dass ich nicht gestolpert war, sondern mir jemand ein Bein gestellt hatte. Etwas tropfte auf meine Wange …«

Kurz lacht Jegor auf, als hätte er eben einen schlechten Witz erzählt. »Ich habe wirklich gedacht, es wäre Regen. Ein Regentropfen auf meiner Wange. Könnt ihr das glauben?«

Betrübt schauen wir ihn an.

»Ich bin auf dem Asphalt gelegen mit Timos Rotze im Gesicht. Ich bin einfach dagelegen und habe in seine eiskalten Augen geschaut, in sein dämliches, überhebliches Grinsen. Dahinter standen Can und Alex. Sie haben nur zu Boden geblickt.«

Jegor vergräbt sein Gesicht in seinen Händen. Für einen Augenblick glaube ich, dass er weint. Doch er fängt sich sofort wieder und blickt zu Q.

»Weißt du, was das Schlimmste war? Als mir klar geworden ist, dass ich einmal genauso feige gewesen bin. Auch ich habe nie ein Wort gesagt, niemanden geschützt, wenn sie andere gemobbt haben. Ich habe genauso stumm zu Boden geblickt wie Can und Alex. Ich hasse mich dafür.«

Er macht eine Pause und setzt sich wieder auf die Bordsteinkante.

»Seit dem Vorfall mit Timo habe ich keinen Fuß mehr in meine alte Schule gesetzt. Morgens bin ich wie gewöhnlich aufgestanden, habe mich von meiner stummen Mutter verabschiedet und bin ziellos durch Frankfurt gelaufen. Ich hab nur Wege genommen, bei denen ich mir sicher war, dass sie weit genug entfernt von der Schule und meiner Familie waren.«

Gesa streichelt über seinen Rücken. Jegor sieht sie lange an.

»Doch der Teufel hat nicht lange auf sich warten lassen«, sagt er wieder, und ich frage mich, ob es diese Redewendung tatsächlich gibt oder ob er sie sich ausgedacht hat.

»Eines Morgens bin ich von meinem Lehrer beim Schuleschwänzen erwischt worden. Er ist zufällig auf dem Fahrrad an mir vorbeigefahren und hat mich angesehen. Er wusste Bescheid. Ich hatte gehofft, dass sie mich von der Schule schmeißen würden. Doch der Schulleiter beließ es bei einer Missbilligung und einer betonten letzten Chance. Dazu kam ein Elternbrief, der es in sich hatte.

Mein Vater hat mir eine Ohrfeige verpasst und meine Mutter hat nur noch mehr geweint. Nach zwölf unentschuldigten Fehltagen habe ich wieder den Schulhof betreten. Noch am selben Tag bin ich von Timo auf der Toilette verprügelt worden. Ich habe zurückgeschlagen. Mit blutiger Nase ist Timo dann in das Büro des Schulleiters gelaufen und hat mich beschuldigt, ihn ohne Grund angegriffen zu haben. Ich wurde nicht einmal mehr angehört und bin von der Schule geflogen. Keine städtische Schule hat mich mehr aufgenommen. Meinen Eltern ist nichts anderes übrig geblieben, als noch mehr zu arbeiten, um Geld für eine Privatschule zusammenzubekommen. Glücklicherweise hat der Schulverweis meiner Mutter die nötige Energie gegeben, um sich wieder aufzuraffen. Mein Vater legte Nachtschichten ein und so kam es, dass ich bei euch im *Club der wütenden Fünf* gelandet bin. Dann ist meine Mutter zusammengebrochen. Aber das habt ihr ja damals mitbekommen.«

Jegor atmet tief ein und erschlafft wie ein leerer Luftballon. Seine dünnen Arme hängen kraftlos herunter.

Gesas Stimme dringt durch die leere Straße: »Aber du hast noch nie jemanden ohne Grund verletzt. Du würdest auch nie jemanden einfach so angreifen. Das hast du auch nicht vor, oder?«

Keiner sagt ein Wort, also spreche ich aus, was sowieso alle denken.

»Hast du dir deswegen die Waffe besorgt?«

Anstatt darauf einzugehen, zuckt er nur mit den Schultern.

»Sie bedrohen mich noch immer. Sie wissen, in welcher Straße ich wohne, und manchmal, wenn ich von der Schule komme, stehen sie an der Ecke und lauern mir auf. Meistens höre ich sie schon von Weitem und nehme die Parallelstraße. Aber es ist nur eine Frage der Zeit, bis sie das bemerken.«

»Warum genau hast du dir die Waffe besorgt?«, fragt Leo.

»Vielleicht, um ihnen ein bisschen Angst zu machen. Ich

weiß, wo Timo rumhängt. Fast jeden Tag trifft er sich mit den Jungs im Grüneburgpark«, antwortet Jegor und steht auf.

»Ich verstehe das nicht! Haben die nichts Besseres zu tun?«, sagt Gesa.

Auch sie ist mittlerweile aufgestanden und stolziert auf und ab. Die Absätze ihrer Stiefel klackern so laut auf dem Asphalt, dass ich Sorge habe, jeden Moment einen wütenden Hausbewohner im Fenster zu sehen. Doch um uns bleibt es still.

Q bewegt sich im Lichtkegel der Straßenlaterne. Sein Schatten zieht sich wie Kaugummi über Jegors Gesicht.

»Wenn das so ist, dann helfen wir dir«, sagt er und stopft seine Hände in die Taschen seiner übergroßen Jacke, als wäre es bereits beschlossene Sache.

Gesa nickt und auch Leo wirkt entschlossen. Selbstbewusst stellt er sich vor Jegor und beschwört ihn mit fester Stimme: »So was hat niemand verdient, und erst recht nicht du, Jegor! Wir müssen diesen fiesen Typen endlich zeigen, was es bedeutet, sich mit einem der wütenden Fünf anzulegen.«

Gesa unterstreicht Leos Aussage mit einem weiteren Nicken, dann sieht sie mich erwartungsvoll an.

Ich muss grinsen, weil alle so schrecklich erwachsen wirken. Fest entschlossen, Jegor zu helfen. Fest entschlossen, diese gemeinen Vollidioten endgültig aus seinem Leben zu vertreiben.

Also stehe ich auf, klopfe mir unsichtbaren Staub von der Jeans und frage: »Wie lautet der Plan?«

Leo stellt sich aufrecht hin und steckt die Hände in die

Jackentasche. Er schaut uns nacheinander an. »Wir treten als Gruppe auf. Wir Fünf zusammen. Denkt daran, was Rolf gesagt hat. Fünf Finger an einer Hand. Wir sind ein Team.«

»Das hat Rolf gesagt?«, fragt Jegor.

Leo nickt.

»Nehmen wir die Waffe mit?«, fragt Gesa.

»Was? Nein!« Erschrocken über den schrillen Unterton in meiner Stimme, lege ich eine Hand auf meinen Mund. Ich räuspere mich. »Ich meine, ich würde sie an deiner Stelle nicht mitnehmen, Jegor. Was ist, wenn etwas passiert? Wenn sich ein Schuss löst oder so was?«

»Das kann nicht passieren. Onkel Vlad hat mir gezeigt, wie man sie verriegelt.«

Q macht einen großen Schritt auf mich zu und stellt sich neben mich.

»Ich bin ganz Laras Meinung. Die Waffe macht nur Ärger.«

Gesa schaut zu uns rüber und grinst. Keine Ahnung, was die jetzt schon wieder hat.

Leo sagt: »Am besten, du bringst sie gleich zu Onkel Vlad zurück. Er ist doch bestimmt oben, bei diesem Henri.«

Jegor schüttelt den Kopf. »Onkel Vlad schläft schon.«

Augenblicklich wird er so rot wie ein gekochter Hummer. Selbst die Dunkelheit kann ihm da nicht helfen.

Leo runzelt die Stirn. Ich glaube, niemand nimmt ihm das so richtig ab. Im Schein der Straßenlaterne sieht Jegor so zerknittert aus, als wäre er in der letzten Stunde um Jahre gealtert.

»Ich gebe sie ihm nicht zurück, solange er bei Henri zu

Hause ist. Der hat damit nichts zu tun, der macht nicht so Geschäfte wie mein Onkel.«

»Lüg uns nicht an, Jegor!« Gesa stemmt die Hände in die Hüften. »Er hat vor dem Park auf deinen Onkel gewartet, als der dir dieses merkwürdige kleine Päckchen überreicht hatte. Ich habe es mit eigenen Augen gesehen!«

Jegor stöhnt auf und vergräbt sein Gesicht in den Händen.

»Nein«, murmelt er, »Henri fährt ihn immer nur zur Arbeit. Mein Onkel ist aus seiner Wohnung geflogen und für ein paar Wochen bei ihm untergekommen. Wahrscheinlich hat er ihn gebeten, kurz vor dem Park bei der Schule zu halten.«

»Was war denn in dem anderen Päckchen? Sag nicht, dass auch noch Drogen im Spiel sind, Jegor!«

»Was denn noch für ein anderes Päckchen?« Q wirft genervt die Arme in die Luft, doch niemand antwortet ihm.

Gesa macht zwei laute Schritte auf Jegor zu. Ihre Absätze kratzen über den rauen Asphalt.

Jegor sagt nichts, sondern fährt sich mit den Händen über die weißen Haare, verschränkt sie hinter dem Kopf und atmet lautstark aus.

»Jetzt sag schon!« Gesa macht einen weiteren Schritt auf ihn zu. Sie ist ihm mittlerweile so nah, fast berühren sich ihre Nasenspitzen.

»Es ist ein Geschenk.«

»Ein Geschenk?«, fragt sie ungläubig.

Jegor nickt.

»Ich wollte es dir geben, wenn alles vorbei ist. Wenn ich das mit Timo geklärt habe.«

Gesas Augen weiten sich. Ihre Lippen zucken, sie dreht

sich um und sucht meinen Blick. Ich nicke ihr ermutigend zu.

»Ein Geschenk? Für mich?«

»Komm«, sagt Q und zieht Leo und mich weiter. »Wir lassen die beiden für einen Moment allein.«

»Warte«, sagt Leo und wendet sich an Jegor. »Du gibst gleich morgen die Waffe deinem Onkel zurück. Er soll sie von mir aus irgendwo verstecken, sodass Henri es nicht mitbekommt. Du bringst das Teil jedenfalls nicht mit in die Schule, verstanden?«

Jegor schaut zu Boden, atmet lautstark ein und aus. Dann blickt er Leo an und nickt.

BLINDER MIT KRÜCKSTOCK

Ich sitze neben Gesa in der U-Bahn und schiele zu ihr rüber. Gedankenverloren schaut sie aus dem Fenster. Seit sie sich von Jegor verabschiedet hat, sind ihre Wangen rosa. Ununterbrochen fährt sie über eine Stelle an ihrem linken Ringfinger. Sie dreht an einem schmalen, silbernen Ring. Schiebt ihn hoch bis zum Fingergelenk, dann drückt sie ihn wieder runter. Hält ihn fest umschlossen.

Ich blicke auf mein Smartphone.

Es ist 22.43 Uhr. Dreimal hat Julia bereits angerufen. Ich habe eine Betriebsstörung der öffentlichen Verkehrsmittel erlogen, in der Hoffnung, dass sie nicht überprüfen wird, ob das stimmt.

Das wird mir sicher keine Pluspunkte auf ihrem Sympathiekonto einbringen. Ich kann nur hoffen, dass sie das gegenüber Tina nicht erwähnt.

Wie Jegor sich wohl gerade fühlt? Jetzt, wo es raus ist.

»Und ich dachte schon, meiner Mutter geht's scheiße«, durchbricht Gesas Stimme meine Gedanken. »Ich fasse es nicht, dass Jegors Mutter schon wieder eine Depression hat. Ich dachte, sie hätte das überstanden. Wahrscheinlich werden die sie noch in eine Klinik einweisen oder so was. Wie soll die Familie denn dann die Schulgebühren bezahlen? Fuck!«

Sie kaut auf ihrer Lippe herum.

»Falls du es nicht schon getan hast, solltest du ihm klarmachen, dass du ihn liebst«, lasse ich mir nicht nehmen zu sagen.

Gesa stöhnt auf und schüttelt den Kopf.

»Er soll bloß nicht denken, dass ich bestechlich bin. Schließlich ist er mir wochenlang aus dem Weg gegangen. Ich brauche erst mal Zeit, um das alles zu verdauen. Ring hin oder her. Aber, er sieht toll aus, oder?«

Zum dritten Mal in den vergangenen zehn Minuten hält Gesa mir den Ring unter die Nase. Ich muss lachen und nicke. Er sieht wirklich toll aus.

»Und was ist mit dir und Q?«, fragt sie.

Erschrocken zucke ich zusammen.

»Was soll denn zwischen Q und mir sein?«

»Denkst du wirklich, das merkt keiner? Das sieht ein Blinder mit Krückstock, dass ihr aufeinander steht.«

»Ich stehe nicht auf Q!«, rufe ich empört und weil es eindeutig zu empört klingt, füge ich hastig hinzu: »Also, er ist nett und auch echt interessant und ich … ähm … hat er denn was gesagt?«

Gesa bricht in ihr lautes Gesa-Lachen aus.

Manchmal ist sie wirklich fies.

»Wusste ich es doch!« Triumphierend reibt sie sich die Hände. »Aber irgendwie ist es auch schade. Der Typ vom Basketball-Platz ist auch ganz niedlich, und der steht auf jeden Fall auf dich, Lara.«

»Sein Name ist Dean.«

Amüsiert schaut Gesa mich an. Ich weiß nicht, was mir unangenehmer ist. Dass sie denkt, dass ich in Q verknallt bin, oder dass ich mich ertappt fühle.

Stehe ich etwa wirklich auf Q? Der Q, der mir in unserem ersten Gespräch erzählt hat, dass er mit einem Drachen gekämpft hat? Der Q, der zu große Jacken trägt und zweimal sitzen geblieben ist?

Eins ist klar, ich muss schnellstmöglich das Thema wechseln.

»Ich finde es schlimm, was Jegor passiert ist. Und dass sie ihm immer noch auflauern. Kein Wunder, dass er sie endgültig loswerden möchte.«

»Du redest ja wie eine eiskalte Killerin. Von Loswerden war nie die Rede, er wollte ihnen nur Angst machen.«

Ich zucke mit den Schultern und schaue aus dem Fenster in die schwarze Nacht.

Gesa stupst mich an.

»Wie läuft's eigentlich bei dir zu Hause? Bei deiner Pflegefamilie? Sind die wirklich so nervig?«

»Etwas schon«, sage ich erst, aber dann: »Ach, eigentlich sind die ganz in Ordnung.«

»Warst du sehr traurig?«

Ich blicke sie fragend an.

»Wie meinst du das?«

»Na ja, du hast ja, ähm … niemanden mehr.«

»Wow. Das hast du drauf, Gesa. Das mit dem Finger in die Wunde und so.«

Gesa wedelt mit den Händen.

»Tut mir leid. Tut mir wirklich leid! Ich bin einfach nicht

gut in so was. Es ist nur so, dass ich glaube, ich kann dich irgendwie verstehen. Weißt du, alle, die ich in der Schule kennengelernt habe, alle, die neu in den Club gekommen sind, die hatten immer ihre Probleme, aber alle noch ihre Familien.«

»Du hast ja recht. Wahrscheinlich sollte ich traurig sein.«

»Bist du das etwa nicht?«

Ungläubig schaut sie mich an.

»Doch, schon. Aber etwas ist komisch. Seitdem meine Oma nicht mehr lebt, habe ich noch nie so richtig geweint.«

»Du bist seltsam, Lara.«

»Was soll das heißen?«

»Na, dass du nicht weinst, das ist seltsam. Ich meine, deine komplette Familie ist tot.«

Gesa senkt ihre Stimme und räuspert sich.

»Sorry.«

Ich winke ab, das Thema nervt. Ich will lieber über Jegor reden oder über das Wetter, nur nicht über mein Leben.

Demonstrativ schaue ich auf mein Handy, doch Gesa lässt nicht locker.

»Da muss man doch mal weinen. Ich denke, das ist nicht normal.«

Dafür ritze ich mir nicht die Arme auf, will ich sagen, aber behalte es für mich, weil ich spüre, dass sie recht hat. Außerdem habe ich keine Lust auf Streit.

»Manchmal habe ich so einen Kloß im Hals«, sage ich stattdessen.

Als sie mich nur anschaut, aber nichts erwidert, erkläre ich: »Er steckt hier.«

Ich deute auf meine Kehle.

»Er fühlt sich hart und kalt an. Er sitzt einfach dort fest, unbeweglich. Manchmal vergesse ich ihn und dann macht er sich wieder bemerkbar, als würde er mich erinnern wollen, dass er immer da ist, sich nur manchmal versteckt.«

»Du solltest weinen, Lara. Sonst holt dich der Schmerz irgendwann ein.«

Gesa greift nach ihrer Tasche.

»Weinst du denn, Gesa? Oder wie lässt du deine Gefühle raus?«

Ich schaue runter auf ihren Arm.

»Das ist meine Station«, weicht sie der Frage aus.

Mit einem Ruck schließt Gesa ihre Jacke. Sie steht auf und trampelt zur Tür. Mein Blick streift noch einmal ihre Stiefel, die viel zu erwachsen für sie sind.

»Bis morgen«, haucht sie, »und denk dran, nach der Schule fahren wir in den Grüneburgpark und statten den drei Jungs mal einen Besuch ab.«

FETTFLECKEN

Langsam öffne ich die Wohnungstür. Die grelle Treppenhausbeleuchtung wirft einen schmalen Lichtkegel auf den Laminatboden. Lautlos husche ich hinein und schließe die Tür hinter mir. Ich streife meine Schuhe von den Füßen und lausche.

Nichts.

Erleichtert hänge ich meine Jacke an die Garderobe. Erst jetzt fällt mir auf, dass ein Fach im Schuhregal mit meinem Namen beschriftet ist. Als Erstes steht da Ludwig, ein Fach weiter: Lara.

Ich blicke auf meine Schuhe, die einsam vor der Garderobe stehen. Ich strecke meinen Arm nach dem Fach aus, dann höre ich sie.

Erst ein Räuspern, dann meinen Namen.

Ich lasse meine Schuhe im Flur zurück und betrete die Küche.

Julia und Jörg sitzen am Küchentisch. Noch immer tragen sie ihre Bürokleidung. Jörg ein gestreiftes Hemd, nur die obersten Knöpfe geöffnet. Julia ein enges, knielanges Kleid. Ihre hautfarbene Strumpfhose schimmert im gedimmten

Licht. Es riecht nach Knoblauch und ich merke, wie sich mein Magen zusammenzieht.

Julias Blick ist zu Boden gerichtet, ihre Stirn liegt in Falten. Sie sehen wie tiefe, dunkle Furchen aus, das schummrige Licht schmeichelt ihr nicht.

Jörg schaut mich an. Ernst.

Instinktiv gucke ich weg, aus dem Fenster, auf die gegenüberliegenden Häuser. In kaum einem brennt noch Licht. Dann fällt mein Blick auf den Herd, der von angetrockneten Fettflecken übersät ist. Ich stelle mir vor, wie sie zu dritt zu Abend gegessen haben. Wie Ludwig gelacht und von seinem Tag erzählt hat. Ob sie über mich geredet haben? Mir etwas übrig gelassen haben?

Dann schaue ich auf die Uhr.

23.30 Uhr.

»Es tut mir leid.«

Im Augenwinkel sehe ich, wie Jörgs Hand auf den freien Platz neben sich klopft. Er rutscht mit seinem Stuhl ein kleines Stück zur Seite.

Zögerlich lasse ich mich neben ihn fallen.

Noch immer drückt etwas meinen Kopf nach unten, eine unsichtbare Last in meinem Nacken, die mich nicht hochsehen lässt.

Von meinem Platz aus beobachte ich Julias Füße, die Nägel rot lackiert, eingeschnürt im engen Nylon.

»Wir hatten eine klare Vereinbarung«, sagt Jörg und geht nicht auf meine Entschuldigung ein.

Das wäre auch zu einfach gewesen.

»Ich weiß.«

Etwas in mir will sich rechtfertigen. Erzählen, dass wir

einem Freund helfen wollen, dem es nicht gut geht. Dass das alles nicht geplant war. Alles klingt richtig in meinem Kopf, doch ich spüre, sobald ich es aussprechen würde, klänge es nach einer faulen Ausrede.

Also bin ich still.

»Ich denke, es ist Zeit fürs Bett«, sagt Julia. Endlich, endlich sagt sie etwas.

Ich nicke und stehe auf. Sage »Gute Nacht«, dann verschwinde ich im Bad.

Innerhalb von Sekunden ziehe ich mich aus. Schmeiße meine Klamotten auf den Boden, nur um sie dann wieder aufzusammeln und wütend in die Wäschetruhe zu stopfen.

Ich steige in die kalte Duschkabine, schaue in den gegenüberliegenden Spiegel und betrachte meine langen Haare, die über meinen Rücken fallen und mir bis zur Hüfte reichen. Ich schließe die Augen und lasse den warmen Wasserstrahl über meinen Kopf gleiten. Irgendwie beruhigend. Jetzt kleben meine Haare an meinem Rücken. Schwer wie dunkler Schlamm.

Ich denke an Jörgs Blick. Enttäuscht. Hart. Julias Falten. Besorgt. Gesas Worte durchdringen meinen Kopf.

Da muss man doch mal weinen. Das ist doch nicht normal.

Der Kloß sitzt wieder in meiner Kehle. Schwerer als sonst. Als würde er anklopfen, sich ankündigen, um bald nach oben zu kommen und sich Raum zu verschaffen.

Ich presse die Augenlider zusammen. Ich presse, so fest ich kann. Ich *will* weinen. Ich atme ein.

Ich sehe meine Oma, wie sie morgens am Fenster steht und winkt, wenn ich zur Schule gehe. Ich höre ihre Stimme. Sie ruft meinen Namen. Ich spüre ihre faltige Hand in meiner. Ihre raue Strickjacke an meiner Wange. Konfetti fliegt durch die Luft.

Ich schluchze. Ich zwinge mich, zu schluchzen.

Das ist doch nicht normal! Warum kann ich nicht weinen?

Ich kneife meine Augen zu, eine Träne muss doch da sein, bitte nur eine, irgendwo da drinnen.

Ich atme stärker, lauter.

Ich will den Kloß loswerden, ihm Raum geben, ihn auflösen.

Ich lasse den Wasserstrahl über mein Gesicht laufen. Wie starker Regen strömt er über meine Augen.

Zehn Minuten später liege ich auf meinem Bett und starre an die Parmesan-Decke. Q hatte gar nichts mehr gesagt. Er ist einfach mit Leo Richtung S-Bahn verschwunden.

Ich stehe auf, ziehe mein Handy aus dem Rucksack und öffne den Messenger.

Neue Nachricht an Q: *Du hast vorhin gar nichts mehr gesagt. Wolltest du mir nicht noch etwas erzählen?*

Klingt bescheuert. Ich lösche die Nachricht.

Neuer Versuch.

Hey. Will echt nicht nerven, aber denke schon darüber nach, was du vorhin gesagt hast.

Wieder lösche ich den Text.

Jetzt leuchtet Qs Profil grün auf. Er ist online. Mein Herz klopft. Ich tippe ein: *Hey.*

Gesendet.

Q schreibt: *Selber hey.*

Ich: *Du wolltest mir noch etwas erzählen.*

Q: *?*

Ich: *Na, wegen dem, was Aliya gesagt hat.*

Q: *(schreibt …)*

Was tippt der denn so lange?

Q: *Erzähl ich dir lieber persönlich.*

War ja klar, dass Q wieder ausweicht. Dann halt nicht, muss dem jetzt auch nicht hinterherlaufen oder so.

Ich stelle mein Handy auf Vibration und schließe es an die Ladestation an.

EIN NEUER TAG

Obwohl ich nicht geweint habe, fühle ich mich so. Verquollen. Schrecklich. Mein Kopf tut weh. Meine Augen brennen. Langsam schleppe ich mich in die Küche.

Ludwig findet, ich sehe komisch aus. Das muss gerade er sagen. Wortlos lasse ich mich neben ihn fallen. Jörg und Julia sind nicht hier. Jemand duscht im Bad. Der Kleine sitzt neben mir und glotzt mich an. Er schiebt mir eine Tasse mit Kakao unter die Nase. Das Geräusch, wie die Tasse über den Holztisch kratzt, macht mich wahnsinnig.

»Ich glaube, den kannst du gebrauchen.«

»Du hast keine Ahnung, was ich brauche.«

Meine Stimme klingt brüchig, belegt. Wenn ich an die Schule denke, wird mir übel. Heute Nachmittag werden wir diese üblen Typen treffen. Ob das eine gute Idee ist? Ist ja nicht so, dass gewaltbereite Jugendliche auf andere Jugendliche hören. Ich meine, wie soll das laufen?

Hey du! Hör bloß auf, den Jegor zu ärgern! Du … du Fiesling, du!

Da muss ich ja selbst fast lachen.

Ihnen Angst machen, wollte Jegor. Mit einer Waffe! Irgendwie ist das auch ein bisschen wahnsinnig.

»An was denkst du?«, unterbricht Ludwig meine Gedanken.

»Du fragst zu viel. Vor allem für diese Uhrzeit.«

»Und du bist schon wieder so unfreundlich.«

»Okay, okay. Du hast gewonnen. Ich denke gerade an einen Freund, dem es nicht gut geht. Ein paar Freunde aus der Schule und ich wollen ihm helfen, aber wir haben nicht so richtig Ahnung, wie wir das anstellen wollen.«

Und ich will in keinen Mist verwickelt werden. Das sage ich aber nicht. Ludwig soll bloß nicht denken, dass ich Schiss habe oder so.

Warum interessiert mich eigentlich, was der Krümel denkt?

Das Wort *Freunde* zu sagen, klingt aber schon gut.

Ich trinke einen Schluck Kakao und lehne mich gähnend zurück, da kommt Jörg rein. Er grüßt uns und streichelt Ludwig über den Kopf.

»Ein Freund braucht Hilfe?«, erkundigt er sich. »Habt ihr euch deswegen gestern getroffen?«

Ich nicke und trinke einen weiteren Schluck Kakao. Eindeutig zu wenig Pulver auf zu viel Milch, ich traue mich aber nicht, Kakaopulver nachzunehmen.

»Was ist denn mit deinem Freund?«, fragt Ludwig.

»Er wird gemobbt. Von richtig miesen Typen. Zumindest einer von ihnen ist mies, die anderen sind Mitläufer.«

Jörg zieht die Augenbrauen hoch.

»Das ist lobenswert, dass du ihn unterstützen möchtest. Mitläufer, genau die sind das Problem. Wenn andere doch bloß etwas sagen würden, anstatt wegzusehen. Das ändert immer etwas. Habt ihr denn schon eine Idee, was ihr tun könnt?«

Irgendwie finde ich das gut. Gut, was Jörg sagt, und gut, dass Jörg weiß, dass ich mir darüber Gedanken mache. Das Problem ist nur, dass ich mir nicht mehr sicher bin, ob ich da mitmachen will, bei der Sache im Park. Was, wenn es tatsächlich zu einer Schlägerei kommt? Ob die uns dann anzeigen? Dann würde bestimmt Tina davon erfahren und sofort eine fette rote Notiz in meine Akte kritzeln. Am Ende kann ich die Wohngruppe vergessen. Außerdem kenne ich Jegor noch nicht lange. Vielleicht sollte ich den Club das ohne mich lösen lassen. Welche Hand braucht schon den kleinen Finger? Das Wichtigste geht doch auch ohne.

»So eine richtige Idee haben wir noch nicht«, sage ich und stehe auf. Hab mein Handy an der Ladestation vergessen.

Als ich auf das Display schaue, sehe ich es: drei neue Nachrichten. Zwei Anrufe in Abwesenheit. Eine Nachricht ist von Q, zwei von Gesa. Ich öffne den Chat und überfliege die Nachrichten.

Erste Nachricht von Gesa:

Lara, warum zur Hölle hast du ein Telefon, wenn du nicht rangehst? Ruf mich zurück! Es ist wichtig.

Ich scrolle zur nächsten.

Verdammt, Lara. Melde dich. Wir schwänzen die erste Stunde. Fahren zum Grüneburgpark. Jegor ist dort. Hat Timo zu einem Duell herausgefordert! Leo sagt, wir müssen rechtzeitig hin, um sicherzugehen, dass er die Waffe nicht auspackt!

Duell? Ist das nicht etwas aus einem anderen Jahrhundert?

Ich scrolle zur Nachricht von Q.

Kommst du? Der Club braucht dich. Wir stehen vorm Park und warten auf dich.

Der Club braucht mich? Wenn ich so an die vielen katastrophalen Momente meines Lebens in letzter Zeit denke, komme ich mir nicht wirklich brauchbar vor. Als das kleine Mädchen, das von seiner Mutter geschlagen wurde, Hilfe gebraucht hätte, war mein Körper wie eingefroren. Und einfach aus einem Altenheim abzuhauen war auch nicht besonders mutig.

Jörg ruft nach mir. »Wir müssen los.«

Wie soll ich Jörg denn jetzt bloß erklären, dass er mich nicht zur Schule fahren soll. Wir sind sowieso schon spät dran. Dass ich jetzt lieber mit der Bahn fahre, kauft der mir niemals ab.

»Komme schon!«, antworte ich, stopfe das Handy in die Tasche und schließe die Zimmertür hinter mir.

»Geht es dir gut?«, fragt Jörg, als ich auf ihn und Ludwig zulaufe. Aufbruchsbereit stehen sie vor dem Schuhregal. »Du bist plötzlich so blass.«

Er lässt seine Arbeitstasche zu Boden gleiten und kommt auf mich zu, legt seine Hand auf meine Stirn.

»Mmmh«, macht er.

Das ist meine Chance.

»Ehrlich gesagt fühle ich mich schon den ganzen Morgen nicht wohl. Mir ist so richtig übel.«

Glatt gelogen.

»Warum hast du denn nichts gesagt? Komm, ich setze dir einen Tee auf.«

Jörg läuft in die Küche. Da summt etwas in meiner Hose.

Ich ziehe mein Handy aus der Tasche. Ein Anruf von Q. Schnell drücke ich ihn weg.

Mit schmalen Augen schaut mich Ludwig an.

»Ist was?«, frage ich ihn.

Er schüttelt den Kopf.

»Du bist wirklich etwas blass«, sagt er und bückt sich, um seine Schuhe zu binden.

Ich halte die Luft an und schließe die Augen. Ein dunkles Gefühl macht sich in mir breit. So habe ich mich mal gefühlt, als ich mit Elisa eine Packung Kaugummi geklaut habe.

Jörg ruft mich in die Küche.

»Hier.« Er stellt eine dampfende Tasse Kamillentee an meinen Platz. »Soll ich in der Schule anrufen und sagen, dass du heute zu Hause bleibst?«

Schwerfällig lasse ich mich auf meinen Platz sinken.

So leicht hätte ich mir das niemals vorgestellt. Ich nicke und puste in den heißen Kamillentee.

Sechs Minuten später renne ich die Treppen hinunter.

Ich stoße die Eingangstür des Wohngebäudes auf und laufe Richtung Straße. Es sind nur ein paar Hundert Meter bis zum Park. Wieder klingelt mein Telefon.

»Ja?«

»Warum schnaufst du so?«

Es ist Gesa.

»Ich schnaufe, weil ich renne. Bin gleich bei euch!«

»Gut. Wird auch langsam Zeit. Wir warten am Eingang zum Park gegenüber der Seniorenresidenz auf dich. Beeil dich. Timo und die anderen sind schon da.«

Ein kurzes Surren, dann ein Klicken. Ich schaue auf das Display. Sie hat aufgelegt.

Ich biege in die letzte Häuserreihe ein und sprinte an den großen, alten Villen vorbei. Dann überquere ich die Straße. Ein Fahrradfahrer bremst ab und klingelt. Ich hebe die Hand, um mich zu entschuldigen, da ruft er mir irgendetwas nach, was ich schon gar nicht mehr verstehe.

Mit einem Pochen in der Brust erreiche ich den Eingang des Parks. Etwa fünfzig Meter entfernt befinden sich ein kleiner Spielplatz und eine große Wiese. Gegenüber thront das Altenheim. Ich erspähe das breite Fenster des Aufenthaltsraums und frage mich, ob Carmine dort sitzt und ob er mich sehen kann.

Ich spüre ein Stechen in der Seite und bleibe stehen. Ich strecke meine Arme nach oben, atme tief ein und aus. Ein Schweißtropfen rinnt mir den Nacken hinunter. Ich wische ihn weg und öffne meinen Zopf. Ich spüre, wie mein Gesicht glüht.

»Hey!«, ruft Q, der plötzlich vor mir steht.

»Hey.«

»Offene Haare stehen dir«, sagt er und ich könnte schwören, dass mein Gesicht noch heißer wird. Ich wedle mir Luft zu.

Doch plötzlich wird es kühl. Es fegt eine starke Windböe durch den Park. Sie wirbelt Blätter auf, lässt sie durch die Luft fliegen und presst sie gegen unsere Körper. Ich schaue nach oben. Viele dunkle Wolken. Eine Mutter ruft ihren Sohn, der auf dem Spielplatz schaukelt. »Wir gehen! Es wird gleich regnen.«

Das Kind beschwert sich, springt aber trotzdem von der

Schaukel und läuft auf die Mutter zu. Die schließt seine Jacke und wirft uns einen misstrauischen Blick zu.

Es riecht bereits nach Regen, obwohl noch nichts von ihm zu spüren ist.

Schnell binde ich meine Haare zu einem engen Dutt hoch. Q guckt so komisch und lächelt. Da fliegt ein Blatt gegen seine Wange. Die Spitze des Blatts reicht bis knapp unter sein Auge, das Ende flattert, wie ein gefangener Schmetterling. Er zuckt zusammen und ich muss lachen. Ich ziehe das Blatt von seinem Gesicht, lasse es fliegen.

Sein Blick verändert sich. Er lächelt nicht mehr.

»Komm mit. Es geht los.«

Q läuft bis ans Ende der großen Wiese zu Jegor, hinter dem sich Leo und Gesa postiert haben.

Ein paar Meter entfernt stehen drei Jungs. Einer ist besonders groß, die zwei anderen eher klein und kantig.

Wir stellen uns neben Gesa und Leo. Gesa begrüßt mich mit einem »Na, endlich!« und Leo hebt die Hand. Ich nicke ihnen zu.

»Was ist passiert? Ich dachte, wir treffen uns heute Nachmittag?«

»Das ist typisch Jegor. Er regelt seine Dinge lieber selbst«, sagt Gesa und klingt ein kleines bisschen stolz.

Leo sieht ernst aus. Er hat eine steile Falte zwischen den Augen, die mir bisher noch nie aufgefallen ist. Er gibt mir die Hand und begrüßt mich. Schnell zieht er sie wieder zurück und ballt sie zur Faust, nur um sie gleich wieder locker zu lassen und sich nervös über den Mantel zu fahren.

»Er hat die Waffe zum Glück zu Hause gelassen. Er nennt das ein Faustkampf-Duell.«

Ich schaue zu Jegor, der unbeweglich dasteht, wie ein Fels. Timo ihm gegenüber leuchtet wie eine Fackel. Er ist riesig, bestimmt 1,90 Meter. Auf jeden Fall zwei Köpfe größer als Jegor. Schlank ist er auch. Er hat helle Haut, lange nicht so hell wie Jegors, aber so hell, dass seine orangenen Haare einen harten Kontrast bilden. Timo lächelt auf eine Art, wie Leute lächeln, die gemein sind. Seine hervorstehenden, großen Augen fixieren Jegor. Der hat eine Sporthose und einen Pullover an, einen wie Q ihn meistens trägt, einen übergroßen Hoodie, in dem sein Körper komplett versinkt. An seinem Hals pulsieren rote Flecken. Er hat die Hände zu Fäusten geballt und regt sich noch immer nicht, streift nicht mal das Blatt ab, das der Wind gegen seine linke Faust gepustet hat. Es klemmt zwischen seinen Fingerknöcheln, wirbelt hin und her, als würde es versuchen, sich loszureißen.

Can und Alexander grinsen idiotisch.

Ich habe keine Ahnung, wer von beiden wer ist. Beide sind klein, leicht gebräunt und haben dunkle Haare. Verwechselbar und langweilig. Jegor sagt etwas, das ich nicht verstehen kann.

»Als hättest du eine Chance, du Loser!«, schreit einer von Timos Wachhunden und blickt über seine Schulter, zu Timo. Der nickt ihm zu. Jetzt holt der Wachhund ein Handy aus der Hosentasche und verzieht sich. Er lehnt sich ein paar Meter entfernt an einen Baum. Timo sagt: »Du weißt, was du zu tun hast, Can.«

Der am Baum ist also Can. Der nickt nur und tippt auf dem Display herum. Alexander springt plötzlich nach vorne und klopft mit der flachen Hand Jegors Hosentaschen ab.

»Keine Messer«, ruft er Timo zu. Dann spuckt er zu Boden und läuft nach hinten zu Can. Timo macht einen Schritt nach vorne, dann noch einen, weiter auf Jegor zu.

Jetzt hebt Jegor die Fäuste nach oben. Er setzt einen Fuß nach vorne, verlagert sein Gewicht. Kampfstellung. Q steht mittlerweile dicht hinter ihm. Leo daneben. Gesa läuft ständig hin und her. Falls sie etwas sagt, dann höre ich es nicht.

Jetzt geht es schnell. Plötzlich springen Jegor und Timo aufeinander zu wie auf ein geheimes Startzeichen. Sie schlagen beide drauflos. Jegor keucht. Timo hat ihn bereits an der Schulter getroffen. Jegor holt mit der Rechten aus, zielt auf Timos Bauch. Der schwingt zurück und Jegor schlägt ins Leere. Timo nutzt seine Chance.

»Jegor! Pass auf!«, schreit Gesa. Sie dreht sich weg und rennt zu mir rüber.

Timo trifft Jegor mitten in den Bauch. Der keucht und krümmt sich nach vorne.

»Es reicht!«, ruft Q, der einen Schritt auf die beiden zu macht. Jegor dreht sich zu ihm um und sagt: »Nein! Ist schon gut. So ist es fair. Mann gegen Mann.«

In diesem Moment trifft Timo ihn am Kinn.

Jegor gibt keinen Ton von sich. Sein Gesicht verzieht sich zu einer schmerzverzerrten Grimasse und er fällt auf den Rücken. Jetzt stöhnt er auf.

»Spinnst du?«, schreit Q Timo an. »Das war link! Es reicht! Der Kampf ist abgebrochen.«

Q beugt sich runter zu Jegor, der schnauft und versucht, sich mit den Händen in eine sitzende Position hochzustemmen.

Timo fängt an zu lachen.

»Du bist eine peinliche Lachnummer, Jegor!«

Jetzt kommen auch Can und Alex, stellen sich neben Timo, der runter auf Jegor schaut. Can hält das Handy in Jegors Gesicht.

»Steck das Handy weg, Mann!«, brüllt Q und schlägt es ihm aus der Hand. Lautlos fällt es ins Gras. Can versucht, Q zu schubsen, doch der ist schnell und weicht aus. Can landet auf der Wiese, sodass sogar Alexander lacht. Timo verdreht die Augen, zieht ihn auf die Beine und macht mit seinen Kumpels die Fliege.

Leo sagt nur: »Bin echt froh, dass Jegor die Waffe zu Hause gelassen hat.«

Gesa hilft Jegor hoch.

»Nichts wie weg hier. Lasst uns Jegor ins Krankenhaus bringen.«

STRAßENRAUSCHMEDITATION

Die Wände des Krankenhauszimmers sind gelb und kahl. In dem grellen Licht hier sehen alle kreidebleich wie Jegor aus. Gesa hält seine Hand, während die junge Krankenschwester sein Kinn verarztet. Die sagte vorhin ständig, dass wir *eigentlich* nicht mit reindürften. Doch dann waren wir einfach hinterhergelaufen und da sagte sie nichts mehr. Als wir dann im Zimmer waren, kniete Gesa sich vor Jegor hin, wie in einem kitschigen Liebesfilm, und legte ihren Kopf auf seine Knie. Da runzelte die Schwester die Stirn und bat Gesa aufzustehen, damit sie sich das Kinn in Ruhe ansehen konnte. Gesa kniet trotzdem weiter und hält dabei Jegors Hand. Der schaut steil nach oben an die Decke und sagt kein Wort.

Bin echt froh, dass die junge Schwester nicht fragt, warum wir nicht in der Schule sind. Sie fragt nur, wie das passiert ist, und Gesa sagt: »Er ist hingefallen.«

Lächelnd schneidet die Schwester ein Stück Pflastertape ab.

»Sieht schlimmer aus, als es ist. Heute solltest du dich etwas schonen, aber das wird wieder.«

Q zupft am Ärmel meines Sweatshirts.

»Komm mal mit.«

Er greift nach meinem Handgelenk. Vorsichtig zieht er mich aus dem Zimmer in den noch greller beleuchteten Flur.

Die meisten Leute sagen, sie hassen den Geruch in Krankenhäusern, den Gestank von Desinfektionsmittel und Krankheit. Doch hier ist es anders. Alles um uns herum ist völlig geruchslos, als wäre jeglicher Geruch weggeschrubbt worden, als befänden wir uns in einem Vakuum.

Ich werfe noch einen kurzen Blick über meine Schulter in das Zimmer, in dem Jegor sitzt. Jegor legt seine Hand auf Gesas und linst kurz zu ihr runter, während die junge Krankenschwester weiterhin versucht, an sein Kinn zu kommen.

Gesa legt ihre andere Hand auf seine. Sie bauen einen kleinen Turm aus ihren Händen. Jegor blickt Gesa an, als würde sie leuchten.

Q zieht mich den Gang entlang in Richtung einer großen, grauen Tür. Darüber leuchtet ein Schild: Notausgang. Er schaut sich um, ein flüchtiger Blick den leeren Flur hinunter, dann stößt er die schwere Tür auf. Leise schließt er sie hinter uns.

»Wohin gehen wir?«

»Aufs Dach.«

»Aufs Dach?« Meine Stimme hallt durch das Treppenhaus.

»Warum nicht? Der Frühling ist doch wie gemacht für einen Dachbesuch.«

Er zieht die Augenbrauen hoch und grinst. Dann deutet er nach oben.

»Komm mit. Es sind nur zwei Stockwerke. Und fass bloß nicht das Geländer an, das putzen die nie.«

Q läuft los und nimmt dabei nur jede zweite Stufe. Ich versuche, dicht hinter ihm zu bleiben.

Wieder stehen wir vor einer grauen Tür. Q drückt die Klinke mit seinem Ellbogen nach unten und stemmt seinen Oberkörper dagegen. Mit einem schrillen Quietschen öffnet sie sich. Er schaut mich an und zuckt mit den Schultern. »Die ist nie abgeschlossen«, erklärt er.

Ich war noch nie auf einem Krankenhausdach und habe mir auch nie vorgestellt, wie es dort sein würde. Gehen Menschen in Filmen nicht ständig auf Dächer? Jetzt weiß ich: Mehr als ein straßengraues Rechteck ist es nicht. Und es ist verdammt windig hier oben.

Ich gehe ein paar Schritte auf das Geländer zu. Über uns prangt das blasse, blaue N des Nordwestkrankenhauses an der abgenutzten Fassade des höchsten Gebäudeteils. Das N sieht traurig und alt aus, wie nach zwanzig Jahren Dauerregen.

Ich lasse meinen Blick über die Dächer der anderen Gebäude schweifen, betrachte das Viertel da unten, versuche, mich zu orientieren. Da ist ein Friedhof. Ein grünes Quadrat neben dem tristen Parkplatz des Krankenhauses. Von hier oben sieht jedes Grab gleich aus. Verwechselbar. Ich kann das Einkaufszentrum sehen. Dort muss irgendwo der Schwarze Platz sein. Ich entdecke ein paar grüne Farbflecken zwischen dem ganzen traurig-grauen Asphalt. Ob das die Wiese ist, auf der ich mit Gesa saß? Der Himmel über uns leuchtet blau. Ich schaue hinter mich zu Q. Der Wind hier oben bläst heftig, bläht seinen Pullover auf.

Für einen kurzen Moment hat er einen dicken, hervorstehenden Bauch.

Er ist stumm wie ein Stein und sieht mich einfach nur an. Ich suche nach Worten in meinem Kopf, nach irgendwas, was ich sagen kann. »Es ist windig hier oben«, wird es dann nur.

Q lehnt mit dem Rücken an der Wand, über ihm das blasse, blaue N. Der Wind bläst ihm die Kapuze vom Kopf. Er reibt sich über die kurzen Haare, schaut mich noch immer an. Ich mache einen Schritt auf ihn zu und weiß jetzt echt nicht, was ich sagen soll. Er schließt die Augen und legt seinen Finger auf die Lippen.

»Psst«, macht er.

»Was?«

»Hör mal hin.«

Hinhören?

Er öffnet sein rechtes Auge. Schaut mich direkt an. »Jetzt mach schon, Lara. Mach deine Augen zu.«

Also gut. Ich schließe meine Augen. Ich spüre, wie der kühle Wind über meine Wimpern braust, und ich presse die Augenlider fester zusammen. Die Kälte lässt eine Träne in meinen Augenwinkel schießen. Sie kullert nicht raus, sondern bleibt einfach dort hängen.

Autos rauschen in der Ferne, gleichmäßig und monoton. Es ist ein Motorenrauschen in schläfriger Dauerschleife.

»Als ich auf Station lag, kam ich fast täglich hier hoch, um zu meditieren«, sagt Q. Seine Stimme klingt plötzlich wenig sicher, fast vorsichtig.

Meditieren? Ich huste ein Lachen und öffne die Augen. Q lacht nicht mit, er sieht völlig entspannt aus. Seine

Lippen sind leicht geöffnet und seine Augen immer noch geschlossen. Sein Hinterkopf lehnt entspannt an der Wand.

»Ist dieses Geräusch nicht beruhigend?«, fragt er, noch immer ohne mich anzusehen.

»Du meinst die Autos?«

»Ja. Es ist das Rauschen der Autobahn. Es ist endlos und immer gleich. Gut zum Runterkommen. Probier's mal aus.«

Langsam klappen seine Lider nach oben. Die dunklen Pupillen seiner Augen fixieren mich. Mein Spiegelbild reflektiert sich in ihnen. Ich sehe, wie meine langen Haare um meine Schultern wirbeln. Q zwinkert nicht, sondern streckt seine Hand nach mir aus.

Kurz zögere ich, dann hebe ich meinen rechten Arm und berühre mit meinen Fingerspitzen seine Hand. Mit festen Griff umschließt er meine Finger und zieht mich neben sich. Jetzt stehen wir beide mit dem Rücken an der Wand, Oberarm an Oberarm. Seine Schulter ist warm, die Muskeln zucken vor Anspannung. Er atmet ein und aus, lässt sie locker. Sein Oberarm drückt nun fester gegen meinen.

»Schließ noch einmal deine Augen.«

Diesmal zögere ich nicht.

Ich lasse meine Lider schwer werden und die Dächer der Stadt noch einmal hinter ihnen verschwinden. Ich flüstere: »Und was jetzt?«

»Einfach nur hinhören.«

Und jetzt tue ich etwas, was ich noch nie getan habe. Ich halte meine Augen geschlossen, drehe meinen Kopf zu Q, bis ich mit meiner Nasenspitze seine Wange spüre. Ich drücke mich ein kleines bisschen von der Wand ab, drehe meinen Oberkörper, sodass die Spitze meiner Nase die seine berührt. Ich fühle seinen Atem auf meinem geschlossenen Mund. Dann eine Berührung an meiner Hand. Seine fünf Fingerspitzen an meinen. Ich erwarte ein Prickeln, aber da ist nur Wärme. Alles, was ich höre, ist das monotone Rauschen der Autos, die über die A661 gleiten.

Ich spüre seinen Mund ganz nah. Ich zögere, weiß nicht, was zu tun ist. Ich wünsche mir, dass er das merkt, dass er einfach etwas tut. Sein Mund nähert sich weiter. Ich kann seine Lippen beinahe auf meinen fühlen.

»Lara?«

»Ja?«

»Meinst du, hier oben beginnt schon der Himmel?«

Ich halte die Luft an. Mein Herz hämmert im Brustkorb, dann im Hals, als würde es nach oben rutschen bis in die Kehle.

Und plötzlich ist alles ganz leicht. Anstatt zu antworten, küsse ich ihn. Seine Lippen sind warm. Mein Oberkörper lehnt jetzt an seinem. Es dauert nicht lange, vielleicht zwei Sekunden, da spüre ich neben dem Hämmern in meiner Brust ein weiteres Pochen. Es ist sein Herz. Und es schlägt schnell.

Q löst seine Lippen von meinen und sieht mich an. In meinem Magen beginnt es zu kribbeln. Ich weiche seinem Blick aus, schaue auf den schmutzigen Boden unter mir.

»Hey«, sagt Q. Seine Hand berührt mein Kinn. Ich weiß nicht, was zu tun ist. Woher wissen Mädchen überhaupt, was in so einer Situation zu tun ist? Ich glaube, ich will ihn noch einmal küssen, traue mich aber nicht.

»Das war schön«, flüstert Q und auf meinen Armen bildet sich eine Gänsehaut. »Geht es dir gut?«

Ich nicke und berühre seine Hand. Ich ziehe sie von meinem Kinn und verschränke meine Finger mit den seinen. Mit der anderen Hand streiche ich ihm über den Kopf.

»Ich habe das noch nie jemandem erzählt. Noch nie so richtig zumindest«, beichtet Q.

»Was meinst du?«

»Wie das hier passiert ist.« Er löst seine Hand aus meiner und deutet auf die Narbe.

Ich schlucke. »Ist schon okay. Tut mir leid, wenn ich dich gedrängt habe.«

Q schüttelt den Kopf. »Nein, mir tut es leid. Du hattest recht. Du weißt kaum etwas über mich, das ist nicht fair. Mir ist wichtig, dass wir ehrlich zueinander sind.«

Er lässt sich nach unten sinken und setzt sich im Schneidersitz auf den Boden. Ich mache es ihm nach.

»Aliya hat manchmal … Aussetzer. So nennen die das bei der Bahnhofsmission. Dann klinkt sie sich aus dem Leben aus, zieht sich zurück. Manchmal wird sie wütend, ich glaube, sie weiß dann gar nicht mehr, wer ich bin. Und einmal ist es dann einfach passiert. Wir unterhielten uns, sie wurde wegen irgendwas sauer, einfach so und ganz plötzlich. Sie begann mich zu schubsen und ich habe mich nicht getraut, mich zu wehren. Ich wollte sie schließlich nicht verletzen. Also ging ich. Doch sie lief mir nach und griff plötzlich mit ihrem gesunden Arm nach mir. Sie zog mich ruckartig am Pullover hinter die weiße Linie. Ich verlor den Halt und dann weiß ich nur noch, wie ich im Gleisbett lag. Es hat gestunken, nach Müll, das weiß ich noch. An meinem Kopf wurde es warm, richtig heiß. Wie glühende Kohlen. Eine fremde Frau schrie nach Hilfe. Dann zog mich jemand nach oben. Irgendwann kam dann ein Krankenwagen, die haben mich hierhergefahren. Das Letzte, was ich gesehen hatte, als ich im Gleisbett lag, war das Maul ihres Drachen.«

»Das muss ein Schock für dich gewesen sein.«

Q zuckt nur mit den Schultern.

»Ja und nein. Ein Teil von mir wusste, dass so was irgendwann passieren wird. Aber ich hatte einfach keine Lust, nach Hause zu gehen. Aliya hat zumindest auf mich gewartet und sich gefreut, wenn ich gekommen bin.«

»Was ist mit deinen Eltern? Das muss sie ganz schön erschreckt haben.«

Q lacht.

»Die erschrecken sich nicht, weißt du. Zumindest nicht über so was. Das Krankenhaus verständigte sie. Mein Vater schrieb mir dann eine Textnachricht, er war zu der Zeit gerade im Ausland. Meine Mutter kam am nächsten Tag in der Mittagspause vorbei. Danach haben sie mir Gutscheine für Fahrstunden geschenkt. Mehr können die nicht.«

»Aber Q, was ist mit Aliya? Sie könnte auch andere Menschen gefährden!«

»Du verstehst das nicht, Lara. Es war mein Fehler. Ich kam ihr einfach zu nahe.«

»Was ich nicht verstehe, ist, dass du sie nach allem, was sie getan hat, auch noch in Schutz nimmst.«

Ich hebe meine Hand und will mit meinen Fingern die Narbe berühren. Kurz zuckt Q zurück, dann lässt er es zu. Ich streiche über sie. Die Oberfläche ist rau und kühl.

»Du bist ein echter Glückspilz, weißt du das?«

Ein lautes, kreischendes Quietschen. Dann ein Donnerschlag. Warum donnert es denn jetzt? Ich drehe den Kopf in die Richtung, aus der der laute Knall kam.

Die schwere Tür ist zugefallen. Davor steht: Gesa.

»Ach, kommt schon! Reißt euch voneinander los, ihr Turteltäubchen! Wir haben euch überall gesucht. Jegor wird jetzt entlassen. Treffen uns alle am Ausgang.«

Q atmet aus.

»Rolf sagte einmal, Gesa sei charakterstark«, flüstert er mir ins Ohr.

Ich muss lachen.

»Das kann man wohl sagen. Dann lass uns mal gehen.«

Ich öffne die Wohnungstür und schaue in geweitete, rehbraune Augen.

»Ich wusste es!«, sagt Ludwig. »Du bist gar nicht wirklich krank.«

Mit verschränkten Armen blickt er mich vorwurfsvoll an.

Verdammter Mist. Dass Grundschüler immer so früh Schule aushaben müssen.

»Warum bist du nicht im Hort?«

»Ich muss nicht immer dahin. Ich habe auch schon einen Schlüssel.«

»Aha.«

Ich ziehe meine Jacke aus und gehe in die Küche, greife nach dem Wasserkocher, laufe rüber zur Spüle und lasse Wasser hineinlaufen.

»Ich war in der Apotheke«, füge ich hinzu. Das sollte einleuchtend klingen.

»Und was hast du gekauft, wenn ich fragen darf?«

Jetzt steht er dicht hinter mir, starrt mich ganz bestimmt

an. Ich drücke mich an ihm vorbei, stelle den Wasserkocher wieder auf die Station und schalte ihn an. Sofort erklingt ein leises Rauschen.

Ich atme tief ein und aus, dann schaue ich ihm fest in die Augen.

»Ludwig. Bitte glaub mir. Ich musste etwas erledigen. Es war wichtig. Es geht um einen Freund. Und jetzt sag mir mal, wo der Tee ist.«

Er deutet auf den Hängeschrank neben dem Fenster.

»Bitte sag deinen Eltern nichts davon«, flehe ich und füge hinzu: »Willst du auch einen?« Ich halte ihm einen Beutel Kamillentee vor das Gesicht.

Er rümpft die Nase.

»Nein, danke. Ich hasse Kamille.«

»Kannst du das?«, frage ich.

»Was?«

»Dichthalten?«

Ludwig schnauft und antwortet ein lang gezogenes »Okay«.

Dann dreht er sich um und läuft ins Wohnzimmer. Er schaltet den Fernseher ein.

Danach fülle ich das kochende Wasser in eine große Tasse. Ich lasse den Beutel hineingleiten. Den Tee nehme ich besser mit auf mein Zimmer. Den Abend sollte ich damit im Bett verbringen. Das ist glaubhafter. Vorher rufe ich noch: »Danke!«

Ein Mann im Fernseher lacht auf.

BLAULICHT

Gerade fährt Jörg in der Familienkutsche vom Parkplatz der Schule, da höre ich Gesas Stimme. Sie ruft irgendwas.

Ich drehe mich noch schnell zum Wagen um und winke Ludwig, der auf der Rückbank sitzt. Heute wollte er mich unbedingt auf dem Schulweg begleiten, also haben sie mich zuerst abgesetzt. Ich werfe einen Blick auf meine Uhr. Na toll. Jetzt bin ich eine ganze halbe Stunde zu früh dran.

Bisher war der Morgen schön. Alle haben gefragt, ob es mir besser geht. Bis auf Ludwig. Der starrte nur auf seinen Pfannkuchen. Für einen kurzen Moment fühlte ich mich schlecht. Nicht krank schlecht, sondern schlecht, weil ich gelogen hatte und den Kurzen mit reinziehen musste.

Ich winke noch ein letztes Mal, dann drehe ich mich um und laufe über den Parkplatz.

»Nimm gefälligst das Ding runter!«, schreit Gesa jetzt. Schrill.

Ich blicke durch das Schultor in die Richtung, aus der ihre Stimme kommt.

Ich. Kann. Einfach. Nicht. Glauben. Was. Ich. Da. Sehe.

Jegor steht auf dem Schulhof und hält sich eine Waffe an den Kopf. *Die* Waffe. An *seinen* Kopf. In der anderen Hand hält er seinen Verband, besser gesagt das, was davon übrig ist. Nur noch ein weißer Stofffetzen baumelt an seinem Kinn herunter.

Drei Meter entfernt: Gesa. Ihre Haare stehen zu Berge, als hätte sie soeben in eine Steckdose gegriffen. Ihr Gesicht ist knallrot.

»Mach bitte keinen Scheiß!«

Jetzt klingt ihre Stimme nicht mehr schrill. Eher ängstlich.

Was ist bloß passiert? Gestern noch wirkte er ruhig. Zwar traurig, aber irgendwie erleichtert. Wahrscheinlich darüber, dass er den Kampf lebend überstanden hatte. Vielleicht ist Jegor einfach vollkommen durchgeknallt? Ich meine, er ist ein ziemlich ruhiger Typ. Wer weiß, was da hinter der Fassade abgeht?

»Ich will nicht mehr, Gesa, ich habe einfach keinen Bock mehr!«, sagt er, als würde er meine Frage beantworten wollen. Dabei bin ich mir diesmal sicher, sie nicht laut ausgesprochen zu haben. »Sobald ich weg bin, sind alle Probleme gelöst. Meine Mutter hat weniger Stress, sie muss sich nicht mehr um mich sorgen, und … und ich habe endlich Ruhe von diesem ver… verdammten Timo!«

Mein Hals ist trocken. Ich weiß nicht, was ich tun soll. Bis jetzt hat mich Jegor noch nicht gesehen, er steht mit dem Rücken zu mir. Gesa ihm schräg gegenüber. Falls sie mich bemerkt hat, dann verbirgt sie es gut.

Langsam gehe ich einen großen Schritt nach rechts, halb hinter ein Gebüsch, das am Rand des Zauns wächst. Total lächerlich. Aber irgendetwas muss ich tun, und das ist schon mal ein Anfang.

Mein Gehirn arbeitet auf Hochtouren. Mir wird heiß.

Ich sehe etwas im Augenwinkel. Von Weitem tritt jemand aus dem großen Schulgebäude. Ich glaube, es ist Rolf, doch die Person ist zu weit weg, um sie genau zu erkennen. Sie schlendert verdächtig langsam über den Hof.

Jegor murmelt irgendwas, ich kann ihn nicht verstehen. Doch Gesas Blick lässt erkennen, dass er nicht mit dem Gedanken spielt, die Waffe runterzunehmen.

Es ist ein Hilferuf. Wenn er sich wirklich umbringen wollte, hätte er schon längst abgedrückt. Oder?

Oder will er es nur nicht vor Gesa tun? So ein Bild würde sie schließlich ihr Leben lang nicht vergessen. Jegors Gehirn auf dem Schulhof verteilt.

Mir wird schlecht. Ich muss irgendetwas tun.

Meine Füße bewegen sich lautlos über den Asphalt.

Ich gehe einen Schritt nach vorne. Dann noch einen.

Langsam, leise. Ich traue mich kaum, zu atmen. Kurz schließe ich die Augen und suche in mir das Bild vom tosenden Meer.

Einatmen.

Ausatmen.

Ich öffne die Augen.

Jegor fuchtelt mit der Waffe rum. Gesa redet auf ihn ein. Die Person, die ich geglaubt habe, auf dem Schulhof zu sehen, ist verschwunden. Stattdessen bildet sich an der Stelle nun eine Traube aus Jugendlichen. Einige halten ihre Smartphones hoch. Andere rennen weg. War das eben wirklich Rolf? Und wo ist er jetzt? Am Ende habe ich mir das alles nur eingebildet. Vielleicht vor Schreck. So etwas sieht man schließlich nicht alle Tage: einen verzweifelten Teenager mit einer Waffe auf dem Schulhof einer teuren Privatschule.

Ich mache einen weiteren Schritt nach vorn. Gesas Blick streift mich. Ihre Augen leuchten kurz auf, ich bin mir sicher, dass sie mich bemerkt hat, doch gegenüber Jegor lässt sie sich nichts anmerken.

Und dann passiert es. Ich weiß nicht, wie. Ich weiß nur, dass ich es tue und dass ich in Gedanken ein Stoßgebet zum Himmel schicke, obwohl ich an keinen Gott glaube.

Ich bewege mich geschickt. Ich nehme Anlauf und in Sekundenschnelle springe ich gegen Jegors langen, schlanken Körper, der nun zu taumeln beginnt. Ich bin fast so groß wie er, das ist mein Vorteil. Ich strecke meinen Arm aus und schlage ihm die Waffe aus der Hand. Ich spüre das Metall an meinen Fingern. Die Pistole ist schwerer, als ich gedacht habe. Für einen kurzen Moment tut es weh.

Die Waffe landet auf dem Schulhof. Sie schlittert noch ein paar Zentimeter über den Boden, kommt dann zum Stillstand. Die Menge grölt. Stimmen rufen durcheinander.

Schockiert blickt Gesa mich an. Ihre Augen sind geweitet, riesig. Ich deute auf die Waffe. Erst versteht sie nicht. In ihrem Kopf rattern die Gedanken nur so, das sehe ich. Dann rennt sie endlich los. Statt die Waffe aufzuheben, kickt sie sie weiter weg.

Jegor kann das Gleichgewicht gerade noch halten. Er dreht sich zu mir um. Er braucht ein paar Sekunden, um zu verstehen. Dann beginnt er zu fluchen.

»Verdammt, Lara! Was soll das?«

»Was das soll? Du wolltest dir eine Kugel in den Kopf jagen! Glaubst du, das schaue ich mir einfach an!«

Jegor antwortet etwas, aber ich kann es nicht verstehen. Das Blut rauscht zu laut in meinen Ohren. Blaues Licht streift über seine Haut. Er schaut ins Leere. Und wirkt so verloren.

Ein Mann steht jetzt hinter Jegor, legt ihm eine Hand auf die Schulter. Er redet auf ihn ein. Auch ihn streift das blaue Licht.

Ich kenne das Licht. Blaulicht.

Als die zwei Polizisten Jegor in das Schulgebäude führen, hält Q meine Hand. Wo kommt Q plötzlich her? Ich sehe Rolf, der die Gruppe reinbegleitet. Sehe, wie er eine Hand auf Jegors Schulter legt.

Q neben mir ist ganz verschwommen. Ich blinzle ein paar Mal. Jetzt erkenne ich ihn klar vor mir.

Sein Gesicht ist nah an meinem. Wenn er etwas sagt, dann höre ich es nicht. Ich sehe, wie sich seine Lippen bewegen, doch in meinen Ohren: nur Rauschen.

Er wirkt besorgt. Jetzt höre ich eine Stimme, sie klingt fremd, heiser, trotzdem erkenne ich, dass ich selbst es bin, die spricht.

»Ich kenne das Licht.«

»Was für ein Licht meinst du, Lara?«

Jetzt kann ich ihn endlich hören. Das Rauschen ist weg.

»Das Blaulicht. Sie haben meine Oma geholt.«

Q nimmt mich in seine Arme. Ich lasse es geschehen, als wäre ich eine Puppe. Leicht und leblos. Ich sehe, wie meine Tränen sich über seine Jacke ausbreiten. Das Weiß seiner Jacke wird grau.

Ich will mich entschuldigen, doch Q sagt nur: »Es ist okay.«

Später sitze ich dem Rektor und den Polizisten im Büro des Schulleiters gegenüber.

Die Polizisten sind jung. Würden sie keine Uniform tragen, hätte ich ihnen nicht abgekauft, dass sie echte Beamte sind. Eine halbe Ewigkeit bin ich schon hier drinnen. Neben mir sitzt Jegor. Der ist noch blasser als sonst. Sitzt einfach da, zusammengesunken wie ein Haufen matschiger Schnee. Eben hat er auch noch angefangen zu heulen. So richtig geschluchzt hat er. Zum Glück hat er sich wieder beruhigt.

Warum er das getan habe, fragte der Rektor eben. Man bringe doch keine Waffe mit in die Schule. Man tue sich doch nichts an. Dann fängt er an zu schimpfen.

»Bist doch noch so jung! Was werden nur die anderen Eltern denken? Die zahlen einen Haufen Geld dafür, dass ihre Kinder hier sicher zur Schule gehen.«

Der Rektor läuft auf und ab, macht einen fast verrückt. Er redet viel und sagt immer wieder die Wörter *Presse* und *Eltern.*

Jegor erzählt irgendwas von Youtube.

Timo hat das Video letzte Nacht ins Netz gestellt. Wie Jegor im Park am Boden lag. Sie haben es so zusammengeschnitten, dass sie selbst nicht mal zu erkennen sind. Man hört nur ihr Lachen.

Jemand aus Jegors alter Schule hatte ihm heute Morgen eine Nachricht geschrieben.

Check mal Timos Account, Alter. Ist ja krass, tut mir echt leid!

Als Jegor seinen Laptop geöffnet und sich das Video angesehen hatte, hatten das bereits 419 andere auch getan. Leute, die Jegor kennt. Leute aus der alten Schule. Leute aus unserer Schule. Viele haben das Video kommentiert.

Jegor nennt der Polizei die drei Namen.

»Gibt es Zeugen, dass diese Jungs das Video gemacht haben?«, fragt der eine.

Jegor antwortet nicht, er schaut rüber zu mir. Ich glaube, er möchte nicht, dass ich Ärger bekomme. Schließlich war an dem Vormittag keiner von uns in der Schule, wir alle haben den Unterricht geschwänzt. Ich nicke trotzdem. »Die gibt es!«

Es wird Zeit, dass diese Idioten endlich das bekommen, was sie verdienen.

Plötzlich öffnet sich die Tür, und Jegors Eltern stürmen rein. Der Vater rot, die Mutter blass. Sie schaut Jegor nur an. Jegor schaut zu Boden.

NACHRiCHTEN

Der restliche Mittwoch und auch der Donnerstag rasten in Zeitraffer an mir vorüber. Ich fühlte mich wie in einer Glasglocke und stand die ganze Zeit irgendwie neben mir.

Als ich am späten Nachmittag die Haustür aufschließe, erkenne ich sofort ihre Stimme. Mein Blick geht zum Schuhregal. Es riecht nach Leder und Wiese. Ludwigs Schuhe sind da, der eine ordentlich hingestellt, der andere liegt achtlos in der Ecke. Keine fremden Schuhe zu sehen. Sie hat sie also anlassen dürfen.

Ich streife meine Sneakers ab und lasse die Haustür hinter mir vorsichtig ins Schloss gleiten. Auf Socken schleiche ich mich näher an die Küche heran. Die Tür ist nur angelehnt und Licht fällt durch den Spalt vor meine Füße. Mein Herz klopft.

Dass sie heute hier ist, bedeutet sicher nichts Gutes. Wahrscheinlich hat die Schule bereits angerufen und Tina erzählt, dass ich geschwänzt habe. So wird es gewesen sein.

Ich werfe einen Blick zurück in den Flur. Unter Ludwigs Tür ist ein schwacher, flackernder Lichtschein zu sehen.

Tina spricht lauter als sonst, sie redet über irgendeinen

Brief. Die Schule hat es also schriftlich gemacht. Was da wohl drinsteht?

Lara war involviert. Lara hat geschwänzt. Zeugin einer Prügelei. Mitwisserin von Waffenbesitz. Sie ist nicht weiter tragbar.

Jemand rührt in einer Tasse. Jörg fragt nach Milch.

Dann Julias Stimme. Sie murmelt etwas, schwer zu verstehen. Jetzt mischt Jörg sich ein. »Großartig!«, sagt er.

Großartig?

Ich mache einen weiteren Schritt auf die Küchentür zu. Der Fußboden knarrt und ich halte die Luft an.

»Ludwig?«, fragt Julia.

»Nein, ich bin es.« Ich öffne die Tür und betrete die Küche.

Sie haben die Hängeleuchte über dem Tisch eingeschaltet. Tina sitzt in ihrem Lichtkegel, auf meinem Platz. Sie sieht müde aus. Vielleicht liegt es an dem Licht. Die Arme hat sie auf dem Tisch verschränkt, darunter liegt ein weißes Blatt. Gefaltet, sodass man die Schrift nicht erkennen kann. Sie bemerkt meinen Blick und lächelt. Julia sitzt ihr gegenüber. Alle schauen mich an.

»Guten Abend, Lara«, sagt Tina.

»Hallo.«

»Schön, dich zu sehen.«

Ich ringe mir ein Lächeln ab.

»Tina ist hier, um dir etwas mitzuteilen«, sagt Jörg. Er steht auf und stellt sich ans Fenster. Er umklammert seine Tasse mit den Händen und starrt mich an.

Ich schlucke. Es fühlt sich an, als würde ein Wattebausch meinen Rachen hinunterrutschen.

Julia schaut mich auch so komisch an. Jörg blickt jetzt zu Boden. Was ist hier los?

Jetzt sagt Julia: »Kannst du mir eine Sache versprechen, Lara?«

»Ja! So was kommt nie wieder vor, versprochen! Das war eine einmalige Sache, sozusagen ein Notfall!«

»Na, das hoffe ich doch nicht! Das war ein großartiger Einsatz von dir!«, wirft Tina ein.

Großartiger Einsatz? Was zur Hölle geht hier vor?

Julia blickt rüber zu Tina, die jetzt in ihrer Tasche kramt. Sie fährt sich mit den Fingern durch die offenen Haare, als würde sie sich einen Zopf binden wollen, dann lässt sie sie wieder locker auf die Schultern fallen. Jetzt schaut Julia zu mir.

»Ich möchte dich bitten, es Ludwig zu erklären. Er versteht nicht, dass es nichts mit ihm zu tun hat. Er ist vorhin in sein Zimmer gerannt, als er unser Gespräch belauscht hatte, und möchte nicht mehr rauskommen.«

In sein Zimmer gerannt?

Julia steht auf und stellt sich zu Jörg ans Fenster. Er legt ihr die Hand auf die Schulter. Tina deutet auf den frei gewordenen Stuhl. Langsam setze ich mich. Der Platz ist noch warm.

»Ich habe gute Neuigkeiten.«

Tina legt ein Heft auf den Tisch und schiebt es zu mir rüber. Es ist eine Broschüre. Sie ist bunt und fröhlich. Darauf abgebildet ist ein Foto von einem riesigen Holzhaus. Es hat hohe Fenster und einen Garten.

Ich öffne die Broschüre und blättere durch die Seiten. Da sind Bilder von Einzelzimmern mit großen Kleiderschränken. Ein breites Bett. Ein Schreibtisch unter einem Fenster.

»Ist das …?«

»Dein neues Zimmer? Ja, genau. Es ist überraschend ein Platz in der Mädchenwohngruppe frei geworden.«

Tina lächelt. So sehr, dass ihr ganzes Kinn in Falten liegt. Ich glaube, ich habe sie noch nie so lächeln sehen.

»Was? Ich meine, ist das dein Ernst? Ich kann in *die* Wohngruppe ziehen?«

Tina nickt.

Ich merke, wie meine Finger sich verkrampfen. Meine Hände umklammern die Broschüre, ich spüre ihre kühle Oberfläche an meiner Haut.

»Aber, wie geht das so plötzlich? Ich dachte, selbst wenn ein Platz frei wird, muss ich noch länger in diesen Club und …«

»Sagen wir mal so. Ich habe eine Nachricht bekommen, die mich überzeugt hat.«

Tina lächelt. Und ich checke echt gar nichts mehr.

»Wenn du heute noch packst, kannst du gleich morgen einziehen.«

Zufrieden lehnt Tina sich zurück.

»Morgen schon?«

Ich schaue zu Julia und Jörg, dann wieder zu Tina.

»Auf was wartest du?«

»Ich … bevor ich packe, muss ich noch etwas erledigen. Und dafür brauche ich deine Hilfe. Es geht um eine Freundin.«

»Also gut. Aber zuerst musst du mir bitte noch etwas verraten, Lara.«

»Was?«

»Was meinen junge Leute heutzutage mit dem Wort *gezogen?«*

Tina faltet das Blatt, das vor ihr auf dem Tisch liegt, auseinander und reicht es mir.

An das Jugendamt Frankfurt am Main
Zu Händen: Tina (Mitarbeiterin)

Sehr geehrte Frau Tina,

meine Mutter sagt, es wäre nicht förmlich genug,
Sie nur mit dem Vornamen anzuschreiben.
Verzeihung, aber ich kenne nur Ihren Vornamen.
Sie fragen sich wahrscheinlich, warum ich ihn kenne,
schließlich wissen Sie bestimmt nicht, wer ich bin.
Lara hat von Ihnen erzählt.
Ich habe lange überlegt, ob ich Ihnen schreiben soll.
Dann habe ich meine Mutter gefragt, die mich seitdem so seltsam anschaut. Sie wiederholt ständig, dass sie schreckliche Angst davor hatte, mich zu verlieren.
Sie hat mir einen Zettel und einen Stift gegeben und gesagt: »Das fragst du noch?«
Das ist der Grund, warum ich Ihnen schreibe:
Ich hätte beinahe etwas ziemlich Dummes getan, wenn Lara mich nicht gerettet hätte. Wenn Lara nicht den Mut aufgebracht hätte, einzugreifen. Ich habe es schon oft erlebt, dass Menschen einfach gar nichts tun, sondern nur zusehen.

Lara ist nicht so. Sie hat nicht gezögert, sondern gehandelt.
Ich weiß, dass Sie ihr Vormund sind und die Verantwortung für sie tragen. Deswegen möchte ich, dass Sie das über sie wissen. Sie redet ständig von so einer Wohngruppe. Ich glaube, so eine wie Lara können die dort gut gebrauchen!

Hochachtungsvoll (meine Mutter sagt, ich soll das schreiben)
Jegor

PS: Bitte erzählen Sie Lara nichts von diesem Brief. Sonst glaubt sie noch, dass ich ihn nur geschrieben habe, weil ich sie gezogen habe.

Dreißig Minuten später stehe ich am Schwarzen Platz. Dean und die Mädchengruppe sind nicht da. Der Basketballplatz wirkt wie ausgestorben.

»Was ist los mit dir? Du siehst aus, als hättest du ein Gespenst gesehen!«, ruft Gesa. Stelzenartig läuft sie auf mich zu, als würde sie durch zu hohes Gras wandern. Sie trägt schon wieder diese hohen Stiefel, dazu eine locker sitzende Jeans und einen dünnen Pullover mit überlangen Ärmeln. Sie läuft an dem trockenen Gebüsch vorbei, aus dem ich sie herausspringen sah, als ich das erste Mal hierherkam.

In meiner rechten Hand spüre ich das Heftchen, das Tina mir vorhin mitgegeben hat. Ich stecke es in meine Hosentasche.

»So was Ähnliches«, sage ich. Gesa bleibt einen guten Meter vor mir stehen.

»Was ist los? Warum sollte ich so schnell kommen?«

Erwartungsvoll sieht sie mich an. Runzelt dabei die Stirn, wie so oft.

»Tina sagt, ich kann in die Wohngruppe ziehen. Ab morgen ist ein Platz frei!«

Gesa sagt erst mal nichts. Dann holt sie tief Luft.

»Dann sehen wir uns doch weiterhin in der Schule, oder etwa nicht?«

»Ich ... ich werde die Schule wechseln müssen. Die Wohngruppe liegt nicht in Frankfurt, sondern irgendwo im Hochtaunuskreis. Ich wollte es dir persönlich sagen. Rolf weiß schon Bescheid, ich werde morgen nicht mehr in den Club kommen.«

Gesas Gesichtsfarbe verändert sich. Sie macht einen Schritt nach hinten, verschränkt die Arme. Sie kaut auf ihrer Unterlippe.

Vorsichtig mache ich einen Schritt auf sie zu. Gesa zupft an den überlangen Ärmeln des Pullovers, zieht sie noch weiter runter, bis über die Fingerknöchel.

Ich deute auf ihren Arm.

»Ich möchte nicht, dass dein Leben so verläuft wie bei Emma aus dem Altersheim. Dass du nicht mit dem Ritzen aufhören kannst und irgendwann nur noch rumsitzt und Tabak kaust, dabei ständig schlecht drauf bist und niemand dich besucht.«

»Bin doch jetzt schon ständig schlecht drauf«, spottet sie. Flecken bilden sich an ihrem Hals. Manche davon sind rosa, manche dunkelrot.

Jetzt schaut Gesa mich an. Es ist ein Blick wie ein Schlag in die Magengrube. Ein Volltreffer. Derselbe Blick wie vom ersten Tag. Dieser Killerblick.

»Deswegen sollte ich also herkommen? Damit du mir noch mal zeigen kannst, was bei mir alles schiefläuft, jetzt wo du es in die Wohngruppe geschafft hast?«

»Was? Nein! Ich bin hier, weil ich mich verabschieden möchte! Und ich werde nicht gehen, ohne meine Aufgabe zu Ende zu bringen.«

Ich ziehe eine Broschüre aus meiner Jeans und halte sie ihr hin.

»Hier. Schau es dir zumindest einmal an.«

Gesa greift danach und blättert durch die Seiten.

»Ganz hinten dran hängen der Anmeldebogen und Tinas Kontaktdaten.«

Gesas Augen werden feucht. »Was …«

Ihre Stimme versagt. Sie räuspert sich, versucht es noch einmal. Ihre Stimme klingt nun kratzig.

»Ein Mutter-Kind-Heim? Lara, was hat das zu bedeuten?«

»Das ist ein riesiges Haus mit Garten, nur für Mütter und ihre Kinder. Ihr werdet dort in einem richtigen Appartement leben können. Und es gibt gute Ärzte vor Ort. Tina sagt, deine Mutter kann dort vollständig betreut werden.«

»Und was ist mit meinem Vater?« Gesa macht erneut einen Schritt zurück. Ihr Gesicht ist jetzt weiß wie Mehl. In mir kriecht die Angst hoch, sie zu verlieren. Ich will nicht, dass sie sich jetzt einfach umdreht und geht.

»Es geht hier um deine Mutter und dich. Ihr müsst ihn nicht sehen, wenn ihr nicht wollt.«

Sie nickt.

»Kann Tina ihm denn auch helfen?«

Ich zucke mit den Schultern. »Man kann von Tina halten, was man will, aber das mit dem Helfen hat sie drauf. Frag sie einfach.«

Gesa schaut mich an. Dann zu Boden. Ihre Hände umklammern die Broschüre so fest, dass ihre Fingerknöchel sich weiß färben.

»Es ist erst mal nur ein Anruf, Gesa. Dann schau es dir mit deiner Mutter an. Tina kann euch begleiten.«

»Ein Anruf, ja? Und dann gibst du Ruhe?«

Ich nicke. Natürlich werde ich das nicht tun, aber das muss ich ihr ja nicht auf die Nase binden.

Gesa atmet lautstark aus. Sie schaut mich an und lächelt. Das macht sie selten.

»Was ist mit Q? Weiß er schon, dass du gehst?«

»Ich habe ihm geschrieben. Er kommt morgen früh noch einmal vorbei, um sich zu verabschieden.«

»Er ist ein prima Kerl.«

»Ich weiß«, sage ich. Ich weiß.

ABSCHiED

Ludwigs Tür ist verschlossen.

Ich war noch nie in seinem Zimmer. Hab nur mal im Vorbeigehen hineingeschaut. Ich glaube, die Wände sind blau gestrichen.

Schon seltsam. Wir haben so viel Zeit miteinander verbracht. Und ich war noch nie in seinem Zimmer.

Vorsichtig klopfe ich an.

»Ja?«, höre ich ihn sagen.

Ich drücke die Klinke nach unten, öffne die Tür einen Spalt und stecke meinen Kopf hindurch.

Er sitzt auf dem Bett. Den Rücken zu mir gedreht, die Ellbogen auf der Fensterbank abgestützt. Seine Hände halten sein Kinn. Die Sonne scheint durchs Fenster, sie wirft ein goldenes Licht auf den Teppich. Staubkörner schweben in der Luft.

Ludwig dreht sich nicht um. Das Bett knarrt, als ich mich neben ihn setze. Ich knie neben ihm auf der Matratze, so wie er es macht. Mein linkes Knie stößt an sein rechtes. Knochen an Knochen. Es schmerzt kurz. Ich halte die Luft an, da ist es schon wieder vorbei.

»Du hast einen tollen Ausblick«, sage ich.

Ludwig beäugt mich skeptisch aus den Augenwinkeln. Seine Brille ist voller Fingerabdrücke.

»Sieht aus wie ein dicker Bär, der auf dem Rücken liegt«, sagt er und deutet nach draußen auf die Berge im Taunus.

»Du solltest mal deine Brille putzen.« Sanft stoße ich ihn mit meinem Ellbogen an. Er zuckt nur die Schultern.

»Kommst du uns auch mal besuchen?«

»Natürlich macht sie das.«

Es ist Jörg, der das sagt. Wir drehen uns um.

Julia und Jörg stehen im Türrahmen. Ludwig rappelt sich auf und läuft zu ihnen. Jörg legt eine Hand auf seine Schulter, wie auf dem Bild, das Ludwig für mich gemalt hat.

PERSÖNLICHES DACH

Q fasst mit beiden Händen an die Kapuze. Er schüttelt sie zurecht, zieht sie über den Kopf. Ich sehe seine Augen nicht mehr. Nur das Kinn, glatt rasiert.

Ich lege den Kopf in den Nacken und schaue nach oben. Das Fenster von Ludwigs Zimmer ist nicht zu erkennen, verdeckt durch einen großen Balkon. Ob er gerade herunterschaut? Ob sich unsere Blicke treffen würden, wenn da nicht diese dicke Schicht Beton wäre?

Wind weht mir ins Gesicht. Dann ein kalter Tropfen. Er landet unter meinem Auge und läuft die Wange hinab.

»Es beginnt zu regnen«, sagt Q, da trommelt der Regen auch schon auf die Plastikdeckel der Mülltonnen vor dem Garagentor.

Der Wind wird stärker. Er wirbelt Blütenblätter und Pollen um uns herum auf, sie wehen durch die Luft. Kurz scheint es so, als würde es schneien. Doch der Regen ist zu stark, drückt den Blüten-Pollen-Schnee sofort nieder, auf die grauen Bodenplatten.

Q macht einen Schritt auf mich zu und zieht seinen Pullover aus.

»Was machst du da?«

Anstatt zu antworten, zieht er den Pullover straff auseinander, nutzt beide Hände, links und rechts, formt ein schützendes Segel aus dem Stoff und hält es über mich.

»Dein persönliches Dach«, sagt er und ich kämpfe gegen ein Lachen an, weil mir eigentlich nicht nach Lachen zumute ist. Jetzt trägt er nur noch ein schwarzes T-Shirt.

Seltsam, wie er so dasteht, in der viel zu engen Jeans und dem dunklen Shirt, auf dem die Regentropfen keine sichtbaren Spuren hinterlassen. Sein Körperbau ist gerade und lang, fast rechteckig, wie eine perfekt geschnittene Pommes.

Er räuspert sich. »Warum bleibst du nicht einfach?«

»Weil das hier nicht mein Zuhause ist.«

Ich gehe runter in die Knie und greife das Trageband der Reisetasche, hebe die Tasche hoch und hänge sie über meine Schulter. Qs Pullover beginnt langsam zu triefen, ist vom Regen vollgesogen wie ein dicker Schwamm.

»Das ist die falsche Antwort.«

Wir zucken beide vom Quietschen des Garagentors zusammen.

Scheinwerferlicht wie zwei Augen, die den Boden nach etwas absuchen, gefolgt von Jörgs rotem VW. In dem bin ich hierhergekommen. Jetzt bringt er mich weg.

Ich denke an die Lara von diesem Tag zurück. Die wusste, was sie wollte, oder besser gesagt, was sie nicht wollte. Die hatte ein Ziel. Und das ist jetzt erreicht. Also gibt es kein Zurück mehr.

Jörg lehnt sich über den Beifahrersitz und öffnet mir die Autotür, der Sicherheitsgurt spannt sich über dem blauen Sakko. Regenblau.

»Spring rein!«, ruft er und zu Q: »Sollen wir dich ein Stück mitnehmen?«

Q schüttelt den Kopf, hebt dankend die Hand.

»Hab gleich Fahrstunde und bringe mich selbst zur Schule«, ruft er zurück. Q grinst, aber nur ein bisschen.

Er nimmt den nassen Pullover runter, wringt ihn aus. Eine ovale Pfütze bildet sich auf dem Boden. Der Regen prasselt auf sie ein und lässt sie zu einem Strom werden, der in einem Gully versickert. Ich schaue dem Strom nach. Jörg ruft mich. Ich muss los. Also werfe ich meine Tasche auf die Rückbank, drehe mich noch einmal um. Q hält den Pullover unschlüssig in der Hand.

»Deine Entscheidung steht wirklich fest?«

Ich nicke. Dann küsse ich Q auf die Wange und steige ein.

NASSE BLUMEN

Es ist genau so, wie Marisa es beschrieben hatte. Selbst der Regen kann der Schönheit des Gebäudes nichts anhaben.

Tina steht in der Eingangstür, erwartet uns schon. Neben ihr ist eine junge Frau. Sie hat kurze, schwarze Haare mit einem strähnigen Pony, der ihr an der Stirn klebt. Sie winkt uns zu, obwohl wir nur noch wenige Schritte vom Eingang entfernt sind. Tina begrüßt uns, die Frau – »Nadja«, stellt sie sich vor – ist von jetzt an meine neue Bezugsbetreuerin. Nadja hat ein nettes Lächeln.

Im Eingangsbereich riecht es nach nassen Blumen. Der Regen trommelt leise gegen die Fenster. Alles ist hell beleuchtet. Hohe, weiße Decken, breite Fenster. Überall stehen Vasen mit Blumen. Fotos hängen an der Wand. Ich schaue sie mir an, während ich Nadja und Tina durch den Flur folge. Beide sagen etwas über ein Anmeldeformular. Da hängen viele Bilder von vielen Jugendlichen. Im Schwimmbad. Auf Wanderausflügen. Mindestens zweimal waren sie dieses Jahr bereits im Kletterwald. Ich weiß gar nicht, ob ich Klettern mag.

Jörg trottet hinter mir her. Seine Schuhe quietschen auf

dem Boden. Er sagt kein Wort. Ich drehe mich auch nicht um.

Sie geben mir einen Stapel Formulare. Zeigen mir, was davon ich lesen, ausfüllen und unterschreiben soll. Es sind viele Zettel. Und da stehen viele Sachen: Verhaltensregeln in der Wohngruppe. Mein Steckbrief. Besuchsregeln. Küchendienst. Putzplan. Regelmäßige Entwicklungsgespräche.

»Das kannst du gleich alles in Ruhe in deinem Zimmer lesen, komm mit.« Nadja geht voraus, eine Wendeltreppe hoch in den ersten Stock. Dicht hinter ihr läuft Tina. Mein Fuß berührt bereits die erste Stufe, da sagt Jörg: »Ich möchte mich gern jetzt verabschieden.«

Alle schauen ihn an.

»Dann kannst du …«, er hebt seinen Arm, als wolle er mir die Hand geben, lässt ihn schließlich aber wieder hängen, »dann kannst du in Ruhe ankommen, auspacken und all den Papierkram gründlich durchlesen.«

»Okay«, sage ich.

Tina tippt Nadja auf die Schulter. Dann blickt sie zu mir und deutet hoch zum ersten Stock. *Wir warten dort auf dich,* heißt das wahrscheinlich.

»Auf Wiedersehen, Herr Wagner. Alles Gute für Sie und Ihre Familie!«

Tina geht mit Nadja nach oben.

»Ich hasse Abschiede«, sagt Jörg.

Sein Gesicht hat jetzt rote Flecken. Sie sind ganz klein, man muss schon genau hinsehen, um sie zu entdecken.

Ich zucke nur mit den Schultern. Keine Ahnung, ob ich Abschiede mag oder nicht. Bisher hatte ich nie eine Wahl.

»Mach's gut, Jörg. Und danke fürs Fahren. Und für … alles.«

Jörg schnauft, ich glaube, es ist ein halbes Lachen.

»Nicht dafür.« Er flüstert. Vielleicht weil es ihm unangenehm ist, weil es hier in dem weiten Raum so hallt.

»Pass bitte auf dich auf«, sagt er noch. Dann dreht Jörg sich um und eilt zur Tür. Seine Schuhe quietschen so schrecklich laut. Nun fängt er fast zu rennen an, doch das macht es nur schlimmer.

Jetzt bin ich allein. Allein in dem wunderschönen Eingangsbereich. Allein mit den Bildern von Teenagern mit und ohne Zahnspangen. Mit und ohne Eltern. Hab gehört, dass man hier auch wohnen kann, wenn es zu Hause nicht mehr *funktioniert.* Wie Funktionieren wohl so ist? Ob man dann viel lacht, gemeinsam frühstückt und kocht? Gibt es Ausflüge ins Kino? Hin und wieder eine Umarmung?

Ob es bei den Wagners *funktioniert?*

Ich laufe die Treppe hoch, folge den Stimmen, die aus dem ersten Stock kommen.

Als Tina mich im Flur bemerkt, tritt sie zur Seite und deutet auf die geöffnete Tür vor sich. Ich mache den ersten Schritt in mein neues Zimmer. Nadja steht am Fenster, rückt eine Vase zurecht. Sie ist leer.

»Wir wollten noch frische Blumen aus dem Garten schneiden, dann kam der Regen dazwischen«, entschuldigt sie sich.

»Ist schon okay.«

Ich stelle meine Tasche auf dem Teppich ab. Da bemerke ich ihn. Einen leeren Bilderrahmen. Er hängt genau über dem Kopfteil des Betts.

»Oh, den hat deine Vorgängerin wohl vergessen.«

Nadja streckt ihren Arm aus, greift nach dem dunkelblauen Bilderrahmen.

»Seltsam, dass man einen leeren Bilderrahmen zurücklässt«, murmelt sie noch und sieht konzentriert aus, als würde sie nachgrübeln, wer zuletzt in dem Zimmer gewohnt hat.

»Weißt du etwas damit anzufangen?«, fragt sie. »Ansonsten lege ich ihn unten in die Sammlung.«

Ich zucke mit den Schultern.

Und da fällt es mir ein.

Ich gehe in die Knie und öffne die Reisetasche, ziehe es vorsichtig heraus. Ich nehme den leeren Rahmen aus Nadjas Hand.

Ich lege das Bild in den Rahmen, drücke es fest hinein.

Tina macht einen Schritt auf mich zu. Ihr Kopf ist dicht neben meinem und ich kann ihren Atmen riechen. Sie betrachtet die Zeichnung und sagt: »Du musst das nicht tun.«

»Was?«

»Das alles hier.« Sie deutet im Zimmer umher und fügt hinzu: »Dinge können sich ändern und manchmal sogar zum Guten.«

Tina verzieht ihre hängenden Mundwinkel zu einem echten Lächeln. Vorsichtig nimmt sie mir den Rahmen aus der Hand, wirft noch einen langen Blick auf Ludwigs Bild und legt es dann aufs Bett.

»Du bist gut getroffen.«

Ich bemerke meine Tränen erst, als sie mir schon in die Mundwinkel laufen. Ich schmecke das Salz auf meiner Zunge. Lege meine Hände vor das Gesicht. Tina berührt vorsichtig meine Schulter. Ich lehne mich an sie, sie umarmt mich fest. Ich schlucke die Tränen hinunter und räuspere mich. Jetzt drückt sie meine Schultern von ihrem Oberkörper weg, ihre großen Hände liegen schwer auf ihnen. Tina sieht mir fest in die Augen.

Ich schüttle ihre Hände ab und nehme das Bild vom Bett, stopfe es in meine Reisetasche. Dann schultere ich die Tasche und laufe wortlos in den Flur.

Ich höre Tina meinen Namen rufen. Ich antworte nicht, sondern renne die Wendeltreppe nach unten. Sie vibriert unter meinen Schritten. Ich laufe weiter, nach draußen. Es schüttet noch immer. Schwere Tropfen zerplatzen auf meiner Jacke, die ich mir zum Schutz vor dem Regen über den Kopf halte. Die Regentropfen rinnen an ihr hinunter, strömen sintflutartig auf den Boden. Ich rase über die drei Stufen vorm Haus, die Jörg und ich eben hochgelaufen sind. Fast rutsche ich auf der letzten aus. Gerade noch rechtzeitig kann ich das Gleichgewicht halten. Ich renne ohne Pause Richtung Straße. Bestimmt sitzt Jörg noch im Auto, telefoniert vielleicht. Oder er steht vorne am Tor, wartet darauf, dass der Pförtner es öffnet.

Doch das Tor ist verschlossen. Der Hof ist leer. Der Pförtner bemerkt mich und starrt mich an. Ich warte darauf, dass er mich anspricht, doch nichts geschieht.

Dann greife ich nach meinem Handy und versuche es zu entsperren.

Verdammt. Nichts tut sich. Die Regentropfen rinnen über das Display. Immer wieder rutscht mein Finger ab.

Als ich mich umschaue, bemerke ich das schmale Dach

über dem Pförtnerhäuschen. Ich renne rüber und stelle mich unter. Der Mann hinter der Glasscheibe starrt noch immer. Kurz halte ich seinem Blick stand. Dann schüttelt er den Kopf, erhebt sich und schiebt seinen Drehstuhl zur Seite. Er kommt jetzt raus, um mich da wieder reinzuschleppen, schießt es mir in den Kopf. Schnell wische ich das Display mit meinem Pulloverärmel trocken und wähle Jörgs Nummer. Das Freizeichen ertönt und ich blicke mich um. Von dem Wärter noch keine Spur.

Sofort erklingt eine mechanische Stimme. Sie sagt mir, dass Jörg derzeit nicht erreichbar ist. Ich lege auf und versuche nachzudenken. Mein Herz schlägt heftig gegen meinen Brustkorb. Ich habe das Gefühl, dass jeden Moment mein Oberkörper in tausend Teile zerspringen und vom Regen mitgerissen wird.

Plötzlich vibriert mein Handy. Es ist Jörg.

»Ja?«, sage ich und presse das Smartphone an mein Ohr.

»Du hast mich angerufen? Ich war schon auf der Autobahn und bin jetzt auf einen Parkplatz abgefahren. Was gibt es denn?«

»Jörg?«

»Ja?«

»Kann ich zu euch … kann ich nach Hause kommen?«

Eine Sekunde, zwei Sekunden. Für einen weiteren Augenblick ist es still in der Leitung. Ich schlucke und schaue mich nach dem Pförtner um, bereit, ihm zu sagen, dass ich da nicht wieder reingehe. Das geht jetzt nicht mehr. Da muss er mich schon fesseln und tragen und vorher meinen Mund mit Klebeband oder sonst was zukleben. Wie ein Verbrecher oder so. Denn ich werde um Hilfe brüllen. So laut, dass kein Unwetter der Welt meine Stimme verschlucken kann.

»Ich bin gleich da.« Das ist Jörgs Stimme. »Hörst du mich, Lara? Ich bin gleich da und nehme dich wieder mit«, er macht eine Pause, »nach Hause.«

Ich lege auf und stecke mein Handy in die Hosentasche. Dann nehme ich es wieder heraus. Noch einmal blicke ich mich um. Dann wähle ich Qs Nummer.

»Ja? Hallo? Hier ist Bernd. Q fährt gerade.«

»Hallo, Bernd. Hier ist Lara. Kannst du Q etwas ausrichten?«

»Was auch immer es ist, kannst du ihm gerne selber sagen. Wir hören dich über Lautsprecher.«

»Q?« Meine Stimme klingt ganz fremd.

Q räuspert sich. Ich höre ein rhythmisches Klack-Klack-Klack und stelle mir vor, wie er konzentriert die Augenbrauen zusammenzieht, seinen Kopf dreht und beim Blinkersetzen über die rechte Schulter schaut.

»Ja? Lara?«

Ich hole tief Luft. Dann sage ich:

»Heute Abend. 19 Uhr. Auf dem Krankenhausdach.«

Q sagt nichts. Dann breitet sich so ein seltsames Gefühl in mir aus. Ein Ziehen im Bauch. Ich hätte ihn nicht anrufen sollen. Das ist doch peinlich.

»Nur, wenn es nicht mehr regnet«, schiebe ich hinterher. Einfach, weil ich diese quälende Stille in der Leitung nicht mehr aushalte.

Plötzlich steht der Pförtner neben mir. Wieder blickt er mich an. Seine Augen sind dunkelbraun. Dann zieht er etwas hinter seinem Rücken hervor. Kurz zucke ich zusammen.

Es ist ein Regenschirm. Wortlos drückt er ihn mir in die Hand.

Q beginnt zu lachen. Ich mag sein Lachen.

»Auch bei Regen, Lara. Auch bei Regen werde ich dort sein.«

»Dann sehen wir uns später«, antworte ich.

Ich stecke mein Handy ein und schaue mich um. Der Wärter sitzt schon wieder hinter seiner Scheibe. Er hebt eine Hand und ich nicke ihm zu.

Dann schultere ich meine Tasche und öffne den Schirm.

Und renne in den Regen.

EPILOG

»Wir brauchen noch mehr Blau!«

Ludwig stützt sich auf seine Ellbogen und wühlt in dem bunten Tonpapier, das wir auf dem Küchentisch verteilt haben. Er zieht ein himmelblaues hervor. Geschickt schiebt er es in den Locher.

Es ist später Nachmittag. Der Himmel hat sich bereits purpurn verfärbt. Alle Töne zwischen Blau und Lila kleben am Horizont. Es duftet nach Kakao. Heute haben wir ihn selbst gemacht, mit extra viel Schokolade.

Ich ziehe einen alten Schuhkarton hervor und schiebe vorsichtig unsere Ausbeute hinein. Nichts geht daneben.

Ich werfe einen Blick auf die Uhr.

»Jörg und Julia werden gleich nach Hause kommen. Ich loche noch ein gelbes Papier und du verbrauchst das blaue, okay? Und dann machen wir es so, wie wir vereinbart haben.«

»Aye, aye, Sir!« Ludwig erhöht seine Geschwindigkeit. Er benutzt einen kleinen Locher, ich einen großen. Seine kleinen Hände hämmern auf den Metallhebel. Wir sind schnell, wir machen keine Pause.

Da hören wir einen Schlüssel im Schloss. Mit geweiteten Augen schaut Ludwig mich an.

»Alles muss hier rein! Mach schon!«, kommandiere ich. Wir schieben die kleinen Schnipsel in den Schuhkarton. Ich klemme ihn unter meinen Arm und wir hetzen in den Flur.

Die Tür öffnet sich einen Spalt, da ertönt Jörgs Stimme. Er fragt Julia etwas. Sie zieht den Schlüssel aus dem Schloss und murmelt eine Antwort. Mit einem Sprung husche ich hinter die Tür. Der Kleine steht wie eingefroren im Flur und guckt so alarmiert, als würde die Feuerwehr das Haus stürmen. Warum sprechen wir unser Vorgehen eigentlich durch, wenn er im entscheidenden Moment in Schockstarre verfällt? Er will mich etwas fragen, das sehe ich seinem Gesicht an. Ich lege meinen Zeigefinger auf die Lippen und ziehe ihn gerade noch rechtzeitig am Pulloverärmel zu mir hinter die Tür. Die Wohnungstür öffnet sich.

Julias Stimme erklingt. »Hallo?«

Ich halte die Luft an. Instinktiv lege ich meine Hand über Ludwigs Mund. Sein Atem ist warm. Ich spüre, wie mein Herz pocht. Ich muss an Opa denken. Und muss lächeln.

»Ludwig? Lara?«

Jörg betritt die Wohnung. Er steht jetzt mit dem Rücken zu uns im Flur und legt den Haustürschlüssel in die Porzellanschale.

Ludwigs Kopf bewegt sich lautlos. Er lässt ihn vorsichtig in den Nacken fallen und schaut zu mir hoch. Ich spüre, wie sich seine Lippen zu einem Lächeln verziehen. Seine Augen fragen: Jetzt?

Ich nicke. JETZT!

DANKSAGUNG

Ich möchte Sabrina Knopf und Katharina Hohner für die Begleitung und Unterstützung im Lektorat danken.

Danke an Montasser Medienagentur und dass Sie an mich und meine wütenden Fünf geglaubt haben. Es ist großartig, mit Ihnen zusammenzuarbeiten.

Außerdem danke ich all meinen Freundinnen, Testleserinnen und meiner Schwester, die sich Zeit genommen haben, die ersten Versionen des Manuskripts zu studieren und zu kritisieren. Ohne euch gäbe es dieses Buch in dieser Form nicht. Ein großer Dank geht auch an den Schreibzirkel in Frankfurt am Main.

Und zum Schluss möchte ich mich bei meinem Mann bedanken. Er ist sozusagen Co-Schöpfer dieses Buchs. Danke, dass es dich gibt und dass du mein Partner bist.

Autorin

Nicole Fröhlich, 1987 in Frankfurt am Main geboren, studierte Soziale Arbeit und ist sehr glücklich darüber, mit Jugendlichen arbeiten zu dürfen. Ihr ganzes Leben hat sie leidenschaftlich geschrieben und den geheimen Traum vom Schriftstellerinnen-Dasein gehegt. Sie absolvierte Kurse im Kreativen Schreiben und erfüllte sich schließlich mit »Der Club der wütenden Fünf« ihren Traum vom ersten eigenen Jugendroman. Mit ihrem Mann und ihren zwei Söhnen lebt sie im Grünen, in der Nähe von Frankfurt am Main.

Jenny Downham

Ich war der Lärm, ich war die Kälte

432 Seiten, ISBN 978-3-570-31497-5

Die fünfzehnjährige Lexi kämpft mit Aggressionsproblemen. Sie zertrümmert Möbel, wirft Sachen aus dem Auto und zerstört Handys, wenn ihr die Sicherungen durchbrennen. Dabei möchte Lexi einfach nur von ihrer Familie akzeptiert werden: von ihrem Stiefvater John, der meint: »Warum passieren in deiner Nähe immer schlimme Dinge, Alexandra?«. Vom älteren Stiefbruder Kass, in den sie sich rettungslos verliebt hat. Und von ihrer Mutter, die sich immer mehr von ihr abwendet. Doch ihre Wut zu unterdrücken, lässt sie nicht verschwinden ...

30459

www.cbj-verlag.de